L'épopée initiatique

Marie Mondélice

Roman

Marie Mondélice est originaire des Antilles (Guadeloupe) et est l'ainée de cinq enfants. Elle fit des études de masseur kinésithérapeute en Allemagne de l'Est, (ex RDA), s'exerça pendant un temps à la profession de secrétaire bilingue allemand, puis de Contrôleur à l'Agence Comptable dans une grande entreprise de la région parisienne.

Elle est l'auteur de plusieurs romans dont : L'incroyable histoire de Félicie en 2009, La Marche initiatique de Steven en 2010, Je m'appelle Mohand en 2012, Le fil de lin en 2014.

Editeur :BoD-BOOKS on Demand, 12/14 rondpoint des Champs Elysées, 75008 Paris France.
Impression :BoD-BOOKS on Demand, Norderstedt, Allemagne
ISBN : 978-2322132409
Dépôt légal : décembre 2016

Le code de la propriété intellectuelle interdit les copies ou reproductions destinées à une utilisation collective. Toute représentation ou reproduction intégrale ou partielle faite par quelque procédé que ce soit, sans le consentement de l'auteur ou de ses ayant cause, est illicite et constitue une contrefaçon aux termes des articles L.335.2 et suivants du Code de la propriété intellectuelle.

PROLOGUE

Saint-Jacques de Compostelle (en galicien et en espagnol, Santiago de Compostela, de Campus Stellae ou champ de l'étoile), est une commune située dans la province de La Corogne en Espagne. Une des légendes veut que la sépulture de Saint-Jacques en Galice ait été trouvée grâce à une étoile, brillant avec insistance telle au-dessus d'un champ, dans lequel on a retrouvé le tombeau.
Aujourd'hui, Compostelle est une ville d'un peu de moins de cent mille habitants, qui est restée célèbre pour ses scieries et ses tanneries. Au moyen âge, les pèlerins fêtaient les reliques de Saint-Jacques, le patron de l'Espagne, en faisant régulièrement des pèlerinages et portaient une coquille de pectens accrochée à leurs blousons ou leurs chapeaux, comme un talisman ou une reconnaissance entre partisans de la même démarche spirituelle.
 Le chemin de Compostelle a été emprunté par des milliers de pèlerins, que l'on surnommait jadis, « jacquets ». Ils ont beaucoup souffert, en pensant qu'arrivés au terme de leur route, ils auraient l'illumination ou l'expiation de leurs fautes. Le chemin était rude et beaucoup d'entre eux mouraient de faim et de soif, mais aux yeux du monde de ce siècle, ceux qui avaient la force d'entreprendre cette marche étaient des héros. Les vrais pèlerins étaient respectés et honorés. Ils suivaient une voie de piété et de simplicité. Le pèlerinage vers Compostelle s'est étendu au-delà de la Galice et était destiné en premier lieu aux pèlerins chrétiens. Mais devant l'engouement des fidèles, il s'est étendu à toutes les religions, et même aux non religieux.
Mais le chemin n'est pas seulement un tracé physique vers une destination précise, c'est une initiation mystique et l'élévation de l'homme pour qu'il puisse mieux comprendre son cheminement de vie et se dépasser.
L'homme est l'une des rares créations divines qui a le pouvoir de penser et de réfléchir. Il est le seul à pouvoir décider de mener sa vie

comme bon lui semble. Il est presque le seul à pouvoir, créer, parler, se concentrer, réfléchir, avoir des pensées bonnes ou mauvaises et bien d'autres capacités qu'il découvre au fur et à mesure.
Celui qui prend le chemin initiatique, sait qu'après s'être préparé physiquement et spirituellement, trouvera ce qu'il cherche et dépassera ses objectifs. Il sait aussi qu'il n'est pas donné à tous de recevoir cette initiation, car tous les hommes ne sont pas prêts à admettre qu'il existe d'autres dimensions de vie et chacun perçoit à sa manière.
Celui qui prend le chemin initiatique, ne s'attarde plus aux choses vaines et cherche au plus profond de lui, la voie qui lui permet de s'élever et de mieux comprendre son existence, car il sait que le hasard n'existe pas et que s'il a choisi cette voie, c'est qu'il se sent prêt consciemment ou inconsciemment.

-1-

Steven se leva de son lit du premier coup. Il avait souvent du mal à se lever le matin en général, mais ce jour-là, il se sentait en forme et était prêt à soulever des montagnes. Pendant longtemps, il s'était culpabilisé et était resté prostré chez lui. Il ne voulait voir personne et ne souhaitait que rester seul avec sa douleur. Même pour aller travailler, il avait du mal, pourtant, il aimait son travail avant le drame. Il adorait les chiffres et devenir expert- comptable, était son rêve depuis sa plus tendre enfance, il l'avait forgé dans sa tête. Depuis la mort de son fils, puis de sa femme, il se traînait, n'avait même pas la force de faire le ménage, ni de faire les courses. C'était le chaos dans la grande maison qu'il avait pour lui tout seul. Mais à présent, il avait un but. Faire ce voyage pour se prouver à lui-même qu'il existe. Il avait obtenu ce qu'il voulait de son directeur d'entreprise et pouvait partir tranquille pendant deux ans et vivre son rêve. Ce dernier avait eu pitié de sa grande détresse et comprenait sa douleur, car lui aussi avait perdu sa femme dans des circonstances différentes, mais la souffrance était la même. Le manque brutal de l'être aimé, l'impression de vide qui existait, puis au fil du temps, la douleur s'estompait, même si les souvenirs restaient au fond de la mémoire. Steven désirait à tout prix transcender toute la souffrance qu'il avait au fond de lui. Sa femme, Rachel s'était donné la mort en prenant des barbituriques.
Un jour, il était parti travailler comme tous les jours en la laissant seule comme d'habitude depuis le drame. Le soir, en rentrant chez lui, il l'avait trouvée morte, un mot à la main. « Je t'aime plus que tout, mais je n'accepte plus d'être une mère déchue ». Elle n'avait pas supporté de vivre sans son petit, qu'elle avait trouvé froid dans son lit un matin en se levant. Elle avait trop attendu pour l'avoir. Depuis qu'elle avait accouché, elle n'avait pas repris son travail, et avait demandé un an de disponibilité pour s'occuper de Karl, son bijou. Elle n'en avait profité que de la moitié avec lui. Cela lui avait été insurmontable. Ils s'émerveillaient devant ce petit, elle surtout. Elle

avait l'impression qu'il voulait lui dire quelque chose depuis sa naissance. Il avait toujours un petit doigt levé, comme pour montrer quelque chose. Elle ne pouvait comprendre le langage des bébés, mais trouvait qu'il était très éveillé. Il gazouillait toute la journée, ne pleurait presque jamais et était toujours souriant, heureux de vivre. Ils s'extasiaient devant leur progéniture et ne s'attendaient pas à ce qu'il parte si vite. Il était si plein de vie. Puis un jour, tout s'estompa.

Steven n'était jamais tranquille depuis ce fameux jour, et quatre à cinq fois par jour, il téléphonait à sa femme pour lui demander de ses nouvelles. Deux mois auparavant, elle avait perdu son bébé qu'ils attendaient depuis si longtemps. Rachel ne supportait plus de vivre sans ce petit être avec qui elle s'était habituée pendant six mois.
Un matin en se levant, elle trouva le bébé dans son petit lit, tout froid, il était mort. Elle hurla de douleur et les voisins qui étaient présents chez eux ce jour-là, comprirent qu'il y avait un drame dans la maison d'un voisin. Le cri venait de la maison des Johnson, jeune couple qui avait eu un bébé six mois plus tôt. Ils accoururent et virent le petit que Rachel regardait avec effroi. Ils appelèrent les secours, sans succès. Le petit était déjà sans vie depuis bien longtemps.
Depuis, elle ne s'était jamais remise de cette tragédie et avalait beaucoup de médicaments, soit pour dormir, soit pour se réveiller, soit pour être moins anxieuse. Steven faisait tout pour lui remonter le moral, alors que lui-même n'en avait pas. Il voulait se sentir fort pour elle, pour son fils, pour eux ! Il avait du mal, mais supportait tout en silence. Un jour, elle avait tout pris en une seule fois et cela avait été le drame. Steven se retrouvait tout seul. Il pleurait sur son sort en se disant qu'il n'avait pas de chance. Il n'avait plus aucune famille, pas de frères ni de sœurs pour lui remonter le moral. Il se sentait seul au monde et démuni. Même s'il avait un travail et une maison, il n'avait personne pour en faire profiter. Personne ou presque ne venait plus lui rendre visite, car il ouvrait difficilement sa porte. À force, plus personne ne venait lui rendre visite.

-2-

Pourtant, il se rendait à son travail pour avoir un contact avec les êtres vivants, sinon il aurait pu sombrer dans la folie. Heureusement qu'il n'était pas très branché dans l'alcool ou les médicaments comme sa femme. Il ne fumait pas non plus. D'ailleurs, il se refusait à prendre quoi que ce soit. Il se laissait aller, mais adorait le café. Il en prenait à toute heure du jour, et même jusqu'au soir. Cela ne l'empêchait pas de dormir. Même s'il s'endormait très tard, il se levait tôt.
Inconsciemment, il avait acquis une force extraordinaire qu'il ne savait pas qu'il l'avait en lui. Dès l'instant où il commença à se préparer pour le départ, il se sentit transformé. Il se sentait empli d'une force qu'il n'avait pas auparavant.

C'était loin et proche en même temps. C'était il y a cinq ans. Cinq ans qu'il avait perdu son fils et sa femme. Lui non plus n'arrivait plus à dépasser toute cette souffrance qu'il vivait depuis tout ce temps, mais il n'avait personne à qui se confier. Il y avait ses collègues de travail, mais n'avait pas de vrais amis. Il se confiait peu et était du genre solitaire. Il avait son ami peintre qui prenait souvent de ses nouvelles, mais quelquefois, il n'avait pas envie de parler et se réfugiait dans son silence. Il était angoissé en permanence et tout lui faisait peur. Son métier, expert-comptable depuis un certain temps, n'avait plus le même attrait qu'auparavant.
Il avait pensé à voyager, mais un voyage utile, qui l'aiderait à sortir de son enfermement. Il avait trouvé. Il réalisa qu'il avait beaucoup d'économie, car il dépensait peu. Il avait l'héritage de ses parents ainsi que son salaire qui n'était pas négligeable. Il n'avait pas d'effort à faire. Vivre ce voyage que d'autres avaient entrepris bien avant lui. Il n'était pas chrétien, n'avait même pas de religion, mais croyait en une force au-delà de l'entendement humain. Faire le pèlerinage jusqu'à Compostelle, à pied. Marcher pour évacuer tout le stress qui l'avait envahi depuis que sa femme était partie. Il les avait perdus,

elle et son fils. Depuis, il était seul. Il ne s'était pas rendu compte du temps passé, et sortait tout doucement de sa torpeur.
De toute façon, il ne voulait pas pour l'instant vivre avec une femme, car Rachel était encore présente. Elle avait du caractère et il avait quand même fini par se résigner. Ils étaient mariés depuis dix ans et avaient tout essayé pour avoir un enfant, rien. Épuisés, ils avaient fait une demande pour adopter un ou deux enfants. Juste au moment où ils s'apprêtaient à envoyer la demande, Rachel annonça à Steven qu'elle était enceinte. Ils étaient aux anges et décidèrent de fêter la nouvelle le soir même au restaurant, avec du champagne et annulèrent la demande d'adoption.
Steven était aux petits soins pour sa femme qu'il aimait par-dessus tout. La grossesse se passa normalement et l'accouchement aussi. Le bébé était magnifique, quatre kilos et plus.
Comment faire pour dépasser cet état ! Steven ne pouvait plus compter sur sa femme, c'était la douleur. Le petit avait l'air d'être heureux de vivre et bougeait dans tous les sens. Six mois où tout avait été parfait, puis le cauchemar a commencé le jour où Karl ne se réveilla pas, il avait eu la mort subite. L'horreur était dans leur maison personnifiée. Alors il se rappela qu'avant de connaitre sa femme, il faisait partie d'un ordre philosophique et qu'il avait laissé tomber, car cela n'intéressait pas du tout Rachel. Il voulait les rappeler, mais n'avait pas la force.
Il n'avait pas payé sa cotisation depuis une éternité et ne voulait pas renouer avec l'organisme aussi simplement, orgueil oblige !
Alors, il s'était souvenu des différents pèlerinages que l'organisme effectuait pour mieux se connaître, pour expliquer les exploits que les hommes pouvaient accomplir. À cette époque, il était une masse de positivité. Il avait confiance en ses capacités. Mais depuis, toute sa sérénité avait disparu. Il voulait retrouver cet état.
Il s'imaginait des pèlerins épuisés, qui marchaient pendant des jours et des jours, puis arrivaient après maints efforts au but qu'ils s'étaient fixé. Se dépasser !

Il s'était beaucoup documenté et s'était bien préparé. Il savait qu'il y avait plusieurs chemins qui menaient à celui de Compostelle. Il pensa qu'il serait judicieux de choisir le plus simple pour un novice. Il avait lu dans plusieurs livres, et le chemin, quel qu'il soit ne serait pas simple, mais il avait justement besoin de cela pour réfléchir sur sa vie et son devenir. Il était originaire de Plymouth en Angleterre, mais vivait en Suisse depuis quelques années. En partant du mont Saint-Michel en France, il pensait prendre le chemin le plus court. La veille au soir, il avait préparé son baluchon. Il avait mis dedans bien rangés et propres, trois jeans, cinq teeshirts, trois paires de chaussures de marche, des sous-vêtements, des pulls, des chaussettes, des protéines en barres chocolatées, beaucoup de café, un petit réchaud, un plan bien détaillé, un sac de couchage, de l'eau, du savon, un peigne, du dentifrice et une brosse à dents.
Il était heureux d'entreprendre ce voyage, car il s'était enfermé dans sa solitude depuis si longtemps qu'il avait du mal à émerger. Ce n'était pas un garçon triste d'habitude, mais depuis qu'il avait perdu sa femme, il aimait bien rester seul chez lui avec ses souvenirs.
La vie est un parcours simple quand on accepte les choses simples. Elle se complique quand des éléments inattendus se rajoutent et la rendent plus compliquée encore. Mais dans sa situation, ce n'était pas le cas. Il vivait heureux pendant tout ce temps et un grain de sable est venu tout enrayer. Dans ces temps de tumultes, il se disait qu'il avait la chance d'avoir la santé, de l'argent pour subvenir à ses besoins et un toit. Alors il se reprit à méditer, se relaxer, comme dans sa jeunesse.
Il avait acheté sa maison peu de temps avant leur mariage, avec l'argent de l'héritage qu'il avait obtenu de ses parents. Ces derniers étaient décédés à quelques jours d'intervalle et il eut aussi beaucoup de mal à s'en remettre. Il était fils unique et cela ne posait aucun problème de partage. Justement, en étant le seul enfant, il avait beaucoup souffert de ne pas avoir de frères et de sœurs avec qui jouer, et même discuter ou se disputer. Il enviait ses camarades, qui l'enviaient à leur tour d'être seul pour profiter de tout. Ses parents

ont eu comme sa femme des difficultés pour avoir un enfant. Ils ont réussi, alors que la mère de Steven avait déjà quarante ans passés.
Il se leva donc d'un bon pied, fit des respirations profondes pendant dix minutes, se prépara un bon café, puis deux et commença à faire le ménage dans la maison. Il était cinq heures du matin. Il se rendit compte qu'il y avait beaucoup de linge à mettre dans la machine à laver. Des draps, des serviettes, des torchons, des pantalons, des chemises, des sous-vêtements, jonchaient à même le sol ou sur les meubles, ici et là, ou dans un coin. Il ne distinguait même plus ce qui était propre ou sale, et décida donc de tout laver.
Il tria les blancs et les couleurs, vida les armoires en ne laissant que ses affaires personnelles, puis téléphona à une association pour venir récupérer les effets de sa femme. Il voulait partir de chez lui l'esprit libre et décida de se débarrasser aussi des chaussures, des bijoux et des habits qu'il ne voulait plus.
Il remplit la machine à laver de blanc d'abord, puis de couleur, ensuite, la fit tourner au moins deux fois avant de remettre tout le linge lavé dans la machine à sécher et rangea tout dans les armoires qu'il venait de vider.
Il y avait une foule de linge à ranger et au fur et à mesure qu'il les sortait du séchoir, les rangeait selon leurs catégories. Les draps à leur place ensemble, les serviettes et tout ce qu'il avait lavé et séché et s'étonnait de voir qu'il y avait tant de choses à ranger. Puis il passa l'aspirateur et rangea toute la vaisselle qui s'était accumulée dans l'évier et aussi dans le lave-vaisselle. Il mit la machine en route deux fois au moins. Il y avait des ustensiles qui ne pouvaient pas se laver en machine et décida de les nettoyer à la main.
Il se rendit compte de toute la poussière qu'il avait amassée tout ce temps, en changeant le sac archi plein de l'aspirateur plusieurs fois, puis mit tout à sa place et après un peu plus de quatre heures de ménage, la maison ressemblait à un lieu entretenu.
Il regarda son courrier, vit qu'il n'y avait rien d'important, et rangea tout dans une commode où il mettait d'habitude tous ses papiers.

Il décida de rappeler au téléphone, la personne qui devait s'occuper de sa maison pendant son absence, moyennant finances. Il lui laissa les chèques en évidence sur la table pour différents règlements administratifs et ferma son sac. Puis, il vérifia son portefeuille pour voir s'il n'avait rien oublié, argent, papiers, numéros de téléphone en cas de difficulté, le plan du trajet à suivre et son propre téléphone. Il était plus de neuf heures trente, quand on sonna à sa porte. C'était deux hommes de l'association qu'il avait contactée auparavant pour venir récupérer les sacs qu'il avait préparés.
Après leur départ, il se resservit un café, mangea des fruits, rangea tout après avoir tout lavé, il regarda autour de lui. Il était fier. Il avait tout nettoyé, vidé sa poubelle, récupéré les derniers fruits et souriait, satisfait du travail qu'il avait accompli.
Il s'apprêtait à fermer sa porte quand il entendit un grand fracas dans son salon. Intrigué, il rentra chez lui et vit que le portrait de sa femme était tombé. Quand il ramassa le portrait, la vitre qui protégeait la photo s'était brisée et il crut voir pendant un moment sa femme qui lui souriait et lui parlait. Il entendit nettement :

« Je te libère de tout le poids que je t'ai chargé inconsciemment et je te demande mille fois pardon pour tout le mal que je t'ai fait endurer. Tu dois vivre ta vie à présent. Je suis heureuse de ta décision, de te sortir de l'enfermement que tu as créé depuis mon départ. Je n'avais pas compris que chacun à son cycle de vie et que pour notre petit, c'était son cycle. Je n'ai pas fini le mien et je continue à errer dans les abîmes insondables de l'univers, jusqu'à ce que mon tour arrive enfin, de ne plus avoir les chaînes qui me lient dans les deux mondes. Tu sais, il y a beaucoup de gens ici qui comme moi, errent dans les abysses, car ils ont cru qu'en mettant fin à leur vie, tout était terminé. Mais non ! Grave erreur ! L'histoire continue ! Et c'est long, car nous n'avons rien à faire, rien à dire, rien à entendre, rien à goûter, et nous ne pouvons même pas discuter avec quelqu'un. Nous sommes là, juste pour nous rappeler que notre cycle n'est pas fini et ton amour me maintient encore plus. C'est ton amour qui me donne la force de

t'entendre, de te voir et de te parler, car mon corps physique est devenu poussière. Mon âme et mon inconscience errent par ma faute çà et là ne sachant où aller. Ton amour me porte et j'en suis heureuse, mais sache que toi, tu es dans ta vie et tu dois évoluer. Je dois moi aussi évoluer. Alors, avance et ne te retourne pas. Détache de toi tout l'amour que tu as pour moi, car c'était pendant un certain cycle de vie du monde terrestre, et je ne suis plus de ce monde dans lequel tu vis. Rappelle-toi juste les bons moments et pas les mauvais. Ne t'attriste plus, car les morts s'occupent des morts et les vivants, des vivants, nous nous reverrons dans une autre vie ».

Steven resta un bon moment assis en regardant le portrait de sa femme qu'un ami peintre lui avait fait pour le plaisir de lui offrir un portrait. Roland, un ami commun, trouvait que Rachel avait un visage magnifique et c'était frappant pour un dessinateur. Il se le rappelait encore.
Un beau jour d'été où ils avaient réuni des amis pour une grillade, Roland qui adore dessiner, c'est son métier, entreprit de poser le visage de Rachel sur une toile. Cela lui prit dix minutes, mais quelle merveille pour Steven.
Il plaça la photo de sa femme dans un cadre, c'était magique, car dès qu'il l'eut fait, son visage avait l'air plus radieux que d'habitude. Quelques jours plus tard, elle était tombée enceinte. Était-ce un signe ? Quel rapport avec la photo installée dans un cadre ? Il ne voyait pas bien. Il se posait la question à présent en entendant la voix qui ressemblait à celle de sa femme. Maintenant qu'il l'avait entendu, il se sentait serein sans savoir pourquoi.
C'était comme si inconsciemment, il attendait son approbation. Il se remémorait ce qu'elle lui avait dit, que chacun avait son cycle de vie, mais le petit lui, ne savait rien de sa vie ! Il était si petit. Steven se rappelait à présent les enseignements qu'il avait eus auparavant. Oui, chacun a son cycle de vie. Mais comment savait-elle ! Puisqu'elle ne s'était jamais intéressée à la philosophie de la vie ! Comment pouvait-elle comprendre ces choses !

Oui ! Il se sentait débarrassé d'un poids. Pourtant il aimait sa femme tout comme au début. Ils s'étaient rencontrés par hasard dans l'un des compartiments d'un train. Sa voiture était tombée en panne et il avait une réunion importante ce matin-là. Il était déjà en retard pour son travail.
Il n'était pas très loin du quai et il voyait justement un train qui arrivait, appela son garagiste pour qu'il récupère sa voiture à une adresse indiquée, vérifia que c'était la bonne direction à prendre et prit le train pour son travail. Il trouva une place assise face à une jeune femme magnifiquement belle qui en plus lui souriait comme sur le quai quelques instants auparavant. Elle était ronde et bien proportionnée. Il la trouvait magnifique et son regard semblait serein. Il engagea la conversation et sut qu'elle était célibataire depuis peu, mais qu'elle était encore sous le choc. Elle se sentait libérée de cette dernière relation. Elle ne voulut rien dire de plus et Steven changea de conversation en parlant de banalités. Pourtant, ils discutaient comme s'ils se connaissaient depuis longtemps. Ils se sont plu tout de suite, Cupidon était passé par là.
 Arrivé à destination, il osa lui demander ses coordonnées téléphoniques et elle accepta. Ce fut le départ pour une grande aventure amoureuse. Ils se sont marié un an plus tard. Steven rendit grâce à sa bonne étoile d'avoir permis à sa voiture de tomber en panne justement ce jour-là. Ce n'était pas du tout son genre de femme au premier abord, mais il y avait une attraction terrible à laquelle il n'a pas su résister. C'était son regard. Elle regardait franchement sans détour son vis-à-vis, un regard limpide. Un penseur a dit : « Le regard est le reflet de l'âme ». Elle avait une âme pure et sincère, car son regard l'était. Depuis, il n'avait rien regretté. Ce jour a été l'un des plus beaux de sa vie. « Chacun à son cycle de vie lui avait-elle rappelé. Nous devions vivre ce moment et c'était merveilleux ». Steven se remémorait tous les bons moments qu'ils avaient pu passer ensemble. Leur première rencontre, leur premier anniversaire commun, leurs premières vraies vacances. Elle était serveuse dans un bar et ne connaissait que le travail depuis l'aube de ses dix-huit- ans.

Elle avait vingt-deux ans et lui vingt-quatre quand ils se sont connus. Steven avait des parents relativement aisés, contrairement à Rachel qui était de famille simple et pas très riche. Mais elle avait des frères et des sœurs elle ! Ils étaient quatre garçons et trois filles. Ce qui enchantait Steven, car c'était son rêve. Mais Rachel lui présentait l'autre version des choses en lui disant : « Tu as eu beaucoup plus de cadeaux, pas moi » ! Et ils riaient ensemble. Alors, quand Steven lui dit un jour : « Nous partons deux semaines en Grèce, pose des congés pour cet été ». Elle n'avait pas dormi de la nuit, tant elle était contente.

-3-

Depuis qu'il avait entendu la voix qui semblait être celle de sa femme, et avait vu l'image qui lui souriait, Steven se sentait libéré d'un grand poids. Mais peut-être aussi parce qu'il avait fait le ménage dans sa maison et s'était débarrassé de tout ce qui la concernait. Il ne devait pas oublier, mais prendre résolument une autre route et il se sentait prêt. Il resta un bon moment à regarder la photo en attendant un autre signe, mais plus rien. Il décida de prendre la route.
Résolument, il se prépara à sortir définitivement de chez lui, tout au moins pour deux ans. Il laissa la photo sur la commode, ramassa tout ce qui restait du cadre et de la vitre, mit tout dans du papier journal. Il reprit son sac, se retourna une dernière fois dans le couloir, sortit de chez lui et ferma la porte à clé. Il mit les débris de verre et de bois dans la poubelle dehors devant la porte et s'en alla.
Il était né à Plymouth, mais se plaisait bien au Mont-Saint-Michel qui lui rappelait un peu son Angleterre. Il décida de suivre cet itinéraire. C'était la fin du printemps et il faisait doux. Il avait mis un pull léger sous un cardigan, qu'il aurait loisir à enlever par la suite. Sans avoir choisi, il faisait beau et le soleil le saluait de ses rayons. Le ciel était limpide.
Il devait traverser plusieurs villes de France pour arriver jusqu'en Espagne. La marche était longue, mais il se sentait capable de se dépasser et de vivre ce qu'il avait toujours envie de faire. Se prouver à lui-même qu'il était capable de faire autre chose que la routine. Il repensa qu'il était seul au monde, sans famille, sans femme ni enfant. Personne ne s'inquiéterait pour lui. Mais d'un autre côté, il était libre et pouvait choisir la vie qu'il voulait vivre. Il se disait qu'il avait de la chance de pouvoir vivre son rêve, même s'il était encore un peu triste. Sa maison était située aux abords de la ville et il lui fallait dépasser la route pour rejoindre les chemins de traverse. Il était heureux à présent, il avait commencé son rêve. Il ne comprenait pas pourquoi il se sentait si bien, alors que pendant trop longtemps, il vivotait. Quand

il avait épousé sa femme, ils semblaient être faits l'un pour l'autre. Ils s'accordaient et préparaient tout ensemble, puis, il avait sombré comme sa femme dans la négativité et ne croyait plus en rien, depuis qu'il y eut ce drame. Il ne s'était pas rendu compte à quel point il avait raté les trains de sa vie, lui qui aimait la nature avec toutes ses composantes. Il était sportif de haut niveau étant plus jeune, il avait oublié le sport et trouvait toujours une occasion pour reporter. À trente-neuf ans, son corps n'avait pas oublié l'endurance physique et il était prêt pour le challenge.

Il marchait allègrement depuis environ deux heures, quand un homme sans âge arriva de nulle part, dans une charrette tirée par deux bœufs et avançait nonchalamment sur la route que Steven avait prise. En regardant sa carte, il se rendit compte que le lieu inscrit, sur la pancarte n'était pas indiqué. Il n'avait pas fait attention et s'était dirigé sur cette route qui n'était inscrite nulle part sur sa carte. L'homme sans âge lui dit bonjour et lui sourit. Il descendit de sa charrette et regarda Steven droit dans les yeux. Steven avait l'impression d'avoir déjà vu cet homme, mais où. Il se sentait à l'aise comme s'ils se connaissaient. Il lui demanda :

- Nous sommes où exactement, je crois que je me suis trompé.

Et l'homme répondit :

- Nous sommes sur la route qui mène à la clé de voûte de tous ceux qui marchent vers la compréhension de leur vie. Tu as préparé ta route avec minutie, mais tu ne sais pas encore que ce qui se présente à toi t'est nécessaire d'une manière ou d'une autre pour ton évolution propre. L'homme a besoin de repères pour se diriger.
  Quand il reconnaît son environnement, il avance sans crainte, car il connaît toutes les possibilités qu'il peut développer et améliorer pour son évolution. Quand il ne comprend pas, soit il ne cherche pas plus au-delà, il se dit

que ce doit être la solution, soit la peur s'installe en lui et il devient méfiant. S'il est de nature curieuse, il va jusqu'au bout pour découvrir ce qui s'est présenté à lui. L'homme en général, ne voit que ce que ses yeux physiques peuvent voir. Il ne sait pas qu'il peut avoir une autre perception des choses en regardant au-delà de sa vision limitée.
Quand il se met à l'écoute de la nature et de ses sens, il progresse et progresse encore vers une meilleure compréhension de la vie.

Steven ne comprenait pas ce que l'étranger voulait lui expliquer et l'observait avec curiosité. On ne pouvait lui donner un âge défini. Il avait le regard et la tête d'un enfant et le corps d'un homme de quarante ans. Mais il pouvait être plus vieux ou plus jeune, rien ne le définissait. Il était toujours souriant et avait l'air bienveillant. Il ne ressemblait pas aux gens de l'époque de Steven. Ils avaient à peu près la même taille. L'étranger avait les yeux un peu bridés et les pupilles jaunes. Il était habillé comme s'il arrivait d'un autre siècle, un chapeau à plumes, un pantalon qui n'arrivait que jusqu'aux genoux, de grandes chaussettes et une paire de chaussures à boucles, s'appuyant sur un bâton de pèlerin à côté de lui. Il était mince et sculpté comme s'il était en permanence en train de faire de la culture physique.
Steven se présenta et lui demanda son nom. L'inconnu toujours souriant lui dit :
- Je suis celui qui apporte la lumière aux pèlerins qui sont sur la route et les dirige vers le lieu du grand rassemblement. Je suis la dernière pierre qui se pose sur l'édifice divin et qui guide tous ceux qui pensent s'être égarés. Je suis le flambeau qui éclaire la nuit de tous ceux qui marchent vers la sérénité. Je suis l'eau qui abreuve tous les assoiffés de la connaissance. Je suis l'oiseau qui crie dans la nuit pour rappeler à l'homme qu'il fait lui aussi partie de la mère Nature. Je suis l'Alpha et l'Oméga, le début et la fin de toutes choses. Je suis tout cela.

Depuis un peu plus de neuf siècles, vous êtes des milliers de pèlerins à marcher pendant des kilomètres pour accomplir un travail que vous vous êtes imposé. Des chevaliers, des pieux, des croyants, des curieux qui souhaitaient se dépasser pour se prouver à eux-mêmes ou à d'autres qu'ils sont capables de vivre leurs rêves. Ils ont marché pendant des jours, des mois et même des années, soutenus par leur foi ou leur conviction en ces chemins.
Au début, certains effectuaient cette marche pour expier quelques fautes et acquérir un pardon divin. Pour d'autres, c'étaient accomplir un exploit physique et mental. Les chemins de pèlerinage ne sont pas des plus simples et sont souvent parsemés d'embûches et de difficultés de toutes sortes, mais l'homme arrive toujours à se dépasser quand il se met en phase.
L'homme a des capacités enfouies en lui qu'il a oubliées. Il a oublié qu'il est une essence divine et qu'il est lié à la source en permanence, mais avec tout l'amour, toute la lumière, toute la force et les mille et une possibilités de se ressourcer.
Tu as préparé ta marche avec ton plan physique, mais il y a le plan mystique que beaucoup de pèlerins comme toi ont cherché et chercheront encore. Tu es prêt à suivre le bon chemin pour arriver à destination, mais tu dois être attentif aux messages et écouter les guides.
Tout d'abord, tu dois continuer à effacer toute la douleur que tu as accumulée, ce qui t'a gêné depuis que tu as perdu tous les êtres qui te semblaient chers dans cette vie. Tu ne dois rien regretter. Ne t'en fais pas, tu les retrouveras. Mais à présent, tu es l'un des élus et tu rencontreras d'autres sur cette route qui te mèneront vers le but que tu t'es fixé. C'est un chemin initiatique qui dure exactement le temps que tu as pris pour y arriver, car chacun est unique.

-4-

Pour certains, cela pourrait prendre un jour, une vie, pour toi, c'est deux ans. Reprends-toi, intériorise-toi et tu comprendras ce que je viens de t'expliquer. Comme tous les pèlerins, une coquille de pectens est nécessaire. Alors voici, celle-ci te guidera dans tes moments de doute et d'angoisse, jusqu'à ce que tu n'aies plus besoin de son aide. Je te l'offre, elle te servira comme une boussole et t'indiqueras la route à suivre, tout au moins pendant un certain temps. Souviens-toi, tu es l'élu qui retrouve ses capacités, tu es un Être qui se retrouve. Tu es passé dans le canal de l'oubli et tu as oublié que tu es un être de lumière. Tu ne comprends pas encore tout ce que je te dis, bientôt, tu auras des réponses.

Le voyageur du temps lui tendit une coquille de pectens vide et à son contact, celle-ci se mit à tourner et à briller, puis à l'aide de l'aiguille qui se trouvait à l'intérieur, elle lui indiqua le chemin à suivre. Il sentait que ce coquillage avait une grande importance.

En levant les yeux pour remercier l'homme sans âge, ce dernier avait disparu comme par enchantement. Il se posait la question, ce que tout cela signifiait. Il ne comprenait pas trop. Il se demandait s'il devait se servir de sa carte ou pas. Le nom de la prochaine route qui était indiqué n'était pas sur sa carte. Il décida de suivre les directives de la coquille.

Steven s'assit par terre et réfléchit à ce qu'il venait de vivre en si peu de temps. Il repensa à ce qu'il avait appris auparavant et décida de rester serein et à l'écoute de tout ce qui pouvait lui arriver et le noter sur un cahier, la date et l'heure de l'évènement, quel qu'il soit. Il n'avait pas peur des choses dites insolites, et n'était pas étonné de voir cet homme. Mais où l'avait-il vu ? Ce voyageur lui avait parlé comme si lui aussi connaissait Steven. Il ne comprenait pas tout ce qu'il lui avait dit, mais il était sûr d'une chose. Cet homme sans âge *était impressionnant et dégageait une grande bonté. Il décida à son prochain arrêt de chercher une librairie.*

Il marcha encore deux heures et vit un petit magasin insignifiant et résolument, poussa la porte pour essayer de trouver un cahier et un stylo. Il n'avait pas pensé à cela au départ, mais il était content. La marche prenait une tournure singulière, mais très intéressante. Quand il poussa la porte du magasin, il fut doublement surpris, car il semblait être attendu.

- *Soit le bienvenu pèlerin, dit un homme qui ressemblait trait pour trait à Steven en lui tendant un cahier et un stylo. Je crois que tu as oublié ces deux éléments dans ta besace.*

Quand ce dernier prit les objets que lui tendait son double, il commença à se poser des questions sur tout ce qu'il avait vécu jusque-là. C'était comme s'il était guidé depuis le jour où il avait pris la décision de sortir de ce monde limité. Cela ne se présentait pas comme il l'avait imaginé. Il pensait en lui-même que s'il voulait vivre cette expérience, il fallait qu'il aille jusqu'au bout et décidât de ne pas réfléchir à ce qui allait suivre. Selon tous les livres qu'il avait lus et toutes les recherches qu'il avait faites, le chemin de Compostelle était un lieu de pèlerinage, plein de bouleversements et de surprises.

Depuis qu'il s'était levé le matin, il avait sa dose de manifestations et ne s'étonnait plus de se trouver en face de lui-même.

- *Tu as eu une bonne idée de vouloir noter tous les moments de ta marche, comme l'a dit l'homme sans nom, lui dit l'homme qui ressemblait à Steven. Il y aura des signes jusqu'à ce que tu arrives au lieu sublime. Le but du voyage n'est pas seulement de marcher pour arriver à un endroit précis, mais de comprendre le pourquoi du comment. Pourquoi avoir choisi cette démarche plutôt qu'une autre ? Pour toi, il est nécessaire de te débarrasser d'un fardeau qui te pèse. Tu as eu une première approche que l'homme est uni à tout ce qui*

l'entoure. Es-tu conscient de tes possibilités ? Elles sont multiples. Tout au long de ta route, tu comprendras tout ce que je viens de te dire. Tu apprendras à regarder avec les yeux de l'âme et la conclusion de toutes ces choses sera : tout fait partie du Tout.
Steven avait l'impression de se découvrir et de se parler à lui-même. Il regardait cet homme qui lui ressemblait et puis, brusquement, il se souvenait ! « Je me parle, je parle à mon moi intérieur. C'est ce qu'expliquaient les enseignements philosophiques pensa-t-il ! Nous prenons conscience que nous avons des capacités enfouies en nous et nous nous étendons en dehors de nous. J'envoie tout mon amour à ma femme et à mon fils et je me libère de ce lourd fardeau qui n'était pas nécessaire. Je sais qu'à présent, notre petit a eu son cycle de vie et que je les reverrais dans quarante, cinquante ans ou un siècle plus tard dans un autre cycle. Je commence une deuxième vie. Une vie de compréhension et de positivité ».

- *Non répondit son double, qui l'avait entendu discuter intérieurement. Vous vous reverrez selon un ordre établi depuis la nuit des temps, lorsque cela sera nécessaire. Tu les reverras le moment venu, car tout est cycle et tout est géométrisé, calculé selon un ordre divin, mais aussi par la pensée que l'homme véhicule. Tu dois te souvenir que l'homme est maître de sa destinée, et tu es libre de rebrousser chemin ou de continuer à découvrir les merveilles de mère Nature. Sache que c'est ton choix en tant qu'entité dans ce monde. À présent, tu as une longue route devant toi si tu l'acceptes, mais ne te poses pas trop de questions comme tu l'as dit toi-même et note tout ce qui te sera nécessaire. Néanmoins, pose-toi celle-ci, demande-toi pourquoi tu as choisi le chemin de Compostelle. Est-ce pour le plaisir de te prouver à toi-même que tu as les capacités pour pouvoir te dépasser physiquement ? Non, il y a plus que cela.*

Inconsciemment, tu te souviens d'avoir fait cette même route, il y a de cela quelques siècles. Mais je te laisse découvrir tout au long de ton chemin. Tu t'es rendu compte que nous nous ressemblons, que je suis toi et que tu es moi. Non, je suis bien plus que toi, je suis ta conscience. Je suis ce qui te permet de te poser des questions et d'analyser. Je ne suis pas un être humain comme tu le constates, tu m'as personnifié. Quand tu prends conscience de tout ce qui vit autour de toi, tu te rends compte que tu dois vivre en harmonie avec tout ce qui vibre, pour te comprendre toi-même, car tu fais partie du Tout. Quand tu lèves les bras, tu les baisses, tu les attires devant, derrière, tu brasses l'énergie que tu ne vois pas. Tu sens une force tout autour de toi en permanence. L'énergie divine est là en permanence. Tu ne peux la tenir, mais tu peux la ressentir. Pas au sens physique du terme, mais tu me comprends. Même si tu rencontres beaucoup de gens, tu es seul dans ton univers. Tu auras souvent affaire à moi, c'est-à-dire à toi-même. Tu me parleras souvent et je te répondrai. Je te dis, à bientôt.

Steven remercia son double et prit le chemin de la porte pour continuer son chemin. Il suivit le chemin que la boussole lui indiquait et réfléchissait.

Le double de Steven et le petit magasin avaient disparu.

Steven était à présent conscient qu'il vivait une expérience magique. Depuis qu'il avait pris la décision de fermer la porte de sa maison, de saisir son sac et de prendre la route à pied jusqu'au chemin de Compostelle, il y avait des signes et des transformations dans son esprit et dans sa démarche.

-5-

*Il nota tout ce qu'il avait vécu et en relisant, se disait qu'il vivait quelque chose d'extraordinaire. Il se remémorait les enseignements qu'il avait lus avec beaucoup de concentration au début où il vivait seul chez lui. Il savait que des moments comme ceux qu'il venait de vivre existent, il avait eu des apparitions et était surtout curieux de savoir ce qui existait dans d'autres mondes. Cela, il le savait.
L'homme n'est pas la seule entité intelligente qui existe, mais comment prendre contact avec eux ? Il avait aussi lu beaucoup de livres sur la philosophie et tous revenaient au même
langage : « Connais-toi toi-même et tu connaîtras l'Univers » !
Comment se connaître soi-même, se dit-il en se parlant à lui-même !
« En écoutant vibrer ton corps qui répond au même battement que celui d'une horloge », entendit-il au plus profond de lui. Il écoutait sa montre, puis prenait son pouls et réalisait que c'était les mêmes pulsations. Comment est-ce possible ?
À une époque, il s'était penché sur la Bible, et dans la Genèse, le premier texte du livre qu'il avait lu, il avait retenu cette phrase : « Et Dieu créa le ciel et la terre ! »
Steven nota dans son cahier : « Tout est lié ! Comme une horloge bien huilée, tout fait partie du Tout, et toute chose à son importance ». Il ne s'était jamais posé la question auparavant. Il venait de découvrir que tout est, et tout est en fait une partie du Tout, c'est juste à d'autres dimensions. Il avait noté sur son cahier tout ce qu'il avait vécu et en relisant tout ce qu'il avait écrit, il était heureux de ses premiers instants sur le chemin initiatique.
Il se demandait encore pourquoi il avait attendu aussi longtemps pour se décider. Il n'était pas encore prêt. Quand le disciple est prêt, le maître apparaît, avait dit un Sage.
Au lieu de faire un parcours avec le plan physique qu'il avait bien établi, en pensant à toutes les villes qu'il devait traverser pour arriver à destination, il y avait un chemin initiatique, un chemin qu'il avait*

l'impression de connaitre sans l'avoir vu auparavant. Il se sentait heureux. Il avait envie de crier au monde qu'il était heureux de vivre pour connaitre ces instants. Il était seul, mais il se sentait tout à coup habité par une force qu'il ne connaissait pas auparavant. Il n'était plus seul. Il n'y avait plus de tristesse, plus d'angoisse, plus de peur, que de l'amour et une paix intérieure. Il n'avait pas de religion, mais remerciait toutes les forces positives de l'accompagner.

Cela faisait à présent plus de six heures que Steven marchait dans le chemin qui lui était indiqué. Il n'avait plus besoin de sa carte, il se laissait guider par sa boussole en coquille de pectens et avançait sur la route allègrement. Tantôt, il prenait des sentiers battus, tantôt, il marchait sur la route, et de temps en temps, un automobiliste s'arrêtait pour l'aider. Il remerciait chaleureusement, mais à présent, il commençait à faire nuit et il était un peu fatigué. Il devait se reposer quelque part.

Il avançait tranquillement dans la nuit qui commençait à tomber, quand il vit, au loin, une cabane faiblement éclairée dans le bois. Il avança jusqu'à celle-ci, frappa à la porte, n'entendit aucun bruit et décida de la pousser.

Il lut la pancarte installée sur la petite table où se tenait une bougie.

« Bienvenue à tous ceux qui sont sur le chemin ».

En plus de la petite table, il y avait une chaise, du pain, du fromage, des fruits, de l'eau, une bougie allumée, un grand lit et deux à trois couvertures.

Steven enleva ses chaussures de marche, massa ses pieds, se lava les mains, puis entreprit de profiter du repas qui était généreusement offert. Il était tellement fatigué qu'il n'alla pas jusqu'au bout, s'installa confortablement dans le lit offert après s'être déshabillé, et s'endormit du sommeil du juste. Il avait un sommeil de plomb et n'entendit pas un autre voyageur qui lui aussi avait vu la petite cabane et voulait se reposer, car lui aussi était fatigué.

L'autre voyageur, lui aussi, lut la phrase de bienvenue et commença à apprécier le repas du bienfaiteur. Il commençait à s'endormir quand il se rendit compte qu'il y avait un lit et des couvertures, enleva ses chaussures et ses habits et s'endormit lui aussi presque tout de suite. La cabane était très petite. Pourtant, quand les deux pèlerins se réveillèrent, chacun pensait qu'il était seul. Steven se leva le premier, s'étira et entreprit de se laver. Il y avait une petite rivière qui coulait juste en bas, à côté de la petite maison. Il ouvrit la porte, aspira un grand coup, retint l'air dans ses poumons et expira tout aussi bruyamment. Ce qu'il recommença plusieurs fois de suite.
Il ne se rendit pas compte que quelqu'un d'autre n'avait dormi pas très loin de lui, car chacun avait sa vision limitée des choses. Il sortit de la petite maison et prit un grand bain dans la rivière qui était un peu froide au début, puis remonta se rhabiller. Heureusement, il ne faisait pas froid. Il se sentait en pleine forme et décida de se faire un café. C'est à ce moment qu'il vit l'autre homme qui venait de se réveiller et semblait surpris de voir Steven, ils se présentèrent.

- *Bonjour ! Je me nomme Steven. J'ai dormi si bien cette nuit que je ne t'ai pas entendu !*
- *Et moi Björg, dit ce dernier en lui tendant la main. J'étais si épuisé hier soir, alors j'ai vu la lumière de la petite cabane, j'ai frappé. N'ayant pas entendu de bruit, j'ai poussé la porte et je suis entré. J'ai lu le message, mangé un peu, puis mes yeux ne tenaient plus, je me suis effondré sur le lit devant moi. Je ne t'avais pas vu non plus. Pourtant, il n'y a qu'une pièce et un lit ! Comment est-ce possible ? Mais je crois que nous étions trop fatigués. Je viens des pays scandinaves. Un jour en me levant, j'ai décidé après avoir lu beaucoup sur l'histoire du chemin de Compostelle, de faire ce même parcours. Mais il m'est arrivé des choses si insolites que je commençais à perdre pied.*
- *Moi, aussi dit Steven, il m'est arrivé des choses insolites, mais j'en suis heureux, car je sors d'une souffrance telle que cette*

marche est pour moi comme une libération. J'avais préparé mon plan de route et je me suis trouvé sur une route qui n'était pas sur ma carte, quand surgit devant moi un homme sans âge qui m'a donné cette coquille de pectens. Depuis, je me laisse guider par elle. Il faut dire que je crois aux manifestations d'autres formes de vie et c'est avec plaisir que je l'ai rencontré, car il m'a donné la force et la foi pour adhérer pleinement au but que je me suis fixé.

- C'est exactement ce qui m'est arrivé dit Björg, ta présence me rassure, car je pensais que je devenais fou. J'en suis heureux. Désormais, je peux repartir sur la route, confiant.
- C'est une belle route, dit Steven. C'est la route de la compréhension de soi et la capacité à se dépasser et transcender les idées préconçues. Beaucoup avant nous ont fait le voyage, mais je crois que peu de gens ont fait l'expérience que nous avons eue jusqu'à présent et que nous n'avons pas fini de vivre. Nous ne sommes qu'au début de la route. Je pense que nos chemins ne se sont pas croisés par hasard. Il y a quelque temps, j'étais pétri de négativité, car je réalisais que j'étais seul et sans plus aucune famille. J'avais perdu mes deux parents dix ans auparavant, puis ma femme et mon unique fils, et je me sentais si seul, alors qu'auparavant, j'étais un homme heureux. Je ne m'attendais pas à vivre des évènements aussi tragiques, et je refusais presque de vivre. Un jour, je fis un rêve. J'étais dans une sorte de procession avec des hommes et des femmes d'une grande piété. La foule avançait infatigablement vers un rocher lumineux qui scintillait droit devant elle. Les croyants étaient tellement imprégnés de ferveur, qu'ils ne se rendaient pas compte des kilomètres qu'ils avaient déjà faits à pied. Arrivés au pied de ce rocher, ceux qui étaient devant se prosternèrent et le rocher s'ouvrit en deux et laissa couler une eau pure qui transformait chaque participant en leur donnant une force extraordinaire. Ce rêve m'a aidé à prendre ma décision.

Quelque temps auparavant, je m'étais documenté sur tout ce qui concernait le voyage et les pèlerins. Je pris du temps à me décider, mais j'étais enfin prêt. C'était une préparation physique, psychique et intellectuelle.
Désormais, je suis heureux du déroulement de la situation. Je m'attendais à marcher et à me libérer du stress que j'avais au fond de moi. Depuis que j'ai eu tous ces messages, je suis un homme transformé, apaisé et serein. Je suis bien. Au fait, as-tu vu ton double ? Quelqu'un qui te ressemble trait pour trait et qui parlait comme si c'était toi ?
- *Non, mais j'ai revu mon frère décédé dans un accident de voiture il y a trois ans. Je n'arrivais pas à en faire mon deuil. C'était mon ami, mon frère et mon confident. Nous avions un an d'écart et souvent, on nous prenait pour de faux jumeaux, mais il était bien plus beau et avait plus d'assurance que moi. Il est apparu devant moi, mais sans aucune égratignure et encore plus beau qu'auparavant et il me dit ceci :*

« Tu as été mon frère bien aimé dans une vie, mais à présent, je dois partir rejoindre les miens. Chaque fois que tu penseras à moi, les larmes couleront, car tu te diras pourquoi lui et pas moi. J'avais foi en moi et en mes capacités, toi non. Je voulais combattre les vicissitudes de la vie et j'y suis arrivé.
« J'étais aussi plein d'arrogance et je défiais tout autour de moi. Je roulais trop vite et je n'ai pas eu le temps d'éviter l'arbre. Et voilà, vingt-cinq ans plus tard, la porte se referme. Maintenant que tu suis une voie initiatique, tu comprendras mieux pourquoi je te dis de briser les chaînes qui te lient à moi, car sans ton lâcher-prise, je ne peux évoluer et toi non plus. Vis ta vie. Ton cycle de vie est bien plus long que le mien. Nous nous reverrons dans d'autres vies ».

Il m'expliquait tout cela avec tant de douceur que pendant un moment, j'ai fermé les yeux pour m'imprégner de tout ce que mon frère me disait, puis je me suis senti mieux. En rouvrant les yeux, il avait disparu.

L'homme sans âge leur apparut juste après que Björg eut fini de raconter son histoire. Il leur dit :

- *Bienheureux pèlerins, vous avez choisi de faire ce voyage, pas seulement pour vous prouver que vous pouvez faire comme les autres, mais pour vous restructurer et faire de votre vie ce que vous souhaitez depuis votre venue dans ce monde, un tracé indélébile de la puissance divine. Dans cette cabane, des milliers comme vous se sont arrêtés ici pour se restaurer, s'abreuver et se reposer. Mais au réveil, chacun prendra une route différente, car c'est ainsi. Si vous vous êtes rencontré ce jour, ce n'est pas par hasard. Au début, chacun est enthousiaste de pouvoir faire quelque chose d'extraordinaire, mais entretemps la foi se disperse et le pèlerin aussi. C'est pour cela que vous êtes là aujourd'hui. Pour toi, Steven, c'est un enchantement, car en moins de six heures, tu t'es débarrassé du lourd fardeau qui te pesait. Toi Björg, tu commençais à douter de ce que tes yeux physiques pouvaient voir, de ce que tes oreilles physiques pouvaient entendre, une certaine compréhension des choses de la vie que tu ne comprenais plus. Steven t'a fait voir les choses autrement et ton frère aussi. Tu es prêt à repartir, mais d'ici peu, le doute à nouveau t'envahira et tu connaîtras aussi la peur. Sache que si tu as fait tout ce chemin, c'est pour un but bien précis, avoir confiance en toi. Garde la foi, car la voie mystique est initiatique. Elle permet de faire prendre conscience à l'homme qu'il est capable de se dépasser et de mieux comprendre la vie qu'il vit. Je serais avec vous pour vous guider au mieux sur le chemin de l'initiation individuelle.*

Puis l'homme sans âge disparut.

Björg et Steven se regardaient et c'est Steven qui réagit le premier en disant à son colocataire en quelque sorte :
   - Veux-tu un café ?
   - Oui, répondit Björg, il m'en faudrait deux ou trois.

Steven finit de faire couler le café trouva deux verres, sortit du sucre dans son sac, puis ils le burent en silence. Il était aux anges et se disait qu'il était aidé. C'était magnifique ! Chacun se remémorait ce qui venait de se passer.
Björg lui, admirait en silence son colocataire. Il aurait aimé être comme lui, mais il n'avait pas son charisme. Steven avait une foi inébranlable et en servant le café, ce dernier souriait tant il était satisfait. Mais lui Björg, il avait visité des maisons psychiatriques et n'osait pas trop raconter sa vie à Steven. Ce dernier avait l'air à l'aise dans sa nouvelle vie. Mais en y repensant, il s'est dit que le hasard n'existe pas. Il était en face d'un homme qui avait perdu sa femme et son fils, qu'il n'avait plus de parents et aucune famille, seul au monde, selon ce qu'il disait, et il arrivait à être en phase avec tout ce qu'il vivait. Et il était heureux ! Ce que Björg vivait n'était rien à côté de ce qu'avait vécu Steven. Il avait perdu son frère dans un accident de la route, mais il avait encore ses parents, ses sœurs, ses oncles et ses tantes, une grande famille, des amis ! Il venait de comprendre. Sa situation n'était pas aussi catastrophique. Son frère venait de le libérer et de ce côté il se sentait mieux. Mais il n'arrivait pas encore à oublier son handicap physique, il avait une jambe un peu plus courte que l'autre, il claudiquait à peine. Steven ne s'était même pas aperçu.

En sirotant son café bien dosé par son vis-à-vis, il finit par lui dire.

   - Tu sais Steven, je t'admire et je t'envie. Tu as eu des situations dures dans ta vie, et tu viens de me permettre de relativiser mon problème. J'ai un handicap qui me créait jusqu'alors des

complexes énormes. J'ai une jambe plus courte que l'autre et cela m'a beaucoup perturbé dans mes relations avec le sexe opposé. Mes amis ne se préoccupaient pas du tout que je sois infirme ou pas. Ils ne se rendaient même pas compte que j'avais un problème, mais moi, je me sentais diminué. Je repensais à mon frère qui m'avait presque porté tant il avait de la peine de me voir ainsi. Il était toujours gai et mordait la vie à pleines dents et pendant longtemps, je me suis demandé pourquoi lui et pourquoi pas moi. Dorénavant, grâce à toi, je suis débarrassé de mon deuxième fardeau. Je suis prêt à continuer ma route. Merci encore.

- *Je te remercie dit Steven, car toi aussi, tu m'as conforté dans ma démarche. Pendant si longtemps, je me suis enfermé sur moi-même, ne voulant voir personne. À force, mes amis m'ont laissé tomber et je me suis retrouvé tout seul en descendant la pente de l'abîme. Tu m'as aidé à comprendre qu'il y a beaucoup de gens qui souffrent, parce qu'ils s'imprègnent de la souffrance. Quand tu as des moments de joie, tu ne penses qu'à la joie et à rien d'autre. C'est la même chose pour la douleur et la souffrance. Nous avons eu un échange positif et nous devons nous préparer, car la route est longue. Merci à toi.*

Ils firent un peu de ménage, chacun de son côté, rangèrent la maison et laissèrent tout tel qu'ils l'avaient trouvé au départ, mis à part la nourriture. Puis comme par magie, Steven se retrouva sur une route caillouteuse qui grimpait un peu. Il cherchait Björg, mais celui-ci devait avoir pris une autre route. Ils se retrouveraient peut-être ! Il savait qu'il devait poursuivre seul sa route. Il se demandait pourquoi Björg était apparu à ce moment.
Son ami d'une nuit venait d'un autre pays. Steven venait d'Angleterre et sa femme aussi. Björg n'avait pas spécifié, mais il venait des pays scandinaves. Cela pourrait être la Suède, la Norvège, le Danemark ou la Finlande. Steven opta pour la Suède. Son ami d'un jour était sympathique, mais il n'avait pas l'air d'être sûr de lui. Peut-être devait-il le conforter dans sa démarche, car Björg l'admirait. Il le lui avait dit. Il se retrouvait sur un chemin seul à nouveau.

-6-

Il marcha pendant un bon moment toujours avec l'aide de la coquille et se retrouva sur un sentier assez particulier.
De chaque côté du sentier étroit, il y avait un immense précipice. Steven n'avait pas le vertige, mais il se disait que c'était peut-être un peu trop haut et un peu trop étroit. Deux personnes pouvaient difficilement passer, sauf s'ils passaient, l'un derrière l'autre. Il ferma les yeux, se concentra et visualisa une large route où dix personnes pouvaient passer en même temps. Puis il rouvrit les yeux en ayant en pensée la large route. Il regardait droit devant lui et avançait tranquillement sans se presser, car la pente était raide. Quand il arriva tout en haut, il y avait un plateau. Il s'adossa à un arbre et reprit son souffle. Il regarda le sentier qu'il venait de grimper et se demandait quelle serait la prochaine route.

L'homme sans âge apparu, toujours souriant et il lui dit :

- *Tu as appliqué les lois de ton esprit et tu as dépassé le limité. Il n'y avait aucune issue, parce que tu voyais avec les yeux physiques. Quand tu t'es mis à regarder avec les yeux de l'âme, tout s'est transformé. De tout temps, beaucoup d'hommes ont attribué les exploits à des miracles, alors que c'est tout simplement le lâcher-prise de toutes les connaissances erronées qu'ils ont acquises. Ils ont perdu la confiance qu'ils doivent accorder à leurs possibilités infinies. Pèlerin, tu t'es vu sur une route large, et regarde, elle est là. Tout dépend de ton état d'être.*

Par quelle magie, le sentier étroit s'était transformé en une route normale et sans précipice de chaque côté comme précédemment ! Il

était content d'avoir passé cette épreuve. Il repensait à Björg et se demandait comment il réagirait.
Jusque-là, il se sentait à l'aise dans tout ce cheminement qui était le sien. Il ne pensait pas une seconde, vivre des expériences aussi exaltantes. L'homme a des capacités latentes en lui qu'il doit développer, mais pour cela, il doit accepter qu'il les ait. Il se rend compte par son propre vécu que l'on est capable de créer son propre environnement.
Pendant trop longtemps, il avait stagné sur lui-même dans une sorte de dépression. Il avait compris depuis son départ qu'il avait changé, et comprenait ce que sa femme avait voulu lui dire que chacun a son cycle de vie. Certains ont un cycle long et dépassent parfois les cent ans. D'autres peuvent vivre juste un jour ou une minute. Mais l'Intelligence créatrice ne se trompe pas, c'est l'homme qui doit concevoir ce pour quoi il a telle ou telle vie. Il a le choix entre vivre des expériences profitables ou suivre le cours de sa vie sans chercher à comprendre le processus. Il était beaucoup plus serein qu'au départ, et la visite inattendue de l'homme sans nom ne l'étonnait plus du tout et espérait que Björg aurait lui aussi cette impression.

- *Justement, je voulais te le dire, dit l'homme sans âge qui apparut devant Steven encore une fois comme par magie. L'homme ne vit pas qu'une seule vie. Il a vécu plusieurs vies depuis que le monde est monde, mais il ne se rappelle pas toujours, car il vit dans sa vie la plupart du temps en se conformant à la politique du moment. Il ne se pose pas souvent des questions sur sa propre existence, même pas sur l'existence globale. Alors il se mêle dans la masse et suit le troupeau.*
Selon les différentes cultures, chacun adhère à sa propre croyance avec la connaissance qu'il a acquise, soit par son environnement, sa culture ou par sa vision des choses. Il acquiert de la force, du pouvoir, de la conviction, ainsi que la croyance qui s'adapte le mieux à sa propre personnalité. C'est

ainsi que naissent des rituels bien spécifiques, des croyances qui, à force, restent ancrées dans la mémoire de l'homme qui oublie de vivre par lui-même, sans être assujetti par son semblable, ou les croyances laissées par les anciens, qu'il perpétue sans comprendre parfois.
L'homme est maître de lui-même, mais il a oublié qu'il avait ce pouvoir. Il est devenu peureux, craintif et quand il voit des choses que ses yeux n'ont pas l'habitude de voir, il pense le plus souvent que ce sont des manifestations divines. Seul, il ne peut voir que ses limitations. Heureusement, ce n'est pas général. Certains êtres humains sont plus attentifs que d'autres, alors l'invisible devient visible, l'inaccessible devient accessible, l'inconnu devient connu, le limité devient illimité.
Te rends-tu comptes à présent que tu as perdu du temps à pleurer sur toi-même quand tu te sentais si seul, alors qu'il y a tant et tant de choses à vivre ? Si tu avais encore ta femme, aurais-tu pensé un instant vivre ce que tu es en train de vivre ? Tu comprends qu'il ne faut rien regretter. Tout à sa raison d'être. Regarde le chemin que tu as parcouru. Pas une seule fois, tu ne t'es plaint, car tu as réussi à te dépasser et rentrer en toi-même, à te reconnecter à la source et tu es un homme heureux à présent.
 Le chemin est encore long, mais tu as toute la capacité physique et intellectuelle pour vivre pleinement ta vie dans cette vie. Tu m'écoutes toujours très attentivement et tu trouves cela normal que je sois là à discuter avec toi comme si nous nous connaissons depuis longtemps et c'est vrai. Au fur et à mesure du temps, tu te souviendras de tout ce que tu as vécu. Tu te souviendras de tout ce que tu es capable de faire et tout te semblera si simple et si limpide. Tout te semblera normal. Tu te souviendras aussi que nous nous connaissons depuis très longtemps et que nous avons vécu des choses extraordinaires. Je suis content de te retrouver. Je suis content que tu aies pu te

réveiller, car pendant un moment, je me disais que tu allais avoir du mal à émerger. Tu as réagi bien plus vite que je ne le pensais. Je n'ai rien fait pour te forcer dans ta démarche. Tu en as pris conscience tout seul. Tu t'es mis en face de toi et tu as réagi. Rien ne t'étonne, car tu as déjà vécu ces expériences et biens d'autres encore. Je te laisse à tes découvertes, à bientôt !

Björg était un jeune homme instable et insatisfait avant de se décider à faire cette marche. En lisant les récits de voyageurs qui avaient entrepris le voyage à pied en direction de Compostelle, il se sentait motivé pour entreprendre, lui aussi, une marche pour se retrouver.
 Les pèlerins qui participaient à cette marche avaient plusieurs raisons, soit pour demander de l'aide du Très-Haut, de son soutien et de la force pour tous les évènements à venir dans leur vie, soit pour se dépasser physiquement et spirituellement, soit pour vivre une expérience qui sortait de l'ordinaire. Certains avaient simplement envie de vivre autre chose. Tous, avaient eu de l'aide, sans savoir comment. Ils avaient la foi dans leur démarche.
Son unique ami et frère était mort dans un accident de voiture. Il avait entrepris de faire comme beaucoup, la marche vers Compostelle, pour se prouver qu'il pouvait se dépasser. Björg lisait toutes sortes de livres traitant sur divers sujets de la relation de l'homme dans la vie qu'il vivait dans l'instant. Il voulait comprendre, mais ne savait pas trop par où commencer.
Lui aussi avait établi un plan depuis son pays natal, la Suède, pour partir au Portugal et arriver sur le chemin de Compostelle.
Il avait commencé à s'intéresser depuis la prime enfance, a des choses qui sortaient de l'ordinaire. Il voyait des êtres qui n'avaient pas toujours la même apparence que l'homme, mais qui lui souriaient. Cela lui faisait peur. Ils étaient petits, parfois grands avec des formes bizarres qu'il n'avait jamais vues auparavant. Ils avaient des ailes ou alors de longs bras et toujours un regard bienveillant. Rarement, il rencontrait des êtres malveillants. Il ne pouvait en parler à sa famille,

car elle le trouvait déjà bizarre, mais encore plus depuis la mort de son frère.

Avec ce dernier, il pouvait discuter de tout et il ne se moquait pas de lui. Son frère lui disait qu'il avait la chance de pouvoir voir autre chose, que lui aussi aimerait avoir des contacts. Börg essayait de se débattre le plus possible, pour ne pas avoir affaire à ces êtres qui ne lui inspiraient aucune méchanceté, mais étaient des inconnus. Il se disait qu'il était fou et rejoignait les réflexions de sa famille et de ses amis qui lui disaient qu'il était devenu fou depuis la mort de son frère. Ce qu'ils ne savaient pas, c'est qu'avant la mort de son frère, il ne se posait pas trop de questions, car il avait l'appui de son frère, mais il n'était plus là.

Depuis il voyait de plus en plus des Êtres avec des formes différentes qui lui souriaient et qui lui envoyaient toutes sortes de pensées d'amour et de lumière.

Puis un jour, il vit dans un rêve, une route, une grande route ou beaucoup de gens marchaient vers une grande lumière. Il décida de suivre la route qui s'offrait à lui et il se sentit bien. Il n'avait plus de peur, ni d'angoisse ni aucun doute. Puis il entendit une voix qui n'avait pas l'air réel, mais qu'il comprit. Elle lui dit :

« Trouve la voie qui correspond à ton cheminement de vie et tu seras heureux. Rien n'est fait au hasard. Tout ce qui t'arrive est nécessaire pour ton évolution propre et celui de tes semblables. Tu fais partie des élus, mais tu te cherches encore. Ton âme sait que tu dois avancer dans la leçon de compréhension du monde, pour te permettre d'évoluer toi-même. Ta route peut être longue ou courte, selon ce que tu désires au plus profond de toi. Je suis ta conscience et je t'aime. T'aimes-tu autant que je t'aime ? Il faut que je te rappelle que tu es venu dans ce monde de ton plein gré, car tu as voulu faire l'expérience de la Terre. Ne l'oublie pas.

Tu fais partie des Êtres de lumière qui ont demandé à faire l'expérience de la planète Terre, tu as oublié ? Reprends-toi, puises *au fond de ton âme et tu trouveras la voie. Beaucoup d'Êtres se cherchent, car ils sont passés dans le canal de l'oubli et ne se souviennent plus ce qu'ils avaient demandé. Tu n'es pas seul. Tu crois être seul, mais mets de la joie, de la beauté, de l'amour dans ta quête et tu te rendras compte que beaucoup d'autres sont avec toi, va ».*

Alors, Björg décida de prendre la route de Compostelle. Il prévint ses parents qu'il allait quitter son travail d'infirmier, pour faire un voyage. Il prit un congé sabbatique et tout comme Steven prit la route. Il ne savait pas comment il avait atterri sur cette route où il avait trouvé Steven, mais depuis, ce dernier avait disparu. Il se retrouvait seul sur une route et avait aussi sa coquille de pectens qui le dirigeait. Il se laissait guider. Il arriva dans une forêt dense et il entendait le bruit de tous les animaux, ce qui ne le gênait pas.
D'habitude, quand il y a un étranger, les animaux se taisent. Plus il entrait dans la forêt, puis il y avait la manifestation des animaux. Puis il vit un Être qui ressemblait à un enfant et lui souriait. Il avait les oreilles pointues et grandes. Il s'étonna l'espace d'un instant qu'un enfant se retrouve seul dans une si grande forêt. L'enfant l'invita à venir avec lui pour rencontrer toute sa famille qui vivait dans la forêt.
La coquille lui indiquait le même trajet et décida de suivre l'enfant. Ils arrivèrent dans une clairière où il y avait plusieurs personnes qui les attendaient. Il y avait des enfants et des adultes. Ils habitaient dans des huttes faites de branchages et avec du bois plus résistant pour soutenir la charpente. Toutes les huttes avaient la même taille, mais il y avait une plus grande. C'est dans cette hutte que l'enfant conduisit Björg, qui se demandait ce qui allait se passer.
Quand il pénétra dans la hutte, une lumière diffuse était dans la pièce, mais il ne voyait personne au début. Puis, peu à peu, il s'habitua à la lumière qui devint moins diffuse et il vit un homme, plus petit que lui en taille, mais l'air aussi jeune assis sur un trône. Ils ne se ressemblaient pas du tout, mais Björg avait la nette impression qu'ils se connaissaient. Le jeune homme le regarda en souriant et lui parla

dans une langue qu'il comprenait, alors qu'il ne l'avait jamais entendue auparavant :

- *Je ne suis plus dans cette vie depuis des éons et des éons, mais je suis content que ma nouvelle réincarnation n'ait pas trop souffert. J'en suis heureux. J'ai fait subir les pires atrocités aux sujets qui se rebellaient. Même ceux qui ne se rebellaient pas étaient punis, juste pour mon bon plaisir. Je mutilais des êtres sans raison et j'avais grand plaisir à le faire. Je ne respectais rien et je me croyais invincible, parce que j'étais sur un trône et je pensais avoir tous les droits. Puis un jour, la mort m'a fauché, alors que je n'avais même pas atteint ma dix-huitième année. Je n'avais pas eu le temps de me marier ni d'avoir des descendances.*
J'avais atterri dans le monde des limbes, sans n'avoir vraiment rien fait de ma vie, sauf torturer des personnes sans défense. J'ai vu ma vie défiler et je me suis mis à pleurer. J'ai vu défiler devant moi toute la souffrance que j'avais infligée aux autres et j'essayais de leur demander pardon à tous. Mais le plus dur, c'est que j'avais eu beaucoup de mal à me pardonner moi-même. Je me suis dit que si j'ai une autre vie, je m'appliquerai à aider les autres et à me pardonner de tout le mal que j'ai pu engendrer. Arrivé dans cette autre vie, j'avais oublié ma promesse et au lieu d'aider les gens, je m'apitoyais sur mon sort.
J'en voulais au monde entier pour mon infirmité. J'en voulais à mon frère qui était heureux avec tout le monde et ne faisait que le bien autour de lui. Même après sa mort qui m'avait fait souffrir, je ne regardais que ce qui me manquait à moi, sans penser à mes parents. Malgré tout, j'avais de l'aide. Des Êtres bienveillants me faisaient savoir qu'ils étaient tout près si j'avais besoin d'aide, mais j'ai eu peur d'eux. Tu comprends que je parle de toi dans cette vie. La mienne n'est plus et c'est

la tienne qui commence. Tu as choisi la bonne voie pour te retrouver.
Regarde autour de toi et pense à toutes les bénédictions que tu as eues, depuis que tes parents t'ont conçu. Tu vois, je n'ai pas accompli le vœu que j'avais formulé. Je ne veux plus faire de mal à qui que ce soit, mais je peux te donner tout l'amour que j'ai en moi, pour que tu puisses transmettre à ton tour. Je te souhaite une bonne route et de bonnes expériences.

Björg se retrouva sur un sentier. Tout avait disparu. S'il avait eu ces expériences au début de sa marche, il aurait fait demi-tour. Mais là, il réfléchissait. Il avait l'impression de connaître cet homme qui lui parlait. Il se disait que c'était lui à une époque très lointaine. Il continua d'avancer sur le sentier, avec l'aide de la coquille qu'il avait en main.
Pour la première fois depuis très longtemps, il était heureux.
Il s'était adossé à un arbre et réfléchissait à ce qu'il venait de vivre. Il ne se rendit pas compte qu'il somnolait, il rêvait. Il voyait une de ses vies, celle que le jeune homme lui avait en partie racontée. Il faisait souffrir les gens gratuitement, car à l'époque, il était imbu de sa personne, il se croyait tout permis. Il voyait qu'à sa transition, il avait fait le vœu d'aider les gens du mieux qu'il pouvait, de porter secours aux nécessiteux. Il se souvenait à présent, il n'avait rien fait, sauf de geindre en permanence. Il avait fini par perdre ses amis à la mort de son frère et se disait qu'il n'avait plus la force de se battre. Il devait être au service des autres et il s'attendait à ce que les autres soient à son service. Il avait oublié sa mission, de s'amender en étant au service des autres, pour les autres, sans rien attendre en retour.

Il entendit l'homme sans nom dans son rêve qui lui disait :

« Tu te souviens que dans une de tes vies, tu avais formulé le vœu d'être au service des autres et pas que les autres soient à ton service. Ce n'est pas la première fois que tu donnes ta parole. Au plus profond

de toi, tu te souviens de tes paroles, mais chasser le naturel il revient au galop. Tu as eu la possibilité de choisir la bonne voie, celle que tu devais suivre. Mais tu as été attiré par la convoitise, le profit, et tu as choisi la voie de la facilité. Dans beaucoup de tes vies, je t'ai mis en garde que tout se paie, que ce soit dans une vie ou dans une autre. Tu avais ri et ri en me disant à chaque fois que ce n'était que des bêtises. Mais un jour, tu es tombé sur pire que toi et tu as compris ce que j'ai voulu te dire pendant des éons et des éons. Tu t'es amendé, mais tu as gardé au fond de ton âme tout le doute, la haine, l'angoisse que tu as fait subir à d'autres. Tout est UN. Tout ce que tu fais souffrir à ton frère, tu le subis toi aussi. Tu avais fait souffrir des êtres sans raison. Tu avais fait mutiler son corps, tu l'as récolté en quelque sorte. Tu as fait tuer des gens sans raison, des êtres chers à certains. Tu as perdu ta béquille, ton frère. Je te le redis, rien n'est fait au hasard ! Tu es revenu dans une vie et j'espère que cette fois, tu auras compris. Fais du bien et tu auras le bien. Envoie l'amour et tu récolteras l'amour, pas spécialement l'amour individuel, mais l'amour universel. Commence ton périple et que l'amour soit ta force. Tu ressortiras vainqueur de ton combat. Ne regrette rien, car tout à sa raison d'être, pour l'évolution de chacun. Je t'englobe de tout l'amour universel. Björg était toujours adossé contre l'arbre et se réveillait doucement. Il ne comprenait pas trop et se demandait ce que tout cela voulait dire. Puis il se souvint qu'il devait faire la marche jusqu'à Saint-Jacques de Compostelle. Il se demandait quand il allait arriver à destination. Il ferma les yeux et pria. Il demanda pardon à tous ceux qu'il avait fait souffrir. Il se pardonna lui-même, car il n'avait pas encore compris jusqu'à cet instant qu'il faisait partie du Tout et de tout. Il revoyait ses vies où il n'y avait que méchanceté et profit. Il comprenait mieux pourquoi il vivait tous ses états. Il pria et pria encore pour demander pardon et pleura. Il pleura parce qu'il avait eu l'illumination. Quand il faisait du mal à ses frères, il se faisait du mal à lui. Quand il punissait ses frères, il se punissait lui-même. Quand il maudissait ses frères, il se maudissait lui-même. Il venait de réaliser toute la souffrance qu'il avait engendrée. Il n'avait pas peur, mais était triste.

Alors, il entendit une voix au fond de lui qui disait : « Ne sois pas triste au contraire, sois heureux du plus profond de ton âme, car tu viens de réaliser ce que tu n'avais jamais compris pendant des vies et des vies. Tu sais à présent que tu as toute la capacité en toi, pour transcender tout ce qui est négatif pour ton évolution et ton cœur déborde d'amour universel.

Après ta longue marche, tu pourras vivre avec une femme, l'aimer, la chérir comme dans tes rêves les plus secrets. Jusque-là, tu avais peur de toi-même. Regarde ! Tu ne claudiques plus, tu es libre ! Parce que tu as laissé tomber ton fardeau qui est devenu trop lourd. Tu es beau, tu es un Être de lumière et tu es prêt pour la grande initiation ».

-7-

Steven marchait tranquillement dans la direction que la coquille lui avait indiquée. Il était heureux. Depuis qu'il avait commencé sa marche, il avait l'impression que chaque étape était planifiée pour son évolution propre. Il repensait à ce que l'homme sans âge lui avait dit au sujet de l'homme. Il était content quand il lui avait expliqué que tout a sa raison d'être et qu'il ne faut rien regretter. Non, il ne regrettait rien, juste d'avoir pris conscience trop tard. Il admettait volontiers qu'à l'époque, il n'était pas tout à fait prêt pour ce grand voyage. On lui aurait dit, dix ans auparavant qu'il allait marcher pendant deux ans, pour son plaisir propre, il ne l'aurait même pas admis. Il devait entamer sa marche maintenant, car il se sentait prêt. L'homme sans âge ne lui avait pas dit son nom, mais Steven savait qu'il était bienveillant et qu'il veillait sur lui. Il avait l'impression que c'était le frère qu'il n'avait jamais eu et dès la première fois que l'étranger se manifesta, Steven se sentait à l'aise avec cet homme qu'il pensait avoir déjà vu en rêve. Mais c'était il y a très longtemps, quand il était en phase avec lui-même. Il se disait que c'était peut-être lui qui mettait toutes ces manifestations sur sa route.
Il faisait attention à tous les signes qui se présentaient à lui et il les notait sur son cahier. Il pensait avoir peut-être mis trop de détails, car il était déjà à la moitié de son cahier. Mais en relisant ce qu'il avait écrit, il se rendit compte que rien n'avait été omis et il en était satisfait.
Depuis qu'il avait dormi dans la cabane, il n'avait plus jamais dormi dans un lit et cela lui manquait, car il aimait bien son confort.
Son sac de couchage était pratique, mais il aurait aimé mieux. Chose curieuse, il n'avait pas de courbatures et se réveillait toujours en pleine forme. Il s'arrangeait pour dormir le plus possible dans un arbre, car les branches des arbres lui servaient d'oreillers.
Heureusement, il était bon grimpeur et se servait souvent de sa corde.

À la lumière d'une torche ou dans la journée, il notait les évènements qui l'avaient marqué.

Juché sur un arbre, il aperçut une chouette. Elle semblait l'observer. Il lui dit bonsoir, car il était fatigué, éteignit sa torche, s'installa confortablement dans son sac de couchage, et s'endormit presque tout de suite.

Il se réveilla avec le bruit des oiseaux, le soleil était déjà haut. Il descendit de l'arbre avec l'aide de sa corde, s'étira, fit des exercices et avec l'une des deux bouteilles d'eau qu'il avait dans sa besace, se lava le visage, puis se brossa les dents et se rinça la bouche. Il essayait de repérer à quelle distance il pouvait bien se trouver. Il avait marché depuis sept jours au moins. Il ne ressentait pas trop de fatigue, car il se reposait quand il le fallait et le temps nécessaire. La chouette qui l'observait était encore là, un œil clos. Il se demandait ce qui allait se passer.

Il sortit de sa besace un petit réchaud et se fit du café. Il adorait le goût et l'odeur du café. Il buvait son deuxième café tranquillement, quand la chouette déploya ses petites ailes et disparut. « Une chouette, ça ne vole que la nuit pensa-t-il » ! Et il termina sa deuxième tasse. Il commença à ranger ses affaires dans son sac pour reprendre sa marche quand la chouette réapparut. « Une chouette, ça dort le jour, pensa-t-il encore une fois, mais nous sommes sur un chemin initiatique ! Tout peut arriver ».

Il souleva sa besace rangea dedans tout ce qu'il avait sorti, l'installa sur son dos et reprit la route. La chouette ouvrit les deux yeux et l'invita à la suivre. Elle partait, et quand elle se rendait compte que Steven prenait une autre direction, elle revenait. Au bout de quelques minutes, Steven comprit et décida de la suivre. Pour l'instant, il n'avait pas besoin de sa boussole. Cela dura un peu plus de deux heures environ. Steven suivit la chouette jusqu'à ce que, celle-ci fit quelques cercles et s'immobilisa devant l'entrée d'une grotte, puis entra, suivi de Steven.

Quand Steven entra dans la grotte, il ne vit rien de particulier. Il était guidé par la chouette et avec l'aide d'une des torches qu'il avait prise à l'entrée, il avançait en constatant qu'il n'y avait rien d'extraordinaire. Arrivé dans une sorte de cavité, il entra dans le trou béant qui s'offrait à lui et se laissa glisser tout le long pendant deux secondes qui lui parurent une éternité. Il atterrit dans une cavité plus grande où il y avait divers objets installés. Cette partie de la grotte avait été habitée, car il y avait une vieille caillasse, une torche, de vieux habits, des ustensiles de cuisine et construit dans le roc, un foyer avec du bois pour faire du feu et des allumettes, un squelette adossé, un peu disloqué contre un rocher et un manuscrit.

Puis la chouette disparut. Steven venait de comprendre que cet oiseau qui vivait la nuit n'était pas là par hasard, elle avait un message à lui transmettre. Il observa les alentours et se rendit compte que c'était calme et confortable pour un voyageur. Il se dit qu'il pouvait y passer la nuit.

Il observa les ossements et comprit qu'un être humain avait laissé sa vie à cet endroit. Peut-être était-il malade ? Ou alors voulait-il s'échapper de quelques règlements de comptes ? Ou tout simplement, était mort de vieillesse.

Steven rassembla les ossements, les disposa comme un corps droit et pria à sa façon pour cet être humain qui s'était retrouvé seul dans le dernier moment de sa vie. Il pria pendant si longtemps qu'une saison succéda à une autre sans qu'il s'en rende compte. L'été céda la place à l'automne. Quand il sortit de sa méditation, il réalisa qu'il s'était passé beaucoup de temps, sans boire ni manger, car ses cheveux et sa barbe avaient poussé. Il se prosterna, car il avait compris que dans un chemin initiatique, le temps et l'espace n'existaient pas. Tout était dans l'instant. Comment avait-il pu rester autant de temps dans la prière sans boire ni manger ! Il avait juste un peu soif à présent qu'il était sorti de sa transe. Il chercha une source dans la grotte et s'abreuva du mieux qu'il put. Puis il regarda dans son sac et vit

que les fruits qu'il avait ramenés avaient séché. Il y goûta et se rendit compte que c'était devenu des fruits secs et qu'il pouvait les manger.
Des jours et des jours s'étaient écoulés, et il avait de quoi manger et boire ! Quel est ce miracle !
Après s'être rassasié, il s'allongea et se rendormit. Son sommeil dura encore deux jours. Quand il se réveilla, il se remémora ce qui lui était arrivé dans cette grotte avec l'aide d'une chouette qui n'était plus là.
Il décida de se laver de la tête aux pieds, et il lui fallait du savon. Sa barbe avait poussé et il se disait qu'il devait ressembler à l'homme des cavernes. Il sourit à lui-même et décida de reprendre son corps en mains.
Il trouva de l'eau à profusion dans une autre source qui coulait non loin de là, du savon que le précédent locataire avait laissé, et entreprit de se redonner son vrai visage. Quand il eut fini de se raser et de se laver de la tête aux pieds, il se rappela qu'il y avait un manuscrit.
Le manuscrit comme par magie brillait dans un coin de la grotte et il était intact, sans l'ombre d'une poussière, comme si l'on venait de le poser là. Il décida de se l'approprier pour pouvoir le lire.
En ouvrant le manuscrit, il avait l'impression qu'il avait découvert un trésor. Il tourna la première page et lut :

« *Mon nom est Mathéos. Celui qui trouvera ce manuscrit saura que je ne suis plus de ce monde, car celui-ci ne me quitte jamais. Je suis né au fin fond de l'Écosse en l'an 1698, au moment où les bourgeons commencent à se former. Je crois en la renaissance, et j'ai fait le vœu que celui qui trouvera ce manuscrit sera moi dans une autre vie. J'ai laissé des traces que mon autre moi comprendra. Il n'aura pas besoin d'analyser, car tout semblera clair pour lui* ».

« *Je suis né au nord de l'Écosse, dans les Hautes Terres qui sont formées de deux masses montagneuses usées et couvertes de lacs d'origines glaciaires. La neige recouvrait cette partie pendant plus de neuf mois, puis l'été arrivait d'un seul coup et de moins cinquante degrés pendant quelques jours, la température arrivait jusqu'à vingt degrés et c'était la canicule qui ne durait que peu de temps* ».
« *J'avais entrepris de visiter le monde et je m'étais équipé pour la circonstance. Je m'étais affublé d'une couverture, de deux ou trois laines au cas où, de quelques allumettes, d'un gros cahier, d'une plume et de l'encre. J'avais aussi pris des fruits et de la viande séchée* ».
« *Je marchais pendant des jours et des jours, et je trouvais cela plaisant, parce que je marchais à mon rythme. J'étais heureux de découvrir la nature au fur et à mesure, et à tout ce qu'elle avait de magnifique. Il y avait des montagnes, des plaines, des vallées, des animaux que je n'avais jamais vus, des insectes. Il y avait aussi des fruits, des arbres, des hommes différents, des cultures différentes. J'étais content à l'idée de percevoir dans les moindres détails des paysages que je n'avais pas l'habitude de voir* ».
« *Je découvrais des lieux différents et les choses simples de la vie. S'asseoir sur un talus à même le sol, ressentir les vibrations, m'imprégner de tout mon environnement et être à l'écoute de tous les bruits futiles et furtifs de la nature, gravir des montagnes, découvrir la mer* ».
« *J'avais quitté ma famille et mes amis pour vivre mon expérience. J'étais bûcheron, mais je n'avais pas la carrure pour. J'avais l'air plutôt sec et pas très grand. Mais j'avais de la force qui étonnait toujours tout le monde. Je voulais juste être en contact avec la nature et au début, je pensais qu'être bûcheron m'aiderait à comprendre ce que j'entrevoyais dans mes songes. Je voyais des êtres de cultures différentes, des paysages différents, des modes de vie différentes de la mienne, et je voulais voir le monde et*

expérimenter mon corps. Je décidais de tout lâcher pour entreprendre ce voyage ».

« Autour de moi, mes proches ne comprenaient pas pourquoi je voulais partir à l'aventure à pied, tout seul et sans aucune protection. Je ne pouvais leur expliquer que c'était un appel de quelques spectres bienveillants qui m'invitaient à voir le monde et à satisfaire ma curiosité et ma soif de connaissance. Pendant ma marche, je fis la connaissance d'un être sans âge, qui apparut comme sorti de nulle part sur un énorme cheval. Il me regardait en souriant en me disant :

« Tu as décidé de te prouver à toi-même que tu peux faire autre chose que de couper du bois ? Tu veux comprendre ton existence en ces temps de tumultes et de conflits ? Sais-tu pourquoi tu as pris cette décision ? Parce que tu as dépassé la peur et que tu as pris conscience que tu peux faire autre chose que de rester chez toi à t'évader avec les écrits de différents auteurs de prise de conscience. Tu veux voir par toi-même ce qu'est le monde dans lequel tu vis ».

« Dans tes prières, tu as demandé à vivre jusqu'à ce que tu comprennes ta vie dans celle-ci, car tu sais que tu as déjà eu plusieurs vies et tu en auras beaucoup d'autres, jusqu'à ce que tu aies tout vécu et tout compris. Tu vivras longtemps dans celle-ci, car tu as beaucoup de choses à apprendre, à voir et à vivre ».

Puis l'homme sans âge disparut, comme il était venu.

« Je restais longtemps à réfléchir sur ce que cet homme venait de me dire. Il avait disparu dans l'instant, mais par la suite, il avait été présent tout au long de ma vie. J'avais fini par croire que c'était mon ange gardien, car au moment où je m'attendais le moins, il arrivait comme par magie. Il avait contribué à mon développement spirituel, et grâce à lui, j'ai pu développer mes facultés en étant à l'écoute de moi-même. Il m'a appris la patience, la persévérance, l'amour des êtres et des choses, à apprécier chaque instant. Il m'a permis de comprendre mon existence ».

« J'ai marché longtemps, mais je me suis arrêté de temps en temps, pour travailler dans les fermes afin d'avoir un peu de contact humain et discuter avec mes semblables. Je ne restais jamais longtemps au même endroit, j'avais envie de marcher, car cela me libérait l'esprit et le corps. J'ai aussi connu des femmes et j'ai même eu des enfants. Je m'en suis occupé pendant un temps, mais l'envie de la marche me reprenait et je repartais sans prévenir. Cela a duré près de deux cent quinze ans. Pendant tout ce temps, j'ai appris à connaître mon corps. Je n'ai jamais été malade ».

« Quand l'épidémie de la peste se propagea, je soignais des gens, transportais les morts, alors que j'étais en parfaite santé. J'avais appris à maîtriser mes pensées et à rester concentré sur ce que je voulais vraiment. Je commandais les éléments et ceux-ci n'avaient aucune prise sur moi. Les loups et autres animaux sauvages fuyaient en ma présence, comme s'ils voyaient un dominateur ».

« J'avais appris à arrêter le vent, la pluie tombait tout autour de moi, sans jamais me mouiller sauf si je le décidais moi-même ».

« La neige fondait sous mes pas. Je me suis rendu compte que mon corps s'adaptait au climat. Quand il faisait chaud, mon corps se refroidissait, quand il faisait froid, celui-ci se réchauffait, de sorte que je n'eusse pas besoin de beaucoup d'habits, mais j'avais de temps en temps besoin de contact humain. Alors, je repartais dans un village et me faisais accepter. J'étais bon travailleur et toujours de bonne humeur et c'est ainsi que je charmais les femmes. Je n'étais pas très beau, mais foncièrement bon et honnête. J'aimais les gens et je trouvais toujours au fond de l'âme du plus terrible, un élan d'amour ».

« Au fil du temps, je me suis rendu compte que mon contact apaisait certaines situations violentes, parce que j'avais la capacité de manipuler les pensées d'autrui. Quand une situation *difficile se présentait, j'inscrivais tout de suite dans la pensée de celui qui vivait cette situation, le sens positif de celle-ci ».*

« Je n'ai jamais cru en une Intelligence hors de mon corps. Je me disais en moi-même : ce que je veux, la Puissance divine veut. J'ai toujours eu foi en moi sans faillir. Au fil du temps, je me rendais compte de ce que j'étais capable d'accomplir pour moi et les autres.

« J'ai enlevé de mon âme et de mon corps, toute animosité, toute jalousie, tout doute. Je n'avais peur de rien, car cela n'évitait pas le danger. Je faisais en sorte qu'il n'y ait pas de danger ».

« J'ai tout eu. Tout ce qu'un homme en une vie souhaite avoir et je te souhaite à toi qui liras ce manuscrit de vivre tout ce que j'ai pu vivre en harmonie avec la force que j'avais en moi et autour de moi dans l'instant. Le temps a passé très vite et à présent, bien que les gens ne le remarquent pas, je suis devenu un vieil homme et je dois me trouver un bon coin pour que ce corps physique puisse se reposer et chercher un autre corps qui durera aussi longtemps ».

« Merci à toi d'avoir prié pour moi pendant tout ce temps, car à ma transition, il n'y avait personne. Tu as déplacé mes os pour les mettre en position droite et je te remercie. En touchant mes os, tu as eu d'emblée la force de pouvoir te dépasser, car tu es une grande partie de ma nouvelle vie. J'ai décidé de laisser ce corps se transformer à cette place, pour qu'il adhère à nouveau dans la mère nourricière, car je voulais me retrouver à nouveau. J'ai vécu dans ce corps pendant deux cent trente-huit ans ».

C'est écrit dans le livre, s'exclama Steven ! Cela devait arriver ! C'est écrit ! Je suis la réincarnation de Mathéos ! Voilà pourquoi je devais faire ce voyage pensa-t-il. Mais je suis bien loin de ce dernier, je ne peux maîtriser les éléments !

Et l'homme sans nom était déjà là à cette époque !

Steven se prosterna et rendit grâce à Dieu pour tout ce qu'il venait de lire et il comprit qu'il n'avait pas vu l'homme sans nom en rêve, mais dans une autre vie. Voilà pourquoi il lui était familier. Il a toujours été là et il voulait qu'il comprenne. Il se mit dans la peau de Mathéos et comprit pourquoi toutes les manifestations qui se sont succédé depuis ne l'ont pas effrayé, au contraire. Il se sentait bien, comme débarrassé d'un lourd fardeau. Il s'était retrouvé. Toutes ses capacités semblaient être en éveil dès l'instant où il s'est installé dans la peau de Mathéos. Mais il ne voulait pas spécialement avoir de contact avec des personnes physiques pour l'instant, il se sentait bien dans son monde.
Après un peu de repos, il décida de sortir de la grotte avec son manuscrit. Avant de remonter, il se prosterna à nouveau et remercia Mathéos de l'avoir trouvé.

L'homme sans âge apparut, sourit à Steven et lui dit :

- *Tu as vécu à nouveau une de tes vies, mais celle-ci est la plus dense, car elle t'apporte des réponses à tes différentes questions. Ce n'est pas Mathéos qui t'a trouvé, c'est toi qui t'es retrouvé. Comme je te l'ai dit, je te connais depuis la nuit des temps et je suis heureux du déroulement de la situation. L'homme s'est créé ses complications et a du mal à s'en défaire. Tu te rends compte des possibilités de vivre une vie comme tu le souhaitais. C'est ton choix. Tu as mille possibilités, car tu as compris. La force est en toi et tu avances selon ta décision. Le chemin initiatique t'aide à retrouver au fond de toi tout ce que tu avais enfoui depuis des âges et des âges. Tu te rappelles ce que tu as pu vivre, avant de vivre cette vie. Tu as pu comprendre, ce que Mathéos a pu dépasser et ce que tu dois dépasser. Tu as su traverser le sentier étroit avec la force de ta pensée. Tu as créé ta réalité, à présent, je te laisse poursuivre ta route.*
- *Mais j'aimerais savoir une chose, demanda Steven.*

- *Je sais que tu veux savoir mon nom, mais je n'ai pas de nom. Je suis un voyageur solitaire qui change de vie et d'aspect depuis la nuit des temps. Je suis le guide des chercheurs sincères qui ont compris leurs buts dans cette vie où dans les autres. Je suis l'ange gardien de tous ceux qui ont envie de comprendre leur existence et d'œuvrer pour permettre à tous d'accéder à la connaissance de soi. Je suis. Et il disparut.*

Steven resta là à réfléchir. S'il était la réincarnation de Mathéos, il devrait avoir les mêmes pouvoirs ou même encore plus que ce dernier ! Il avait déjà compris qu'il avait des facultés bien développées, mais qu'il ne s'était rendu compte de rien, car il ne cherchait rien. En revivant sa vie, il avait digéré maintes situations. Il ne se sentait plus tout seul, il était aidé. Il n'en revenait pas qu'il avait pu rester tout ce temps sans boire ni manger, juste à prier. Il était comme dans un autre monde. Il se souvenait s'être prosterné pour prier pour lui-même, mais pensait que cela avait duré une demi-heure tout au plus. Et en se levant, il se rendait compte qu'il avait changé de saison et sa barbe et ses cheveux avaient beaucoup poussé !

C'est que cela avait pris du temps. Son corps avait surmonté pendant tout ce temps les jours, les nuits et les saisons en changeant ses cellules et en se régénérant. Ou alors, le temps s'était accéléré à la vitesse de la lumière, car il ne se sentait pas fatigué et il n'avait pas maigri. Au contraire, il se sentait plus vigoureux, plus musclé. Il n'avait jamais eu d'expérience aussi intense. Il se rendait compte qu'il se rappelait sa vie du temps de Mathéos. Il commençait par entendre le moindre bruit, la plus petite pensée et voyait la vie de Mathéos, depuis qu'il était né dans la vie qui lui avait révélé une partie de ses capacités.
Enfant, Mathéos n'était pas comme tous les enfants de son âge. Il était toujours le plus petit et le plus chétif, mais en grandissant, son esprit était plus vif que les autres enfants de son âge. Ses camarades de jeux ne comprenaient pas comment ils ne pouvaient le frapper, au

contraire, ils le protégeaient, comme si inconsciemment, ils ressentaient une force extraordinaire dans ce petit corps chétif. Inconsciemment déjà à son âge, il maîtrisait les pensées des autres et faisait en sorte que son entourage puisse l'aider et ne pas le rejeter. En grandissant, il s'émerveillait des choses simples de la vie et voulait comprendre encore plus. Il se disait qu'il y a autre chose dans sa vie, et le simple fait de voir des choses palpables n'était pas suffisant, il devait avoir des choses non visibles à l'œil nu. Dans ses rêves, il voyait le monde bien plus en couleur qu'il ne le vivait en réalité. Il avait des frères, son ainé et son cadet qui étaient complètement différents de lui, physiquement et mentalement. Ces derniers ne lisaient pas beaucoup, et ne s'occupaient pas des choses hors du monde. Ils voyaient une plante, c'était une plante, rien de plus. C'étaient des colosses qui ne demandaient rien de plus à la vie. Ils aimaient cogner, se mesurer à d'autres et ne pensaient qu'à une seule chose, dominer. Ils n'aimaient pas lire, ni écrire et encore moins s'intéresser aux choses non palpables de la vie. Ils se disaient qu'ils vont vivre et mourir. Mais avant de mourir, beaucoup de gens se souviendraient d'eux. Ils s'étaient mariés, avaient eu des enfants en grand nombre.

Mathéos lui, voulait voir autre chose et se posait les questions telles que : qui a créé la plante, les arbres, les animaux ? Comment se manifestent les éléments ? Pourquoi a-t-on besoin de manger, de boire, de dormir ? À toutes ces questions, il n'avait pas toujours de réponse. Il se disait qu'un jour, quand il sera plus grand, tout serait plus clair. Il était devenu plus grand, avait de plus en plus de capacités, mais n'était toujours pas satisfait. Il voulait comprendre comment il pouvait avoir des facultés développées et pas sa famille. Il posa la question à l'homme sans nom qui lui dit de chercher les réponses en lui-même.

Alors, il décida de partir pour découvrir d'autres mondes et rencontrer d'autres gens comme lui. C'est ainsi qu'il fit la connaissance de plusieurs personnes qui avaient des facultés comme lui, mais beaucoup ne s'en servaient pas toujours à bon escient. Il

s'était rendu compte au cours des vies que ces personnes qui abusaient de leurs pouvoirs payaient d'une manière ou d'une autre leur écart.
Steven revivait son autre vie. Sa vision des choses et des Êtres s'était transformée. Il commandait les éléments et n'avait plus froid, ni chaud, ni faim, ni soif. Tout comme du temps de Mathéos, il contrôlait presque tout. C'est ainsi qu'inconsciemment, il a pu arriver à tenir tant de temps sans se rendre compte que les jours passaient et les saisons changeaient. Il savait à présent pourquoi il se sentait heureux depuis le début.
Steven marcha des jours et des jours sans s'épuiser. Puis il s'arrêta au bord d'un lac pour se laver et admirer le paysage. C'était l'automne et l'eau du lac n'était pas très chaude, mais il avait envie de prendre un bain. Il avait besoin de ce contact avec l'eau.
Il décida de faire un plongeon dans le lac, mais ne resta pas longtemps. Quand il ressortit, il se sentit frais et mieux. Le contact avec l'eau froide l'avait revigoré. Il était prêt pour une nouvelle journée. Il se sentait bien avec lui-même. Il voyait avec d'autres yeux, il découvrait les merveilles de la nature. Il n'y avait pas seulement les feuilles qui tombaient. Il y avait la libération de mère Nature qui se dépouillait tranquillement et s'enfermait pour une hibernation. Les feuilles se jetaient dans un accord mutuel pour étendre un grand tapis de feuilles tout autour des arbres pour permettre aux racines de se réchauffer. Les écorces des arbres se craquelaient en se resserrant, la sève coulait plus lentement. L'automne est le début de la transformation de vie qui commence à ralentir. Certains animaux hibernent et d'autres se confectionnent des nids douillets, d'autres encore s'enfoncent dans leurs terriers.
Steven méditait sur le processus de la vie et réalisa que l'homme agit en contraire à ce processus. Il fait des expériences parfois contre nature et cela déstabilise l'ordre des choses. En avait-il conscience ? Pas tout à fait. Les saisons ne suivent plus le profil établi depuis la nuit des temps. Quelquefois en plein hiver, on ne sait pas pourquoi, il fait chaud, ou pendant l'été, il fait froid, tout devient maussade. Les

saisons ne se suivent plus vraiment ! La planète se réchauffe, les climats changent.
Mais Steven repensait aussi à sa réincarnation et avait compris qu'il avait un rôle à jouer dans cette vie. Il se disait encore qu'il avait beaucoup de chance de pouvoir vivre dans cette vie et de profiter de l'expérience de Mathéos, de lui-même dans une de ses vies.
Alors, il décida que l'automne serait l'automne dans cet instant et il suivrait les autres saisons pour que chaque période soit à sa place. Il le pensait sincèrement, mais il n'était pas tout seul sur cette planète !

Et l'homme sans âge apparut à nouveau et lui dit :

- *Te rends-tu compte que tu découvres ce qu'est la vraie vie ?*
  L'existence humaine est une expérience formidable. Quand l'homme prend conscience de son pouvoir, il agit. Pas toujours dans le bon sens, car il est capable de se tromper, mais il agit en conscience. Tu sais, quand tu maîtriseras toutes tes capacités, tu te rendras compte que la vie n'est pas un combat comme beaucoup le pensent, mais une réalité que chacun vit avec sa propre réflexion. La vie et la mort sont l'expérience de l'homme, car il la vit. Les animaux, végétaux, minéraux la subissent.
  Les animaux ne font pas d'expérience, car ils n'ont pas l'intellect de l'homme. La prise de conscience apporte la connaissance, la compréhension de divers plans de la vie. La mort apporte la transition vers une autre connaissance. Ce n'est pas une fin en soi, c'est une autre étape. Mais la compréhension de la vie et de la mort n'est pas la même pour tous. C'est pour cela qu'il y a souvent des conflits et des incompréhensions. Ton cerveau s'est connecté avec l'une des incarnations qui ont marqué ton âme et tu as beaucoup plus d'ouverture. Tu comprends tout dans l'instant et tu es en phase avec toi-même. Regarde-toi, tu es devenu plus grand, tu n'es

plus aussi chétif qu'avant. Tu es dans une autre vie et tu avais fait aussi le vœu de changer d'apparence. Mais tu n'en profites pas, tu ne vois personne. Tu dois voir tes semblables et voir la différence qu'il y a entre eux et toi.
- Je comprends ce que tu veux me dire et je vais tâcher de côtoyer mes semblables, dit Steven. Je me sens si bien avec la nature, qu'il me semble que je n'ai besoin de rien. Je peux entendre le langage des animaux à présent et je me sens avec une foule d'amis. J'entends les feuilles qui tombent et aussi le plus petit animal qui se prépare en stockant des vivres dans son trou. J'entends les conversations des plantes, des oiseaux, de l'eau et je les comprends !
- Mais tu dois aussi prendre contact avec les humains, dit l'homme sans âge, car ils ont le jugement, l'intérêt, et une écoute parfois, la réflexion dont seul l'homme bénéficie. Si tu ne restes qu'avec une partie de l'univers, tu n'auras pas atteint la plénitude du corps humain et de son esprit.
- Ouvre ton esprit et imprègne-toi de tout ce qui peut t'aider à avancer. Tu es sur la bonne voie. Mais n'oublie pas que tu n'es pas seul. Si tu veux que les saisons se suivent, tu dois y mettre ta participation. C'est-à-dire faire prendre conscience à tous ceux que tu côtoies et ceux que tu côtoies moins, de l'importance d'être en symbiose avec la nature, car celle-ci fait partie de nous. Sans la nature et tout ce qui y vit, nous ne pouvons évoluer.
Nous devons prendre en compte tous les signes de faiblesse de cette dernière et l'aider à toujours s'élever en faisant attention à elle, car c'est le socle de l'évolution humaine. L'homme est né de la poussière de la terre et est à l'image de son Créateur. Rappelle-toi toujours que tu es lié, que tout est lié. Il disparut à nouveau.

Steven réfléchissait et trouvait que le voyageur avait raison. Il s'était habitué à rester tout seul et avait du mal à prendre contact

à long terme avec les hommes, il se sentait bien avec la nature. Il était à présent à deux mois de marche et il n'avait plus de place dans son cahier. Il lui fallait en trouver un autre, plus gros cette fois. Mais d'ici deux ans, ses cahiers vont être très lourds. Il décida de s'envoyer à lui-même le premier cahier terminé. Quand il rentrera, il pourra en faire un livre et le publier. Il réalisa brusquement qu'il faisait comme Mathéos, il avait un cahier et notait tout ce qu'il avait vécu.
Il entra dans la ville, trouva la poste et s'envoya son premier cahier ainsi que le manuscrit de Mathéos. Il profita pendant qu'il était en ville pour appeler l'homme qui veillait sur sa maison pour qu'il puisse bien réceptionner son premier cahier et lui demander des nouvelles, bien qu'il sache d'avance qu'il n'avait aucune raison de s'inquiéter.
 Pas très loin de la poste, il y avait une librairie. Il poussa la porte et une jeune femme était au comptoir. Elle le salua et lui demanda ce qu'il désirait. Il était surpris, car il s'attendait à une manifestation qui sortait de l'ordinaire. Mais non, c'était une jeune femme simple au premier abord qui lui souriait. Il demanda un gros cahier et des stylos, paya la note, et en poussant la porte, la caissière lui dit :

- Bienvenue sur la route de l'initiation. Je m'appelle Amélie. Je suis moi aussi sur cette route et j'ai eu vent de ta présence dans cette ville, je voulais faire ta connaissance. J'ai entendu dire qu'il y a beaucoup de pèlerins qui se rendent à Compostelle et je n'ai vu personne. Je pensais que c'était une allégorie, mais je me rends compte que c'est la réalité. J'ai pensé entreprendre cette marche depuis tant de temps, car depuis mon plus jeune âge je ne rêve que de routes et de chemins tortueux. Je me suis documentée et je suis d'abord tombée sur des randonneurs. J'en ai beaucoup fait de randonnées, mais je rêvais toujours des routes, des chemins et de la coquille de pectens.

J'ai donc cherché tout ce qui concernait le chemin de Saint-Jacques et je m'y suis engouffrée. En faisant mes recherches, mes rêves ont changé et je t'ai vu ainsi que beaucoup d'autres. Au début, je ne voyais pas les visages, mais je voyais les corps et la détermination mentale et physique d'aller jusqu'au bout du chemin que tous avaient choisi. J'étais émerveillée. Je suivais pas à pas mes rêves, je les notais sur un cahier et je me rendais compte, que toi aussi tu avais un cahier. Hier, j'ai eu une vision que ton mémento était terminé et que tu cherchais un autre plus gros.

Je notais sur mon cahier pour ne pas oublier, et je ne sais pas par quelle magie, la précédente caissière ne pouvait pas être là aujourd'hui. Je suis arrivée juste à temps pour me rendre compte que mon rêve était devenu réalité. J'ai oublié de te dire que la librairie appartient à ma tante et à mon oncle par alliance. Je ne cherche pas spécialement de contact, mais une réponse à toutes ces questions que je me suis posées pendant tout ce temps. J'ai eu beaucoup de manifestations qui pourraient sembler bizarres à d'autres, mais pour moi, c'était la réponse à beaucoup d'interrogations. Je voulais faire la marche vers Compostelle, avec des personnes qui étaient intéressées, mais je ne voyais personne.

Alors, je me disais que je vais suivre la route de la coquille de pectens qui m'avait été donnée par un homme sans âge, et je suivrais jusqu'au bout, jusqu'au moment où j'eus ta vision dans mes rêves. Puis- je faire la route avec toi ? Demanda Amélie.

Steven était surpris. Il voulait rencontrer des gens, mais à sa façon, tranquillement. Il n'était pas encore prêt, mais comment le lui dire ? Il la regarda et lui dit :

- Très bien, nous ferons une partie de la route ensemble dès demain matin, mais pour l'heure, je dois trouver un endroit où me reposer.
- Chez mes parents, il y a une chambre vide avec tout son confort. Si tu le souhaites, elle est à toi.

Dormir dans un vrai lit avec des draps propres, Steven y pensait depuis longtemps et voilà que l'occasion se présentait.
Il réfléchissait, car le lendemain, il devait se réveiller le plus tôt possible, même avant que le jour ne se lève. Au bout de deux mois, il n'avait pas spécialement besoin de repos, mais accepta de s'endormir dans le lit douillet qu'il eut tant rêvé. En réfléchissant, il se dit qu'il s'était imprimé cette pensée de dormir dans un vrai lit, car en fait, il n'était pas plus fatigué que d'habitude. Juste un petit plaisir sur le chemin.

- Merci infiniment, dit Steven à la jeune femme. J'accepte volontiers, mais que diront tes parents ?
- Ils seront enchantés, répondit-elle. Demain, je me lève en même temps que toi et nous ferons une partie de la route ensemble.
- Tu as bien dit, nous ferons une partie de la route ensemble ? Et il souriait.

Il fallait attendre au moins une heure avant la fermeture du magasin, et encore trois bonnes heures avant de se coucher. Les parents d'Amélie étaient très charmants et ont su faire passer le temps à Steven sans qu'il s'en rende compte. La mère d'Amélie l'avait mis à l'aise en discutant un peu. Les parents insistèrent pour que leur visiteur participe au repas. La mère d'Amélie pensait qu'il était trop réservé pour s'avancer et demander quoi que ce soit, c'est pour cela qu'elle et son mari ont insisté pour qu'il partage avec eux à leur repas.

Steven n'en revenait pas d'avoir dit à cette jeune femme qu'il ferait la route ensemble. Mais elle l'avait vu en rêve, c'est qu'il y avait quelque chose entre eux et ça, il voulait bien le découvrir. Elle aussi tenait un cahier. Elle aussi avait eu un contact avec l'homme sans âge. Elle aussi avait une coquille !
Björk lui avait permis d'accéder à la confiance et en la paix avec lui-même. Mais que pouvait-elle bien lui apporter se demanda-t-il ?
La cuisine des parents d'Amélie était simple et bonne. Une soupe de différents légumes, bien chaude. Les mêmes légumes en salade toujours chauds, coupés plus gros, car il commençait à faire froid, accompagnés d'un poulet rôti et une sauce extraordinaire. Steven avait l'impression qu'il n'avait pas mangé un aussi bon repas depuis une éternité. Il accepta ce que la mère d'Amélie lui servit, mais aurait préféré tripler ce qu'il y avait dans son assiette. Le père d'Amélie avait dû l'entendre inconsciemment, car dès qu'il eut terminé, il lui proposa de se resservir.
Steven hésita un peu, puis se laissa tenter. Il reprit un peu du plat principal, puis passa au dessert qui consistait en une salade de fruits et des desserts à la crème. Puis il se fit servir un café bienfaiteur. Après avoir discuté un peu avec les parents d'Amélie, il décida de prendre congé, car il devait se lever à l'aube.
Steven était en pleine réflexion avant de s'affaler dans le lit douillet dont il rêvait tant, et s'endormit en faisant des rêves bleus. Dans son rêve, il se mélangeait un peu. Il voyait sa femme, puis Amélie, puis sa femme et encore Amélie pendant un temps qui lui parut interminable. Il se demandait si sa femme lui envoyait un message. Il n'avait pas du tout envie de vivre avec une femme. Il souhaitait continuer son chemin seul et vivre pleinement ce qui lui ferait avancer dans sa vie et son expérience. Mais il était content d'avoir fait la connaissance d'Amélie. Elle était très sympathique et sa famille aussi.

L'Être sans âge lui apparut aussi dans son rêve. « Si tu restes tout seul, tu deviendras un ermite et tu ne pourras pas comprendre tous les rouages de la vie. On est ermite quand on a vécu comme tous, tous les

plans de l'existence, mais toi, tu as beaucoup de choses à découvrir et tu as décidé au fond de toi-même, de te dépasser. Alors, ne refuse pas l'occasion de parfaire tes connaissances ». Puis Steven s'endormit vraiment et se réveilla le lendemain comme il l'avait dit au départ, très tôt.
Quand il réalisa qu'il était réveillé, il se souvint de son rêve et décida de le noter sur son cahier. Il nota les moindres détails, et l'instant d'après, il réalisa qu'Amélie était déjà elle aussi réveillée.
Sans bruit pour ne pas réveiller les parents, elle l'invita à s'installer à la cuisine pour prendre un ou deux cafés avant de partir pour la longue marche. Elle entreprit de préparer des sandwiches et encore du café, car elle se rendit compte que Steven adorait le café. Steven se sentait en pleine forme. Il avait dormi en partie comme un bébé et se remémorait son rêve. Amélie le regardait et était heureuse de pouvoir abriter un pèlerin dans la maison familiale. Elle aussi avait fait un rêve. Elle voyait Steven toujours devant elle, jamais derrière comme s'il était là pour la tirer de sa torpeur, pour la forcer à avancer et à se dépasser.
Amélie était une fille charmante qui vivait les choses de la vie avec une certaine sérénité. Depuis son plus jeune âge, elle s'était toujours posé la question : « Qui suis-je !» Et elle avait rencontré un homme qui se posait la même question. Peut-être qu'il y en avait des milliers qui se posaient la même question et n'avaient jamais de réponse. Elle espérait en avoir une ou plusieurs !
Steven était content de prendre un vrai et bon café. Sans se gêner, il en prit trois à la suite. Il se rendait compte qu'Amélie était aux anges, car il lui servait de support en quelque sorte. Elle voulait entreprendre la marche, mais ne savait comment faire. Pourtant, il y avait plusieurs sources de renseignements qu'elle aurait pu trouver avec tous les moyens qui existent à présent. Pourquoi avait-elle attendu que quelqu'un passe sur son chemin pour avancer ? Et que ce soit Steven ! Il se résigna en pensant qu'elle devait passer par lui pour son évolution propre. Il la trouvait jolie, mais n'avait aucune

attirance physique. Elle devait avoir dans les vingt-cinq, trente ans. Il était un peu plus âgé.
Il ne maîtrisait pas tout, et venait de se rendre compte qu'il avait des lacunes à combler. Soit ! Il ferait de son mieux, mais ce n'était pas chose simple. Au bout de ces deux mois de marche, il avait une certaine maîtrise, mais avait encore bien des choses à comprendre. Ensemble, ils décidèrent de partir très tôt le matin, comme Steven l'avait souhaité la veille. Après les quelques tasses de café, Amélie proposa à Steven des vivres. Elle avait pris de l'eau, de la charcuterie, des fruits, des fruits séchés, des gâteaux secs, des céréales en barre et les sandwichs qu'elle avait préparés. Ils se sont partagé la nourriture, chacun remplissant sa besace. Ils s'apprêtèrent pour le départ, juste quand le père d'Amélie apparut dans le couloir, avant qu'ils franchissent la porte d'entrée. Il leur dit :

- *Je vous souhaite bon voyage à tous les deux en ayant une pensée pour moi, car c'était aussi mon rêve de marcher sur des routes en côtoyant d'autres gens, d'autres mœurs, d'autres cultures. Mais je n'ai pas eu la force de vivre mon expérience. Je me suis posé trop de questions et fais moi-même les réponses. Je me suis ligoté moi-même et à présent, je vous envie et vous remercie d'avoir la force de vivre votre rêve. Je vivrais le mien à travers vous. Jeune homme, vous êtes venu jusqu'à moi pour donner à ma fille la force de pouvoir se dépasser et s'imprégner de la positivité qui est nécessaire à chacun. Merci.*
- *Ne me remerciez pas, dit Steven au père d'Amélie. Nous ne nous sommes pas rencontrés par hasard. Maintenant, je fais attention aux signes et aux manifestations qui se présentent à moi. Je crois que je suis bien guidé et j'espère pouvoir partager ma chance avec Amélie, au moins pendant un petit bout de chemin. Je suis content d'avoir fait votre connaissance, car vous me rappelez mon père qui, lui aussi, aimait bien s'intéresser à toutes ces choses qui semblent hors du commun pour certains.*

-8-

Amélie et Steven se préparèrent pour la marche. Chacun sortit sa boussole en forme de coquille, et elles indiquaient toutes deux la même route. Ils ne dirent mot pendant un temps qui semblait long à Amélie. Puis elle engagea la conversation.

- *Comment as-tu fait pour te trouver sur la route de Compostelle, demanda-t-elle ?*
- *Je suis resté longtemps à végéter, ne sachant où aller et que faire, répondit Steven. Quand j'étais plus jeune, je pratiquais énormément de sport physique et spirituel. J'aimais bien m'intéresser aux choses de la vie et je lisais toutes sortes de livres qui pouvaient m'aider à comprendre l'existence dans laquelle j'évoluais. Je voulais savoir s'il y avait d'autres vies, ou d'autres expressions de vies. J'avais parfois l'impression d'être observé et je me demandais comment cela serait si je me rendais compte qu'il y avait des multitudes de vies ! Cela m'aidait à comprendre mes interrogations. J'avais lu des livres sur la recherche de soi, le développement humain, le pouvoir de la pensée, et bien d'autres dans le même genre. Je pensais que j'avais autre chose à faire que de vivre ma petite vie conformément aux lois établies dans mon pays. Je faisais des recherches pour trouver des réponses à mes questions, et je les ai trouvées.*
Un jour, j'étais très jeune à l'époque, je me promenais tranquillement sur la place publique de ma ville natale en Angleterre. Je marchais en faisant du lèche-vitrine le long d'une grande avenue très fréquentée. Je m'attardais quelque peu devant les vitrines des magasins de mode. Mais je ne m'attendais surtout pas à quelque chose d'insolite qui me motiverait. J'arrivais jusqu'à une librairie qui avait pignon

sur rue. Je n'osais pas entrer, car je n'avais pas beaucoup d'argent en espèces en poche. J'avais ma carte de crédit, mais je n'avais pas envie de dépenser. Je regardais au travers de la vitrine de livres exposés et je parcourus les différents titres. Il y avait pour tous les choix, et un des titres m'interpella : le combat de Léon. Je me demandais quel était son combat, et je décidais d'acheter le livre. Je me suis attardé sur ce titre qui expliquait dans le résumé, le cheminement d'un homme qui, devant la maladie et la souffrance physique, cherchait un réconfort au-delà de lui-même. Je suis entré dans la librairie. Cet homme ne connaissait pas la prière, c'est-à-dire qu'il n'arrivait pas à envoyer des louanges au Dieu de son cœur, il était complètement athée. Jusque-là, il n'y croyait guère à l'existence d'une Intelligence au-delà de celle des hommes. Il pensait qu'il se dirigeait selon les ordres établis par d'autres hommes et il ne comprenait pas qu'il pouvait avoir confiance en sa propre force. Il ne se posait pas de question, il vivait au rythme du temps. J'étais tout de suite subjugué par ce livre et décidais de l'acheter avec ma carte de crédit. Il était de ceux qui disaient quelque chose du genre :
«Je vis et je meurs. Je profite de ce que la vie m'offre et nous verrons le moment venu ».
Sur son lit, couché depuis tant d'années, cet homme découvrait une autre vie. Il ne pouvait se débrouiller seul au début, et avait besoin d'une tierce personne pour ses besoins quotidiens. Il venait de découvrir, que lui, en tant qu'individu, il avait la possibilité de s'évader en pensées et que celles-ci se concrétisaient.
Il était allongé sur son lit, presque immobile, son corps ne réagissant plus, Léon réfléchissait sur sa vie. Il avait compris, couché dans son lit, tout au long de la journée, que son esprit vagabondait et il arrivait à maîtriser ses pensées. Au début, il se sentait inerte, sans force. Il avait la sensation que son corps physique et ses pensées étaient séparés. Il ne pouvait accepter

qu'il y ait séparation. Il faisait ses expériences, tout seul, sans l'aide de personne. Il se prenait pour un arbre. Il ressentait ses racines, la sève qui circulait tout au long de ses branches, de ses feuilles il s, et se sentait revigoré de l'intérieur. Ce qu'il voyait de l'extérieur était un corps inerte, presque sans vie et sans substance. Il décida d'associer l'arbre à son corps intérieurement.
Quand il avait des douleurs dans une partie de son corps, il appelait tout le reste de son corps à aider la partie sensible à se mettre au diapason avec le reste du corps. C'est ainsi que, tout doucement, il régénéra son corps par la force de son esprit. Cela lui prit beaucoup de temps, car il avait du mal à croire au début.
Il avait du mal à croire qu'il pouvait faire des choses en étant impotent et couché dans son lit des journées durant. Son infirmier l'avait considérablement aidé, car il lui parlait des capacités de l'homme et des exploits qu'il était capable d'accomplir. Il n'y croyait pas au début, puis petit à petit, couché sur son lit, il n'avait rien d'autre à faire, il expérimentait ce que l'infirmier lui avait appris. Ne s'attarder qu'à l'intérieur de soi, avant de s'occuper de l'extérieur. Depuis des éons, l'homme a cherché dehors ce qu'il y avait dedans. Léon cherchait au-dedans de lui, il avait compris.
 Je lus aussi le résumé des livres « la route à suivre, réflexions ». Je m'arrêtais à divers titres qui semblaient répondre à mes interrogations. Bien que je ne voulusse pas dépenser, j'avais envie de lire la suite de l'histoire de Léon.
 En réglant ce que j'avais acheté au magasin avec ma carte, je remerciai s la vendeuse, puis sortis du magasin en réfléchissant à ce qui venait de m'arriver. Depuis toujours, je cherchais en vain des réponses à mes questions, et là en une seule fois, j'ai eu la réponse qui me convenait. « Connais-toi, toi-même ». Je ne me connaissais pas et j'avais des choses à

découvrir. Je ne savais pas par où commencer. Je me suis dit qu'il doit exister des gens qui ont la même vision que moi.

En rentrant chez moi, je m'installais pour continuer à lire l'histoire de Léon. Cela ressemblait à une histoire vraie et m'interpellait. Le livre n'était pas épais, quarante pages tout au plus, et il m'a fallu peu de temps pour comprendre l'histoire de cet homme qui à force de penser et d'analyser, arriva à se convaincre qu'il pouvait dépasser la maladie avec une certaine vision positive des choses et des êtres humains. Pendant qu'il était couché dans son lit, il avait tout le loisir de penser et d'activer les pensées qu'il avait en lui, il n'avait rien d'autre à faire.

Les premiers jours, quand il se rendait compte que son corps physique ne pouvait pas bien fonctionner, mais son esprit parfaitement, il analysait les résultats qu'il avait eus dans le courant de la journée. Puis cela devint un jeu avec lui-même et son esprit. Pendant des jours et des mois, Léon s'exerçait dans son lit à travailler son esprit, mais aussi son corps en même temps. Il avait contracté une maladie incurable et pensait n'avoir aucune chance. Et Léon pensait : « Maintenant, je comprends que j'ai végété longtemps au fond de moi-même, alors que je peux m'élever et m'élever encore jusqu'à atteindre la perfection » !

Au fur et à mesure des jours et des mois, Léon avançait pas à pas, son corps se remodelait et un jour, il se leva de son lit. Il était un peu engourdi au début, mais tranquillement, il s'exerça à se lever un peu chaque jour, avant que l'infirmier n'arrive. Pendant des jours, il se parlait à lui-même.

« Pendant des années, j'ai vécu en grande partie avec l'aide des autres. À présent, avec ma propre force, je peux m'aider tout seul ».

Il ne pouvait expliquer tout cela à son entourage, car il ne comprendrait pas. Sa femme et ses enfants le verraient comme un miraculé. Alors que Leila, sa femme depuis vingt-cinq ans,

une fervente du culte, qui ne rate jamais une occasion pour rappeler, qu'Allah est grand. Quand elle le verrait debout, elle penserait que ses prières ont été exaucées. Il avait découvert que, quand il crée du positif, le positif se matérialisait autour de lui.
Alors, pendant un temps qui lui parut long, il fit semblant d'avoir besoin d'aide. Parfois, il était mal à l'aise. Il aurait pu se lever d'un bon coup et dire merci. Mais il ne voulait pas brutaliser les choses. Cela lui prit un certain temps, mais il était patient de nature. Il attendit d'être face à la personne la plus sensible des choses hors du commun, l'infirmier qui le soignait et le toilettait depuis des années, lui parlait sans cesse de l'homme qui peut se dépasser, et un matin, il se leva devant lui. Il s'attendait à ce que son vis-à-vis soit surpris, mais non, on aurait dit qu'il attendait une manifestation de ce genre. Et l'homme lui dit :

- *Vous avez travaillé au fond de vous-même et vous avez compris que vous pouvez vous soigner par la foi que vous avez en votre propre force. Je suis infirmier depuis tant et tant de temps et à chaque fois, j'attends ce moment merveilleux, qu'un homme ou une femme me dise dans la souffrance qu'il ou elle a compris, qu'il ou elle est capable de dépasser ses capacités physiques individuelles, pour s'imprégner des forces collectives et universelles.*
C'est ainsi que je fis la rencontre de gens extraordinaires, qui comme moi, cherchaient à comprendre leurs existences dans ce monde. Je fis la connaissance de différentes formes de réflexion qui expliquaient le cheminement de la vie. J'y ai côtoyé pendant quelques années pour comprendre ma vie, divers lieux philosophiques, je n'avais pas trouvé la satisfaction escomptée.
Je regardais ces gens qui étaient assidus aux rassemblements, j'y participais, mais je ressentais que tout était déjà préparé et

que je n'avais rien à ajouter. J'avais compris que j'étais une entité dans toute la masse, et dans cette masse, il y avait tout. Mais il fallait faire le tri pour apporter à chacun ce qui lui convenait. Chaque individu percevait ce qu'il devait percevoir, et moi, je ne me retrouvais pas dans tout cela. Je devrais me séparer du nombre pour me retrouver seul. Ainsi, je pourrais choisir la voie qui me conviendrait le mieux ».

Je fis encore des recherches et trouvé dans les livres, les exploits d'hommes et de femmes souvent méconnus, qui dégageaient une force et un courage extraordinaires avec leur seule foi. Je lus plusieurs ouvrages sur les exploits et les commentaires de beaucoup de pèlerins et je me suis dit que je dois, moi aussi un jour, faire le chemin à pieds de chez moi et trouver la route qui me mènera à la compréhension de l'homme sur terre.

Je ne m'attendais pas du tout à vivre ce que j'ai vécu jusqu'à présent, ce qui me comble de bonheur, car je crois qu'au bout du chemin, je comprendrais mieux mon incarnation sur cette terre qui n'a selon certains écrits que deux faces : le bien et le mal, le bon et le mauvais, le jour et la nuit, le faux et le vrai, le noir et le blanc... Je me suis rendu compte que la vie est autre que cela et que je dois puiser au plus profond de moi pour me connecter avec la source. Je suis heureux que vous ayez pu vous rendre compte que vous êtes capable de vous guérir, comme de vous rendre malade par la force de votre esprit. Vous êtes aussi très réceptif, car depuis tout le temps que je suis à votre service, je prie pour que vous puissiez retrouver une parfaite santé. J'ai vu votre transformation depuis quelque temps, mais je voulais vous laisser le temps de vous habituer à votre nouvel état d'être et le dire vous-même.

- J'avais fini de lire ce livre dans la soirée tant il me passionnait, dit encore Steven. Je trouvais que cet homme avait une force de caractère, car il avait trouvé tout seul la force de pouvoir se lever de son lit, après être resté si

longtemps quasi immobile. En lisant ce livre et les autres que j'avais achetés, je me sentais fort moi aussi et je fis le vœu que je fasse une marche vers des lieux de pèlerinage que je ne connaissais pas encore.
Quand j'ai rencontré ma femme, j'avais laissé tomber mes recherches, car cela ne l'intéressait plus du tout. J'étais amoureux et avais d'autres priorités. Puis il y a environ cinq ans, à sa mort tragique, j'ai entrepris de m'organiser pour un voyage vers Compostelle. Mais j'ai beaucoup parlé. Et toi, comment as-tu trouvé cette route ? Demanda Steven.
- *Cela a été presque comme toi, dit Amélie. De tout temps, je me suis toujours posé la question. Qui suis-je ? Quels sont mon but, mon cheminement, ma destinée ? Tout comme toi, je cherchais dans des livres des réponses à mes questions et cela ne me suffisait pas. J'avais besoin d'autres choses pour m'aider à comprendre les tourments qui m'envahissaient. Enfant, j'avais l'impression de vivre dans un monde qui n'existait pas. Mais je me sentais bien. Je vivais au rythme du temps. Puis au fur et à mesure, j'avais noté mes rêves, car ils se révélaient exacts.*
J'avais des rêves sur tout et je notais tout. Je me suis vu enfant dans un monastère avec des habits et un langage différent et je me suis rendu compte que c'était une autre vie. J'avais donc compris que la réincarnation existe et que j'avais vécu dans une autre vie avant cette vie. J'ai peut-être vécu des milliers de vies, ou juste une ou deux vies. Cela était intense et j'ai envie de me souvenir à présent, car je sais que ce n'était pas négatif de me souvenir, que je peux bien plus que je ne le crois. J'ai aussi vu mes parents. J'ai vu qu'à mon retour, ils seront encore là, et plus vaillants que maintenant, car mon père à notre départ a compris que l'homme n'est pas ce qu'il croit, un être inférieur, mais avec toute la puissance qu'il a accumulée ainsi que la compréhension, la maîtrise et le courage.

Depuis ma plus tendre enfance, je vois des situations ainsi que la vie de beaucoup de gens que j'arrive à côtoyer, j'ai appris à maîtriser et à comprendre les manifestations qui se présentaient à moi. Au début, je pensais que toute entité avait la même vision des choses que moi. Au fur et à mesure de mon avancement dans la vie, je compris que chaque entité est une, à part entière. Elle peut se familiariser avec d'autres entités, mais garde son identité. Elle peut voir, entendre, comprendre, ressentir, vivre les pensées d'autres entités, mais elle est seule pour décider si elle accepte ou refuse l'opportunité qui lui est donnée. Cela s'appelle le libre-arbitre. Je suis contente d'avoir fait ta connaissance, car, par ta sérénité et ta vision des choses, tu me confortes dans la mienne.

Sans comprendre comment, Amélie se retrouva sur une route autre que celle de Steven. Elle était déstabilisée et se retrouvait sur une route qu'elle ne connaissait pas. Elle continua sa route en suivant les indications de la coquille. Après un peu de marche, devant elle, des gens marchaient allègrement en s'appuyant sur un bâton de marche. Elle se dépêcha de les rejoindre et se demandait ce qu'elle allait leur dire. C'était peut-être des promeneurs qui faisaient une petite marche pour se faire plaisir et elle se disait qu'elle serait ridicule si elle leur demandait s'ils faisaient la route pour Compostelle. Ils étaient quatre. Tout à coup, un des marcheurs la remarqua quand il se retourna. Il lui sourit et s'arrêta pour l'attendre. Puis il lui dit :

- Tu fais aussi de la marche, soit la bienvenue au club ! Cela fait du bien au corps et à l'esprit.
- C'est sûr ! mais je dois rejoindre un groupe et je ne sais pas si je suis sur la bonne route.
- Je crois que tu es sur la bonne route. Je m'appelle Harry.
- Et moi, Amélie.
- C'est un joli prénom !

- *Merci. Mais pourquoi dis-tu que je suis sur la bonne voie ? Tu ne sais pas à quel groupe j'appartiens ?*
- *Nous avons tous une coquille de pectens, c'est un signe ! Nous allons au même endroit, nous avons entrepris la même marche, la marche initiatique. Si tu as la coquille, c'est que tu as vu le maître, l'homme sans nom. Il est imprévisible, mais bienveillant. Il nous a demandé de veiller sur toi au début, puis chacun doit suivre son chemin, jusqu'à l'arrivée où nous pourrons nous retrouver tous ensemble.*
- *Vraiment ! Je sais me débrouiller, mais je veux bien faire un petit bout de chemin avec vous.*
- *Viens, nous allons rejoindre les autres.*

Après s'être présentés, ils continuèrent la marche pendant environ quatre heures avant la tombée de la nuit, puis ils s'arrêtèrent pour bivouaquer. Ils étaient cinq à présent, deux hommes et trois femmes. Ils étaient un peu fatigués, mais avaient le moral au beau fixe. Ils s'apprêtaient à faire le feu pour la nuit, quand l'homme sans nom se matérialisa illuminé, comme une torche éclairant la nuit, il leur dit :

- *Je suis content que vous ayez pu vous retrouver, car Amélie n'était pas très sûre d'elle. Tant qu'il y avait Steven, elle se sentait en confiance. Depuis qu'il a disparu, elle se sentit perdue. Chacun doit suivre son chemin, car chacun a été seul pour choisir sa voie. Chacun de vous a une leçon à en tirer. Votre rencontre ne date pas de cet instant. Vous vous connaissez depuis longtemps, tout comme moi, je vous connais depuis toujours. Chacun de vous a pris des chemins différents pendant vos différentes incarnations, mais presque tous, à un moment donné, avez été chevaliers et combattus pour que l'amour universel jaillisse du plus profond de tous ceux qui étaient dans la peine et dans la souffrance.*

    Vous vous êtes souvenus de la capacité que vous aviez tous à visualiser les circonstances positives pour tous ceux que vous avez côtoyés. Vous êtes des maîtres, mais vous avez oublié toutes les capacités que vous avez au plus profond de votre être. Vous êtes ici pour vous souvenir de tout ce que vous avez enduré pour arriver jusqu'à cet instant. Je vous laisse avec le feu sacré et la nourriture céleste pour vous permettre de vous régénérer. Demain, vous avez une longue route à poursuivre. Chacun sera seul avec lui-même, même s'il y a du monde autour de lui, mais il aura récupéré en grande partie ses forces et verra la nouvelle journée sous une nouvelle facette.

Puis l'homme sans nom disparut à nouveau en leur laissant le feu et la nourriture qu'il avait rapportés.

Amélie discutait avec les autres sur la spiritualité, sur les choses de la vie, tout en grignotant. Elle n'avait pas très faim, alors que les autres dévoraient tout ce que l'homme sans nom avait apporté. Puis elle commença à avoir sommeil. Elle avait les paupières lourdes et ne voulait pas résister. Elle souhaita bonne nuit à tout le monde et s'enfonça dans son sac de couchage. Elle se retrouvait dans un univers autre que ce qu'elle connaissait auparavant. Elle se voyait souvent homme en train de se battre ou être battu. Elle connaissait déjà Steven et elle était son grand frère à cette époque. Ils avaient perdu leurs parents à cause de la vague d'épidémie de la peste qui avait sévi. Ils avaient pu en réchapper in extremis, on ne sait pas par quelle magie. Ils se retrouvaient tous les deux, seuls, livrés à eux-mêmes dans la petite maison des grands-parents qui n'étaient plus là pour les aider.
 Ils étaient à la campagne dans un petit village qui n'était pas très peuplé et tout le monde se connaissait. Les parents comme beaucoup d'autres avaient une petite ferme et des animaux domestiques. Ils s'entraidaient. Leurs parents étaient des gens simples et très pieux, leur décès avait été si soudain qu'ils avaient été désemparés comme beaucoup de personnes à la campagne. Ils n'étaient pas les seuls à avoir perdu leurs parents jeunes, il y avait aussi beaucoup d'enfants

qui avaient succombé à cette maladie. La peste était méconnue à cette époque.

Après avoir enterré leurs parents et tous les autres, ils se remirent au travail pour s'occuper de la ferme. Dans le village, tout le monde s'entraidait. Ceux qui n'avaient pas de ferme aidaient ceux qui avaient besoin d'aide. Quelques années plus tard, Steven qui s'appelait alors Joséphine, car ils étaient de parents français, décida de partir de la ferme et de se faire nonne. Elle avait eu beaucoup de mal à surmonter la perte de ses parents, beaucoup plus que son frère, et décida de se mettre au service de Dieu et de la nature.

Quand tout le monde se réveilla, ses compagnons furent stupéfaits de voir qu'elle sortait de son sac de couchage en pleurant, mais n'avait pas l'air triste. Elle était transportée par son rêve. Ils lui demandèrent pourquoi elle pleurait autant. Elle leur dit :

- J'ai eu une vision d'une de mes vies et je suis heureuse, car j'ai retrouvé ma sœur d'une autre vie. C'est elle qui m'a poussé à prendre ma décision.
- Tu en as de la chance ! J'ai eu un contact avec mon grand-père que j'ai peu connu dans une autre vie, mais sans plus ! J'aimerais bien revivre une de mes vies.
- Cela viendra peut-être, dit Amélie. C'était peut-être toi dans une vie. Pour ma part, je suis heureuse en ce jour. J'étais hésitante, pleine de doute, mais à présent, je suis sereine. Je suis contente d'avoir entrepris cette marche. Rien n'est fait au hasard. Merci à vous !
- Nous n'avons rien fait !
- Vous l'avez dit vous-même, l'homme sans nom vous a dit de prendre soin de moi, car j'hésitais, je n'étais pas sûre de moi. À présent, je le suis. Je peux continuer ma route seule. Merci.

Sur ce, Amélie rangea son sac de couchage, prit un bain dans le lac d'à côté et entreprit de reprendre sa route, seule. Elle se sentait en confiance avec la nature. Elle avait fait quelques kilomètres seule, à *travers bois, quand l'homme sans nom apparut, frais et léger. Il lui dit :*

- *Je suis heureux que tu aies pu effacer de toi tout doute, toute angoisse et que, en une nuit, tu aies reconquis la force que tu avais auparavant. Tu as été un guerrier avec tout son pouvoir, comme ton frère, qui fut ta sœur, que tu as retrouvée après moult incarnations. Tu te retrouves enfin et tu retrouveras toutes celles qui ont œuvré avec toi. Mais tu dois dorénavant œuvrer pour le bien et le bien uniquement, sinon, tu ne pourras pas passer la porte de la Félicité une deuxième fois. Steven qui s'appelait autrefois Joséphine a œuvré pour la voie droite, alors que toi, tu avais choisi le profit, la domination, la force. Tu vas acquérir tes capacités doucement, jusqu'à ce que tu sois sûre que tu ne pourras faire que le bien autour de toi, sinon, la force te quittera et tu n'auras que tes souvenirs. Penses-y.*

L'homme sans nom disparut à nouveau.

Amélie resta un moment à réfléchir sur ce que l'homme sans nom lui avait dit. Elle s'adossa à un arbre et commença à écrire sur son cahier tout ce qu'elle avait reçu depuis son départ. Puis elle ferma les yeux un moment et se remémora une de ses vies. Elle était un homme et était un guerrier.
Dans cette vie, il avait choisi cette voie, car il en voulait au monde entier de ne plus avoir ses parents. Il s'occupait de sa sœur et s'était forgé une carapace. Il était devenu un homme, pensait comme un homme et s'habillait comme un homme. Alors que sa petite sœur rendait grâce à son Créateur de leur avoir donné une maison, un terrain fertile où ils pouvaient cultiver des légumes, élever des animaux domestiques.

-9-

Steven n'en revenait pas. Il se retrouvait encore seul sur le chemin initiatique. Il était content, mais un peu déçu que cela se termine si vite. Tant pis ! Il attendrait la prochaine rame ! Il cherchait Amélie en vain et finalement, poursuivit sa route. Il marcha toute une journée sans s'arrêter tant il avait de l'énergie. Il pensait aux deux jeunes gens qui avaient fait un peu de chemin avec lui. Il se disait que c'était vraiment un chemin initiatique. Il pensait à l'homme sans âge et tout ce qu'il avait appris en marchant. Il côtoyait des êtres qui arrivaient de nulle part et disparaissaient par la suite, comme pour lui laisser un message, ou le soutenir dans sa quête. Il ne savait trop.

Depuis le jour où il avait fermé la porte de son pavillon pour trouver le chemin des pèlerins d'antan, il avait vécu jusque-là des histoires merveilleuses et d'une simplicité, qui n'avaient rien à voir avec ce qu'il s'était imaginé auparavant. Il marchait et marchait encore. Il se sentait libre et chanceux de découvrir un autre monde en si peu de temps. Il nota les moindres détails sur son cahier pour bien se rappeler et qui sait, raconter aux autres ce qu'il avait pu vivre en toute conscience. Peut-être, le prendra-t-on pour un fou ! Tant pis, il était heureux et se sentait libéré de tout le poids des angoisses, de la tristesse qu'il avait accumulée pendant tout ce temps. Ô comme il était bien ! Il voyait sa femme comme un hologramme qui apparaissait devant lui en lui disant : « Je suis heureuse de voir ta joie, et je te dis merci. Tu m'as libéré, comme tu t'es libéré en te détachant de moi. À présent, vis ». Puis l'hologramme disparut.

Steven resta un moment à se demander s'il ne devenait pas fou. Au même moment, il entendit des voix d'hommes qui parlaient et riaient de bon cœur. La coquille l'avait entraîné dans la montagne et il arriva jusqu'à eux dans une clairière. La nuit commençait à

tomber et les hommes avaient allumé un feu avec du bois qu'ils avaient dû ramasser dans la forêt. Il avait l'impression d'être attendu, car quand ils l'ont remarqué, ils lui firent de grands signes pour se joindre à eux. Ils avaient fait rôtir du gibier. Cela sentait bon et Steven commençait à avoir faim. Il venait de réaliser qu'il n'avait rien mangé de la journée, pourtant, il avait les sandwiches et tout le reste qu'Amélie lui avait préparé tout au fond de son sac.
Steven se présenta à chacun d'eux en leur serrant chaleureusement la main, puis il s'assit avec eux autour du feu. Ils le regardaient avec bienveillance, avec le même regard que le voyageur insolite qui apparaissait depuis, tout au long de son voyage. L'homme sans nom et sans âge. Chose curieuse, il ne l'avait pas vu ce jour-là.

- *Bienvenu, dit l'un d'eux. Nous t'attendions pour partager avec nous ce festin. Nous savons qui tu es. Ne sois pas étonné, l'homme sans âge nous a prévenus de ta venue. Nous aussi, nous suivons notre route. Je me nomme Constance et depuis que tu as commencé ta marche, je veille sur toi et mets en place toute la force possible pour que tu puisses arriver à bon port. Tu es à présent à la moitié du chemin et ton courage n'a pas été mis à rude épreuve.*
- *Je me nomme Partage, dit un autre et je suis aussi une partie de toi. Ce n'est pas par hasard si tu as fait la connaissance de Björg le suédois. Tu as presque vu juste en pensant qu'il était Suédois, sa mère est Norvégienne, mais c'est aussi ta mère dans une autre vie. Dans une vie où la misère et la souffrance régnaient en maître. Tu as retrouvé ta mère et tu lui as donné la confiance en la vie et dans toutes les choses positives de la vie qu'elle avait oubliée, car elle avait été marquée par tant de souffrances. Mais sache que dans une autre vie, elle avait généré autant de souffrance, sinon plus. Tout se paie, que ce soit dans cette vie où dans les autres à venir. Dans une autre*

vie, il n'avait pas encore compris et se reposait sur son frère, et il t'a aussi donné encore plus de confiance en toi-même.
À la mort de son frère dans cette vie, il a été déphasé pendant longtemps, jusqu'à ce qu'il décide de prendre sa vie en main et de faire autre chose que de se lamenter. Il est parti sur une route sans aucun but précis, juste marcher pour évacuer le stress qu'il avait en lui. Il en avait marre de vivre sous médicaments constants, et le jour où il a discuté avec toi, tu lui as suggéré de se dépasser en choisissant un but à atteindre. Jusqu'à ce qu'il te rencontre, il était indécis et avançait sans conviction. Tu as su lui faire partager ton enthousiasme dans ce chemin qui te permet de te découvrir et de te dépasser.
Tu as aussi retrouvé un de tes compagnons de route d'un autre temps, Amélie un frère dans une vie, qui s'est souvenu d'une certaine période avec toi, mais n'a pas encore retrouvé la pleine capacité. Il lui faudra un peu plus de temps que toi, mais elle y arrivera. Vous vous étiez aussi rencontrés dans une autre vie et aviez fait partie des nombreux pèlerins qui avaient fait la route. Vous étiez des chevaliers et parcouriez les routes, enseignant les pouvoirs de la foi. Mais auparavant, vous étiez frère et sœur d'une même famille.

- *Je me nomme Volonté, dit un autre, et je suis heureux de ta venue dans ce monde de compréhension. Tu t'es préparé à cette marche depuis bien longtemps. Tu as tenu bon et je suis heureux que tu m'aies sollicité, car sans moi, tu n'aurais pas pu dépasser tout ce que tu as vécu. Tu cherches à comprendre ton existence et tu te poses les bonnes questions. Tout seul, tu t'es relevé après une longue léthargie. Mais tu es une vieille âme et tu t'es souvenu de tes vies précédentes et de tout ce que tu as pu accomplir. Tu as appris à tout maîtriser et tu t'en sers à bon escient. Je suis fier de tes performances.*

- *Je me nomme Amour dans toute sa splendeur, dit un autre. Amour de l'être et des choses, amour sans condition, sans jugement. Tu as transcendé un amour véritable pour te retrouver tel que tu es vraiment, un homme à la recherche de lui-même. Tu as fait des expériences et rencontré des Êtres qui t'ont aidé dans ta démarche. Tu te sens en phase avec toi-même et dans cet instant, tu ne doutes plus. Tu appréhendes les manifestations et tu les expérimentes. C'est normal, car tu as lu dans des livres, les expériences de différents auteurs, mais tu n'as pas encore fini de découvrir tout ton potentiel, bien que tu sembles avoir beaucoup avancé. À présent, tu sais qu'il existe une autre vision du monde.*

- *Je me nomme Paix. Je n'ai pas besoin de te donner d'explication. Tout au long de ton parcours, tu étais imprégné de cette paix, de cette joie de redécouvrir les connaissances que tu as laissées au plus profond de toi-même. Tu t'es installé avec nous, comme si nous nous connaissons depuis longtemps et c'est le cas. Mais passons aux choses sérieuses, mangeons. Je sais que tu n'as pas mangé de la journée, car tu te sentais plein d'énergie, mais pour la garder, il faut se restaurer.*

Steven regardait tous ces hommes et pensait que c'était une sorte d'allégorie à la vie. Il était habitué à la disparition des êtres qui se manifestaient à lui. Mais à présent, il devait tout noter pour ne rien oublier. Il y avait bien plus à manger qu'il ne pouvait l'imaginer. Il y avait du pain frais sorti de nulle part, en plus de la viande fraîchement rôtie, des haricots blancs à profusion, du riz et des légumes, du poisson, du vin, des salades, des desserts avec plein de gâteaux, des fruits fraîchement découpés, de l'eau bien fraîche. D'où sortaient toutes ces choses ! Il avait remarqué qu'ils avaient à peu près les mêmes habits que l'homme sans nom et le même regard bienveillant. Il ne ressentait aucune animosité et pourtant, ils étaient tous biens plus grands et plus larges que Steven. Ils paraissaient aussi sans âge. Il ne se sentait pas mal à l'aise. Au contraire, il était bien. Steven ne se posait plus de questions, mais était content de pouvoir participer à ce repas. Il avait très faim d'un seul coup. Il s'était rendu compte qu'ilsétaient sept en tout et deux personnes n'avaient rien dit. Il se demandait si elles avaient quelque chose à dire ou pas. Chacun se servit d'un peu de chaque ingrédient qui se trouvait à disposition. Le repas était succulent. Steven reprit une deuxième fois après que tout le monde se soit servi. Il n'avait jamais mangé de repas aussi savoureux, encore mieux que chez les parents d'Amélie. Il demanda qui avait fait la cuisine et tous répondirent : « Nous » !

- *Chacun de nous a apporté sa connaissance dans l'art culinaire, dit l'un des deux qui n'avaient pas dit un mot. L'art de la chasse, l'art de la cuisine, l'art des condiments appropriés, l'art de la cuisson. Tout est dans l'esprit. Je me nomme, Communion et je suis en phase avec tout ce qui peut exister. Je chasse pour me nourrir, car le corps a besoin de nourriture terrestre. Je ne tue que ce qui est nécessaire. J'aime l'être humain et je lui imprègne toute la compréhension du monde dans lequel il vit. Mais je ne peux m'épanouir que si l'individu concerné est apte à suivre les phases de l'existence, car je suis aussi la foi, je suis la pensée, je suis la joie, mais je suis aussi la tristesse, le doute l'angoisse, la peine et la douleur. Tout est question de compréhension.*
- *Et moi, je suis le pouvoir, dit l'autre homme qui n'avait rien dit. Je suis le pouvoir du monde visible et invisible. Je m'amuse quelquefois à tester les capacités de certains individus. Certains ont plus de force que d'autres et dépassent les pièges que je mets en avant. C'est pour cela que je me renforce de plus en plus et mes pouvoirs augmentent, car bon nombre d'êtres humains se sentent faibles, alors qu'ils sont forts comme un roc. Mais toi, consciemment ou inconsciemment, tu t'adaptes à tout ce qui semble magique, mystique, surnaturel à l'inverse de certaines entités. Tout cela te semble normal, car tu es une vieille âme. Tu as vécu des vies et des vies, et plus rien ne semble t'étonner.*

    Tu es parti de chez toi avec l'idée de te dépasser pour revenir grandi en un homme neuf. Ta vision des choses est-ce qu'inconsciemment, tu as fabriqué. La route est encore longue et tu auras encore bien des visites. Alors, buvons à nos retrouvailles !

Celui qui s'appelait Volonté remplit les verres et chacun trinqua avec l'autre.

-10-

Steven n'avait pas bu de vin depuis des lustres et se sentait un peu engourdi. Il était aussi fatigué de sa journée de marche. Il ouvrit son sac de couchage, remercia tout le monde pour ce merveilleux moment, et s'endormit comme un bébé dans les bras de sa mère. Et il faisait des rêves. Il se voyait dans une foule et tous avaient les pieds abîmés. Ils disaient à Steven : « Nous avons tant marché et nous n'avons rien trouvé. Pas un signe, pas une trace. Nous sommes épuisés et avons mal aux pieds. Aide-nous ! Tu sais toi, tu connais le chemin ».
Un Être qui ressemblait à l'homme sans nom sorti de nulle part comme d'habitude et leur dit : « Il a trouvé le chemin, car il a eu confiance en lui et a fait attention aux signes. Vous vouliez juste faire une marche ordinaire sans préparation, alors ayez confiance en vous seul et vous y arriverez ». Puis il disparut. La foule avait laissé la place à un immense champ d'arbres fruitiers et Steven se retrouvait entouré d'orangers, de citronniers, d'agrumes en tous genres. Les arbres étaient chargés de fruits et une bonne partie jonchait le sol. Quand Steven se réveilla le lendemain, il était tout seul. Il n'était pas étonné. Il se leva, s'étira et fit des respirations profondes, ne s'étonna pas non plus de trouver du café déjà prêt dans une cafetière. Il sourit, se servit un café et repensa à son rêve. Il ne comprenait pas bien, mais se disait qu'il aurait la réponse plus tard. Il chercha de l'eau pour se laver et la boussole lui indiqua un chemin. Plus tard, pensa-t-il, il pourra noter tout ce qu'il avait vécu depuis deux jours. Il rangea ses affaires dans son sac et s'avança jusque dans un fourré où il entendait des bruits de cascades. Il n'était pas tout seul. Il y avait des cerfs magnifiques, des chevreuils, des zèbres, des paons et toutes sortes d'animaux qui se côtoyaient et déambulaient comme un instant féerique. Steven resta un moment sans bouger de peur de les effrayer, mais les animaux ne semblaient pas avoir senti la présence d'un intrus et continuaient paisiblement à vivre leur petite vie. Steven était enchanté et voulait immortaliser ce moment, mais il n'avait pas d'appareil photo.

Il essaya de s'imprégner des moindres détails avant de se décider à plonger dans l'eau. L'eau était bonne, il décida de rester un peu, en partie pour observer les animaux. Il n'en avait jamais vu autant auparavant en parfaite symbiose avec la nature. Il se disait aussi que l'Intelligence Divine était parfaite et qu'il y a des moments magiques dans la vie.

- *Tu as eu une vision du jardin d'Eden, dit l'homme sans âge qui apparut sur l'eau. Les animaux ne sentent aucun danger et n'ont pas peur en te voyant, car pour eux tu n'es pas un prédateur, mais tu fais partie de la nature, comme eux. Cela n'empêche pas à l'homme de chasser pour se nourrir, car il a inscrit dans ses gènes le besoin de manger de la viande.*
L'homme s'est créé ce besoin de nourriture comme il a créé toutes ces choses autour de lui, pour sa nécessité d'abord et pour le plaisir ensuite. Tu as fait l'expérience avec Mathéos, t'en souviens-tu ? Tu es passé d'une saison à l'autre sans même t'en rendre compte. Parce que tu es entré au plus profond de toi pour puiser l'élixir de vie à la source. Tu étais toi-même étonné en te réveillant, d'avoir passé tout ce temps sans boire ni manger, sans même dormir !
Parce que tu faisais un avec toi-même. Depuis le début de ton voyage, tu as partagé des choses insolites avec des Êtres insolites. Quand tu termineras ta croisade, tu reliras tout ce que tu auras écrit jusqu'alors et tu prendras conscience que tu n'es pas un être humain ordinaire, et qu'il y a beaucoup d'Êtres qui ont traversé le temps et sont au service d'hommes qui, comme toi, cherchent à comprendre leur existence.
Tu as retrouvé les qualités qui font partie de toi et qui t'aident à avancer.
Constance t'a apporté la persévérance dans ton cheminement sans jamais faillir.
Partage t'a amené à prendre conscience de qui tu es et ce que tu peux apporter aux autres.

Volonté t'a imprégné de courage et de force pour accomplir ton propre exploit.
Amour t'a donné, mais n'attend rien en retour, si ce n'est que tu puisses transmettre ton amour aux Êtres et aux choses. Tu as le pouvoir d'être en communion avec tout ce qui est, car tu es en paix avec toi-même.
Mais je te laisse méditer sur le chemin Pèlerin. Souviens-toi d'une chose, tu es libre dans tes choix. À bientôt. Puis il disparut.

Steven pensait qu'il avait besoin de contact avec les gens, comme le lui avait dit le voyageur. Même s'il était entouré de contacts qui ne duraient que peu de temps. Il ressentait le besoin pressant de rencontrer des gens qui, comme lui, avaient eu des contacts avec les choses insolites.

Cela faisait près d'un an à présent qu'il marchait en côtoyant des Êtres de lumière surprenants, mais intéressants. Il avait eu beaucoup de rencontres, mais voulait rencontrer une femme avec qui il aurait des affinités. Jusque-là, il était bien avec lui-même, mais commençait à trouver la marche un peu longue. Il voulait arriver à destination. Pourtant, il était heureux jusqu'alors. Il ne se retrouvait plus. Que lui arrive-t-il ? Est-ce le syndrome de la marche ? Cela existe-t-il ? Il n'avait pas peur du dénouement de la situation, mais avait besoin de comprendre.

Deux ans ! Il s'était donné deux ans pour vivre ce voyage, et déjà au bout d'un an, il était redevenu humain et voulait côtoyer ses semblables. Il se sentait riche d'enseignements et voulait faire partager à d'autres ce qu'il avait découvert. Jusque-là, il avait rencontré des gens qui lui apportaient beaucoup, et lui faisais voir ce qu'il ne voyait pas auparavant. Il avait compris que l'homme en rentrant en lui-même pouvait découvrir des trésors incommensurables.

Il avait préparé cette marche depuis tant et tant de temps et ne comprenait pas qu'il était arrivé à un tournant. Il devait impérativement demander de l'aide au voyageur. Lui pouvait l'aider,

car comme il disait, depuis la nuit des temps, il a toujours été présent. Alors il saura la manière à adopter.
Au fur et à mesure que Steven remémorait tous les détails dans sa tête, il reprenait confiance en lui. Il savait qu'il avait passé une étape, mais laquelle ? Il venait de se rendre compte qu'il était vulnérable. L'espace d'un instant, il avait eu peur, il avait eu le doute, il avait eu les angoisses, et il savait qu'il n'avait pas atteint toutes ses capacités. Quelque part, il était content d'avoir encore du travail à faire. Alors, il redevenait Mathéos et il se sentait à nouveau fort, protégé et guidé, mais il était aussi Steven qui avait entrepris une marche initiatique. Steven continuait sa marche dans la forêt dense avec l'aide de la boussole et s'arrêta pour noter tout ce qu'il pouvait vivre et ressentir. Pendant qu'il notait les moindres détails, il entendit un bruit qui sortait de l'ordinaire. Comme la présence d'une personne qui ne veut pas être vue. Il continua à écrire, et soudain, il entendit un éternuement très distinct. Jusque-là, il avait affaire aux Êtres et aux choses clairement. Là, il perçut une certaine hésitation et il interpella :

- Qui que vous soyez, vous êtes le bienvenu et je vous enveloppe de tout l'amour universel !

Il attendit un bon moment, tout en continuant d'écrire sur son cahier tout ce qui s'était passé tout au long de la journée. Il s'attendait à voir un homme en haillons avec les cheveux hirsutes, mais c'était autrement. Il vit une femme qui avait l'air d'être bien reposée et magnifiquement belle. Elle était plus petite que Steven, avec un corps bien proportionné et des habits qui étaient délavés et plus tout à fait seyants. Ses habits n'étaient pas tout à fait comme il le pensait au premier abord. Elle avait une robe (ou une jupe et un haut) qui laissait voir ses jambes, et les pieds nus.
Steven remarqua qu'elle était propre des pieds à la tête et semblait bien se porter. Il sourit à la femme qui hésita à sourire à son tour. Puis, après un moment qui semblait long à celui-ci, il vit qu'elle

bougeait pour avancer vers lui. C'était une vraie sauvageonne avec un visage juvénile. Elle devait avoir entre vingt et vingt-cinq ans pensa-t-il. Il ne savait que faire, elle ne parlait pas. Alors, il se rappela les capacités de Mathéos et sonda les pensées de cette belle inconnue et surprise ! Elle vivait dans cette jungle depuis bien plus longtemps qu'il ne le pensait. Il s'imprégnait de la vie de cette femme qui vivait dans la forêt depuis plus de deux cents ans. Elle n'avait été vue que par très peu de gens, dont ses parents adoptifs. Elle avait été abandonnée à la naissance, et s'était adaptée aux conditions de vie depuis tant et tant de temps. Elle avait survécu avec l'aide d'une femme qui elle aussi vivait dans la forêt avec son mari et un enfant mongolien. Elle avait vécu avec eux une période heureuse et enchantée. Puis avec le temps, sa famille adoptive avait vieilli, la mère mourut, puis le père et quelques années plus tard l'unique frère. Elle ne comprenait pas comment elle avait pu se stabiliser à être presque une enfant, n'avait pas une ride comme les gens qu'elle avait vus vieillir autour d'elle.

Les années passèrent, et elle se retrouvait encore dans cette forêt et dans ce monde, sans que personne la voie, pourquoi ? Elle était devenue invisible aux yeux du monde qui ne savait voir, et n'osait pas sortir de ce milieu, car elle se disait qu'elle risquait de vieillir d'un seul coup. Alors elle resta sur place, et ne partait pas très loin de la forêt. Pendant très longtemps, elle ne connaissait du monde que ce qu'elle entendait des différents voyageurs qu'elle côtoyait à leur insu. Elle voyait des gens qui passaient, s'arrêtaient, bivouaquaient, dormaient, discutaient, sans jamais la voir. De temps en temps, elle sortait du village la nuit pour entrer discrètement dans les maisons voisines proches de la forêt pour prendre des fruits et comprendre comment ils vivaient. Elle avait passé tant et tant de temps sans que personne ne puisse arriver à discuter avec elle. La forêt, ça conserve ! pensa Steven.

En face d'elle, un homme venait de lui parler, et en plus il était beau. Il l'avait vu ! Cela faisait si longtemps qu'elle avait envie d'engager une conversation avec quelqu'un ! Elle était heureuse. Elle pouvait

*ouvrir la bouche et parler à la personne qui la voyait, et elle dit :
« Morgun » !
Steven ne comprenait pas qu'elle voulait dire bonjour et lui dit : « Je te salue, mon nom est Steven !» En lui faisant un signe de la main. Elle avait vu beaucoup de gens depuis tant et de temps, elle comprit que Steven la saluait. Elle chercha un mot conforme dans tous les mots qu'elle avait pu emmagasiner et dit à Steven : « Très contente de parler ».
Steven la regardait avec stupéfaction. Mais tu parles ! dit-il en la montrant du doigt.*

- *Oui, je parle, mais je dois trier les différentes langues que j'ai emmagasinées. Je suis dans la forêt depuis si longtemps, que j'ai l'impression d'être un arbre, une plante ou un oiseau quelquefois. Je n'ai jamais beaucoup cherché à voyager au-delà, car j'avais un peu l'appréhension du monde extérieur. J'aime cet environnement et je m'y sens bien. Toutes les connaissances viennent à moi, je les trie au gré de ma compréhension et de mes besoins. Je fais partie de la nature, et je me sens en phase avec tout ce qui existe dans mon environnement. Je suis vraiment très contente de te voir, comme toi tu peux me voir, car jamais personne ne m'a vue, ou si peu.*

    J'ai passé des vies et des vies sans que personne ne me voie et discute avec moi. Depuis la mort de toute ma famille, je suis devenue une partie intégrante de la forêt. Je te remercie infiniment et je prends conscience que j'existe en dehors de cette jungle, et que je suis un être humain. J'avais l'impression que je faisais partie de cette forêt, je me sentais bien. Mais à présent, je découvre autre chose dont j'avais une lointaine vision. Je regardais comme dans un film, des vies et des vies qui se déroulaient de manières diverses, sans que je puisse vivre à mon tour cet instant.

    Je suis dans cette forêt depuis que j'ai été abandonnée, il y a de cela des éons et des éons. Je pensais que l'existence humaine s'arrêtait à ce stade, jusqu'à ce que je me rendre compte qu'il y avait des familles et des vies en dehors de la forêt. Je n'avais pas beaucoup de repères, et j'avais peur de la ville. Je me suis rendue quelquefois la nuit dans les villages proches et j'observais le comportement des gens et leur façon de vivre. C'est ainsi que je prenais sans abuser des habits et des couvertures, ainsi que de la nourriture que je ne connaissais pas. Je voulais être discrète. J'ai plus d'années que toi dans cette vie, mais tu connais beaucoup plus que moi. Le temps s'est arrêté à un certain niveau, mais je n'en avais pas trop conscience.

J'espère par ta présence comprendre peu à peu une autre partie de l'existence. J'étais un bébé et j'ai grandi, je suis devenue ce que je suis par quelque magie incompréhensible à mon entendement. J'ai vu passer des gens. Souvent, j'étais à côté d'eux et ils ne me voyaient pas. J'écoutais les langages que je ne comprenais pas au début, puis peu à peu, à force d'entendre les mêmes mots, je les associais et je me parlais à moi-même, ou je répétais ce que les gens disaient sans qu'ils s'en rendent compte. Je parlais fort, mais rien. Personne ne m'entendait ni ne me voyait. Depuis, cela fait la deuxième fois que j'arrive à discuter avec un homme. Il apparaît comme par magie et me demande de porter secours à ceux qui se sont perdus. Je les dirige sur la bonne voie, mais ils ne me voient pas et ne m'entendent pas. Comment as-tu fait pour me voir et m'entendre ?

- Si presque personne ne t'a vu jusqu'à ce jour, c'est qu'il y a une raison. Au fait, mon nom est Steven. Tu fais partie de ces Êtres insolites que je rencontre tout au long de mon voyage. Ce voyage est pour moi quelque chose d'extraordinaire, car il m'arrive des situations auxquelles je n'aurai jamais pensé auparavant. Je me suis sorti d'une période relativement sombre et je vis cette nouvelle situation comme une renaissance. Je pense que j'ai pu te voir, car je me suis

imprégné de ton essence. J'étais en train d'écrire sur mon cahier tous les évènements qui ont alimenté mes jours, quand j'entendis un bruit qui n'était pas comme à l'ordinaire. Je me suis mis dans la situation d'attente, et peu à peu tu t'es manifestée. Je suis content de te connaître, et je suis heureux d'avoir la chance de te voir.

- Tu m'as dit ton nom. Moi aussi j'ai un nom que je porte sur un médaillon accroché à une chaîne que j'ai autour du cou et que je garde depuis toujours, c'est Martha. Je ne sais pas si c'est mon vrai nom, car mes parents adoptifs m'appelaient aussi Rabia, qui veut dire trouvaille dans la langue de la forêt, mais les deux me plaisent bien. Je ne connais pas d'autre famille que ceux qui m'ont élevé. De temps en temps, je faisais des rêves où je discutais avec ma vraie mère quand j'étais enfant, puis tout s'est estompé. Je ne sais pas si je viens d'une grande famille ou pas, si j'avais des frères et sœurs, de toute façon, cela n'est plus nécessaire. Je viens de me rappeler que l'homme qui se montre de temps en temps ne m'a pas dit son nom. Il apparaît, puis disparaît. Je peux discuter avec lui, mais il ne reste jamais longtemps.
- Je le connais, mais moi non plus je ne connais pas son nom, dit Steven. Il est peut-être là à nous écouter, car comme tu le dis, il apparaît et disparaît. Mais je peux t'aider à retrouver ta famille initiale par la pensée, si tu veux, à combler le vide qui est en toi. C'est peut-être pour cela que j'ai la capacité de te voir.
- Ce n'est pas grave, il apparaîtra quand il voudra, dit Martha. J'ai envie de parler et de parler sans m'arrêter. Cela fait si longtemps que personne ne me voit ni ne m'entend, que j'ai du mal à réaliser. Peut-être que tu disparaîtras comme l'homme sans nom ! Mais auparavant, oui, j'aimerais savoir si j'ai eu à un moment des frères et des sœurs.
- Je ne suis pas tout à fait comme l'homme sans nom, dit Steven. Je suis un homme à la recherche de lui-même. Depuis près

d'un an, je marche. Pour me dépasser d'abord, pour me retrouver ensuite. J'ai commencé à comprendre mon existence. Au moment où je te parle, je suis heureux avec moi-même. Pendant ma marche, j'ai eu un moment d'angoisse intense sans trop savoir pourquoi. Je te le redis, je suis content de te connaître, car tu me permets de voir que j'ai une vie heureuse tout comme la tienne. Tu as découvert que tu as une existence longue et pleine de connaissances, tout en restant dans la nature. Tu as appris les langues sans jamais sortir de ton milieu.
Je me suis rendu compte qu'il y a plein de vies de toutes sortes et je suis heureux de pouvoir vivre cette vie, bien que j'aimerais vivre la tienne. Tu as une vie de rêve. Tu as passé plusieurs vies dans une seule vie. Tu as vécu des changements, des guerres, des conflits en restant dans ta forêt. Tu es une observatrice de la vie sous tous ses angles. Je t'envie, car moi j'ai eu la vision d'une vie intense, ma propre vie dans une autre vie, mais c'est tout.

Steven regardait la jeune femme de deux cent trente-deux ans et trouvait cela extraordinaire. Il avait vu toutes sortes de choses, et il se sentait à l'aise avec Martha-Rabia. Elle ne connaissait même pas son identité et vivait au rythme de la nature en toute simplicité. Elle avait vécu au-delà du temps et de l'espace dans le même environnement. Il regardait cette merveille et la trouvait superbe. Elle était d'une simplicité et parlait des choses qu'elle percevait avec un naturel. Il était émerveillé.
Elle aussi était émerveillée et enchantée de pouvoir discuter avec quelqu'un, un peu plus longtemps que l'homme sans nom, surtout qu'il avait la capacité de la voir ! Il était simple et expliquait les choses avec une simplicité telle qu'elle en était subjuguée. A-t-elle eu le coup de foudre ! En tout cas, elle était attirée par cet homme de près de deux cents ans son cadet. Que pouvait-elle faire ? Le cœur a ses raisons que la raison ne connaît pas. Elle avait l'impression de

l'avoir vu dans un autre siècle auparavant, elle n'en était pas sûre. Il ne lui avait pas parlé, mais lui avait laissé une écharpe.
Steven pensait la même chose. Il trouvait cette femme superbe, mais elle avait presque deux-cents ans de plus que lui et cela ne se voyait même pas. Elle avait l'air d'être plus jeune que lui, presque une enfant. Il était tombé amoureux de son arrière-arrière-grand-mère. Cela lui était égal. Il avait l'impression qu'ils s'étaient déjà vus auparavant. Il était heureux et content de cette visite.

- *Raconte-moi des choses ! dit-elle en tirant Steven de sa rêverie. J'ai vu beaucoup de choses pendant toutes ces années et je ne comprends pas que je sois encore vivante, alors que j'ai vu des jeunes ou même des enfants morts, sans vie devant moi. Comment je suis arrivée jusqu'à toi tout ce temps ? Je crois que c'est toi la clé. Je ne sais pas pourquoi, mais j'ai l'impression que je t'attendais inconsciemment. Même avec l'homme sans nom, je n'ai pas ressenti une telle sérénité.*
- *Pour que je puisse revivre ta vie, dit Steven. Je dois te visualiser dans ton contexte depuis que tu étais bébé. Mais ne t'attends pas à une période spécialement rose, il peut y avoir des conflits ou des choses que tu aurais préféré ne pas entendre.*
- *Je crois que je suis arrivée au terme de toutes ces turpitudes, dit Martha. Si famille il y avait, il n'y a plus personne, sauf s'il y a des descendances, et ils ne connaissent même pas mon existence.*
- *Alors, prépare-toi à découvrir une autre partie de ton vécu.*

Steven se mit dans la peau de Mathéos qui avait développé toutes les capacités qu'il avait au fond de lui. Et il vit la petite Martha-Rabia, bien enveloppée dans des habits propres, posée à même le sol, sur un tas de feuillages, à proximité de la maison de ses futurs parents, par sa mère biologique.
À mesure que Steven voyait les images, il disait tout haut son récit. La mère de Martha était une jeune paysanne de quatorze ans qui avait réussi à accoucher sans que personne ne s'en aperçoive. À cette

époque, être fille mère était une honte. La mère de Martha qui s'appelait aussi Martha marcha quelques heures avant de trouver cet endroit. Elle s'assit, pria un peu et mit sa petite fille au monde. Elle était toute seule. Elle enleva la chaîne autour du cou que sa mère lui avait mis quand elle était née, embrassa sa fille, l'enveloppa dans du linge propre, après l'avoir lavé avec un petit seau d'eau qu'elle avait amené avec elle pour la circonstance, et lui souhaita une très longue vie.
Des elfes qui passaient par là, la couvrirent du manteau de protection et étirèrent son existence jusqu'à l'infini. C'est ainsi que la petite Martha fut bénie des dieux et adoptée par la famille de la forêt. Elle avait bénéficié d'une vie aussi longue que les arbres. Heureusement, sa vie n'a été qu'enchantement.
Au fur et à mesure qu'elle grandissait, elle côtoyait les Êtres de la forêt qui lui apprenaient à régénérer son corps au fil du temps. C'était devenu naturel. Elle était comme les arbres de la forêt qui vivaient, cent, deux cents, trois cents ans ou plus. Elle grandissait dans un environnement adéquat et n'était jamais seule. Ses parents adoptifs étaient heureux d'avoir une fille valide à élever, lui prodiguaient tout l'amour possible. Elle était une enfant heureuse.
Elle a vu ses parents adoptifs vieillir et s'éteindre sans pouvoir leur porter un secours quelconque. Puis, son frère qui ne comprenait pas grand-chose, car il était attardé, mourut aussi. Ils n'ont pas eu le temps de voir leur fille et sœur, avoir une existence bien plus longue qu'ils n'auraient pu imaginer, car elle avait cessé de vieillir dès qu'elle n'eut plus de parents physiques. Elle avait vingt-deux ans.

- *Tu vois dit Steven, ta vie est quand même magnifique. Tu es une enfant de la terre et tu vis comme la nature. Je trouve cela extraordinaire !*
- *Moi aussi je trouve cela extraordinaire, car je ne comprenais pas bien comment j'ai eu une existence au-delà de l'entendement et cela m'éclaire beaucoup, dit Martha. Je sais qu'à présent que ma mère était une adolescente, presque encore une enfant et qu'elle ne pouvait faire autrement que de*

se débarrasser de moi. Mais ai-je eu des frères et sœurs par la suite ?
- *Oui, ta mère se maria à seize ans avec le jeune homme qui l'avait enfantée, et eut six autres enfants. Elle n'a jamais dit à ton père qu'elle avait été enceinte auparavant. Il avait dix-sept ans et elle un an de moins. Elle ne voulait pas déranger leur amour. Les choses étaient compliquées en ce temps-là, et elle décida de ne plus avoir aucun contact sexuel avec son promis avant le mariage. Heureusement, il comprenait la situation et ne pensait pas un seul instant qu'elle avait eu des problèmes. Elle a vécu toute sa vie avec cette pensée que chaque fille qu'elle voyait avec à peu près ton âge était un peu sa fille.*

  Quand son mari parti à la guerre, elle profita pour aller dans la forêt à ta recherche en pensant par un miracle que tu étais encore de ce monde. Elle vint à la même place huit ans plus tard et pleura. Elle ne retrouvait pas la petite maison qu'elle avait vue et pensait s'être trompée d'endroit. Puis elle vit un couple avec un enfant handicapé et une petite fille qui s'amusait avec tout ce qui lui tombait sous la main. Elle avait envie de crier : « C'est ma fille ! Elle est à moi » ! Mais elle n'arrivait pas, car elle avait vu la mère qui s'occupait de sa fille admirablement. Alors, elle ne dit rien, et regarda cette famille insolite dans la forêt qui avait l'air d'être heureuse avec des choses simples.
- *Je l'ai vue ! Je me souviens à présent. Je sais exactement comment elle était, dit Martha. C'est pour cela que je faisais des rêves en voyant cette femme, quand j'avais huit ans environ. Je te remercie infiniment, car à présent je comprends mieux mes rêves. Je lui ressemblais presque trait pour trait, avec la même taille et le même corps juvénile que j'ai maintenant. Je ressemble à ma mère. Si je pouvais me téléporter en elle, je saurais exactement ce qu'elle a vécu et ce qu'elle a ressenti pendant cet instant où elle m'a abandonné.*

Je ne lui en veux pas, au contraire, je comprends ce qu'elle a dû endurer pour arriver à cette décision ultime.
J'aime cette dame d'un autre temps qui malgré tout, m'a donné tout son amour et je la remercie de m'avoir posé là un jour, car ce jour était ma destinée. Je devais vivre au-delà du temps et de l'espace pour me souvenir que nous faisons partie d'un tout et que rien, n'est séparé. Je vis dans la constance du temps qui passe et du temps à venir. Je ne sais pas encore combien de temps je dois vivre cette extase, mais je suis contente que tu m'aies permis de revivre l'espace d'un instant une autre partie de ma vie.

- *Ce que tu ne sais pas encore dit Steven, c'est que nous nous étions déjà rencontrés dans une autre vie. Quand tes parents sont morts, tu t'es retrouvée seule dans la forêt. Tu marchais et marchais encore jusqu'à t'épuiser, car tu avais de la souffrance à évacuer. Tu te demandais ce que tu devais faire. Tu ne connaissais pas la ville et elle te faisait peur, car tu ne savais pas ce que tu allais découvrir. Tu t'apprêtais à sortir de la forêt, quand les oiseaux se mirent à chanter à tue-tête, les chevreuils sautaient dans tous les sens et tous les autres animaux faisaient en sorte que tu les remarques.*
Les elfes et les lutins étaient là aussi en t'envoyant le plus d'amour possible. Tu n'étais pas seule, tu faisais partie de leur monde, tu ne pouvais pas t'en aller sans leur expliquer pourquoi. Alors, tu leur disais que tu veux voir autre chose, mais que tu reviendrais vite. C'est alors que tu vis un jeune homme de ton âge qui apparut dans la forêt. Il avait l'air d'apprécier cet endroit. Il t'a vu et tu l'as vu. Il pensait que c'était les elfes de la forêt, car l'espace d'un instant, tu avais disparu. Contrairement aux autres gens qu'il avait vus auparavant, il se sentait attiré par toi, et toi aussi tu ressentais la même chose. Cela dura le temps de la marche, deux jours, et chacun ne dit mot. Tu savais qu'il sentait ta présence, et il savait que tu étais présente en l'épiant. En sortant de la forêt,

il laissa sciemment tomber son écharpe que tu gardes encore aujourd'hui comme une relique. Ce jeune homme c'était moi. Tu viens de m'aider à me rappeler une de mes vies, et je t'en remercie.
- *Toi aussi, tu m'as aidé à me rappeler. L'écharpe se trouve dans ma cabane, soigneusement pliée dans une protection en plastique. Je comprends pourquoi je me sens si bien avec toi. Nous sommes du même âge, sauf que tu as vécu des vies et moi une seule. Je suis contente de te revoir. Je me souviens à présent comment j'étais intriguée de savoir que tu m'avais vu. Je n'avais pas encore la maîtrise de la parole, alors je n'avais rien dit. J'étais enchantée de savoir qu'un homme pouvait me voir. Pendant des jours et des jours, j'avais espéré que tu reviendrais. Mais nous avons tant parlé, veux-tu arriver jusqu'à chez moi, manger un peu et te reposer avant ton nouveau départ.*
- *Bonne idée, mais j'espère que tu ne disparaîtras pas à mon réveil, dit Steven en riant.*

-11-

Steven était subjugué. Il vivait quelque chose d'extraordinaire. Il remercia sa bonne étoile d'avoir pris la décision de faire la marche. Il ne pensait pas un seul instant pouvoir vivre ces instants magiques. Il était redevenu amoureux. Il ne pouvait se détacher du regard de cette fille des bois, qui attendait depuis tant de temps qu'un prince charmant puisse arriver jusqu'à elle. Il se serait bien arrêté là, mais il devait poursuivre sa route. Il avait fait la moitié du chemin et pensait que tout ce qu'il avait vécu jusque-là n'était pas fait par hasard. Mais que devait lui apporter Martha ? Que devait-il lui apprendre qu'elle ne sait déjà ? Elle est restée seule depuis si longtemps dans la forêt et ne connaît pas la vie des hommes. Bien sûr, elle connaît la vie des hommes, mais n'a jamais vécu avec quelqu'un !
Si l'envie lui prenait de vivre avec une femme, comment s'y prendrait-il avec elle ? Quelle est sa notion de l'amour ? Il était en train de réfléchir quand Martha lui dit :
   - Nous sommes arrivés !

C'était une cabane toute simple, relativement grande, très propre et bien rangée. Il faut dire qu'il n'y avait pas grand-chose à ranger. Il y avait à l'intérieur deux bancs en bois, une étagère avec un peu de linge et des couvertures, une table et un lit fraîchement recouvert de feuilles, de mousses fraîches, des couvertures propres et de la vaisselle. Ce dernier luxe étonna Steven qui demanda à Martha comment elle avait fait pour en avoir. Elle répondit :

   - J'ai la vaisselle de mes parents, puis je ramasse quand je trouve des affaires laissées par les voyageurs. Je me sers aussi de temps en temps chez mes voisins. Je peux entrer, même quand ils sont éveillés, ils ne me voient pas. Je n'en use pas beaucoup et je me débrouille pour avoir du feu, pour faire chauffer de l'eau, ou bien faire la cuisine.
   - Justement dit Steven, si tu fais chauffer de l'eau, je prendrais bien un café.
   - Un café ? Mais je n'en ai pas ?

- *Moi si, dit Steven.*

Martha fit chauffer de l'eau dans une bouilloire qui avait fait son temps, sur un foyer presque en dehors de la maison, alimenté par des brindilles et du bois. Steven sortit le café soluble dans son sac.

- *Je n'en ai jamais goûté dit Martha, je pourrais en avoir un peu ? Mais je vais d'abord faire la cuisine, il se fait tard, la nuit commence à tomber.*

Martha sortit de chez elle et ramena des pommes de terre et d'autres légumes qu'elle déterra de son petit jardin et de la viande salée qu'elle sortit d'un baril en fer blanc.
- *Mais tu es équipée !*
- *Bien sûr, dit-elle en riant.*

Elle mit la viande salée à cuire et instinctivement, Steven se mit à éplucher les pommes de terre. Ils étaient comme un vieux couple à faire ensemble les choses de la vie courante.
Quand la viande fut bien cuite, Martha changea l'eau plusieurs fois, puis rajouta les légumes et des herbes que Steven ne connaissait pas. La bonne odeur commença à se répandre dans la petite cabane, et Steven sentait qu'il allait avoir très faim. Tout en sortant les assiettes un peu ébréchées, ils discutaient de toutes les choses de la vie. Martha voulait tout savoir en un instant. Elle posait mille questions.
Après le repas, Steven servit le café avec un peu de sucre. Martha avait déjà vu des voyageurs se servir ce breuvage, mais n'en avait jamais goûté. De même qu'elle ne connaissait le sucre que de vue, et s'amusait à regarder Steven sortir des morceaux de sucre de son sac et mettre dans le breuvage noir dans les tasses elles aussi ébréchées.
- *Merci d'abord pour ce repas délicieux. En général dit Steven, le café se boit chaud, mais certains aiment aussi le boire froid, sans sucre ou avec. Tu peux essayer de boire de différentes façons. Vas-y, goûte ! dit Steven en lui tendant une tasse.*

Elle prit une petite gorgée, puis une plus grande gorgée et trouva que le café était un bon breuvage.
- *J'ai aussi mon breuvage, dit Martha. Avant de partir demain matin, je te ferais goûter. Ainsi, tu pourras entrer en contact avec mes amis de la forêt, car ce sont eux qui me l'apportent le matin en me réveillant. C'est ainsi que je démarre la journée avec tous ceux qui viennent me saluer. De même que, quand je vais me coucher, je suis protégée par les ailes des elfes. Je ne sais pas comment, mais je suis aidée en permanence.*

Le lendemain, Steven se leva avec un concert d'oiseaux de toutes sortes. Il était enchanté. Il se leva d'un bon pied et s'étira, puis ouvrit la porte sans bruit pour faire des respirations profondes. Il devait être cinq heures du matin. Il se sentait en pleine forme. C'est à ce moment qu'il vit des oiseaux minuscules déposer devant la porte des feuilles fraîchement cueillies dans un minuscule panier de brindilles superbement travaillé. Ils étaient des dizaines à déposer tour à tour des petites feuilles. Ils étaient de toutes les couleurs et en voyant Steven, quelques-uns se posèrent sur ses épaules, ses cheveux et lui piquaient la joue doucement. Ö ! Dieu, comme il aimerait faire une photo pour immortaliser l'instant.

Il se rappelait la même expérience qu'il avait eue avec les animaux devant la cascade, c'était féérique.

Il devait se préparer à poursuivre sa route, alors qu'il se sentait bien dans cet environnement. Il nota sur son cahier les moindres détails, car il se disait que tout cela avait l'air tellement irréel, qu'il avait presque du mal à croire qu'il vivait quelque chose d'extraordinaire. Il était dans ses pensées, quand il sentit de la présence. C'était Martha qui sortait elle aussi pour faire des respirations profondes et prendre les feuilles qui étaient disposées dans le minuscule panier, elle s'aperçut que Steven était déjà levé et qu'il avait l'air reposé.

- *Tu as vu mes amis ? demanda-t-elle à Steven. Ils sont venus plus tôt, car ils savaient que tu étais là et que tu te lèves tôt.*

- Oui, je les ai vus, dit Steven. Je n'ai jamais vu d'oiseaux aussi petits. On dirait presque des insectes ?
- C'est vrai répondit Martha. Je ne me rendais pas compte, car je suis habituée, mais ils sont minuscules. On pourrait en tenir une poignée dans une main. Je ne sais pas par quelle magie, depuis toujours, ils me fournissent mon breuvage du matin, d'autres m'apportent des fruits que je ne trouve pas dans les environs, et c'est ainsi que j'ai appris à connaître les oranges, les pommes, les bananes, les raisins et plein d'autres fruits qui sont toujours très sucrés. Je suis contente qu'ils aient accepté de te servir et je crois qu'ils t'ont adopté. Bienvenue dans la forêt enchantée.
- Je te le dis à nouveau, je suis content d'avoir passé ces moments merveilleux avec toi.
- Je vais faire chauffer l'eau, et tu goûteras à mon breuvage.

Martha mit de l'eau dans sa bouilloire sans âge, attendit quelques minutes d'ébullition et mit les feuilles que les oiseaux avaient rapportées, puis la sortit du foyer.
Elle calcula le temps de l'infusion puis versa le liquide fumant dans deux grands bols. Puis râpa un légume, fit des petites boules qu'elle mit à rôtir sur un grill, qui lui aussi demandait sa retraite, et activa le feu. Quand le légume devint doré, elle le sortit du feu et présenta à Steven son petit déjeuner.
Sans se faire prier, il goûta et trouva que cela avait le goût de biscottes. Il goûta au breuvage qui était sucré sans qu'il y ait de sucre ajouté et pas mauvais du tout, au contraire. Il avait l'impression que son corps était un circuit et que le liquide se propageait partout et le reformatait. Après la deuxième tasse, il se sentait en pleine forme et dit merci à Martha.

- Voilà comment je me sens tous les matins, dit-elle. Je ne sais pas où ils vont cueillir ces plantes, mais cela me fait du bien au corps et à l'esprit. Maintenant, tu es prêt pour le départ. Je *suis heureuse de t'avoir revu et je te remercie de m'avoir permis de voir un peu plus clair en moi-même. Nous ne nous sommes pas rencontré par hasard. Depuis tout ce temps, jamais je n'ai pu discuter avec quelqu'un autant de temps. Je te remercie pour ta patience et ta présence. Je commençais à m'habituer. Mais qui sait !*

- Et tu as raison de dire qui sait, dit l'homme sans âge, qui apparut comme d'habitude, sorti de nulle part. Vous avez renoué des liens puissants ! Toi Steven, Martha t'a permis de te rappeler une de tes vies ! Et toi Martha, tu sais à présent que tu es un humain, comme tous ceux que tu as rencontrés jusqu'alors. Tu sais aussi que tu peux aimer un homme, car tu es une femme, et c'est normal. Steven, tu as fait beaucoup de chemins et tu as découvert une chose essentielle. Tout est lié, rien n'est séparé.

    Chaque chose à sa raison d'être et rien n'est fait au hasard. Sans t'y attendre un seul instant, tu as découvert l'amour dans toute sa beauté. L'amour sans calcul, l'amour vrai. Tu te sens attiré par cette femme comme un aimant, et elle ressent la même chose, car vous êtes deux êtres vrais, sincères envers vous-mêmes et autour de vous. Vous vivez la plénitude céleste et terrestre dans toute sa simplicité. Alors ce qui doit être vécu s'accomplira, car c'est écrit. Vous avez vécu des vies et une vie, chacun de son côté, d'une manière différente pour arriver au même résultat. Tout fait partie du Tout. C'était ton vœu n'est-ce pas ?

- Je te remercie, voyageur dit Steven, mais je n'ai jamais eu l'occasion de te parler, juste de t'écouter. Certaines personnes te voient apparaître dans leurs vies, mais personne ne connaît ta vie. Tu es un peu comme Martha qui vit depuis si longtemps, sauf que toi tu sais où te diriger dans le monde, et Martha ne connaît que son environnement.

- Je suis à présent, comme Martha et toi, et comme tous ceux qui ont pris conscience que leur vie est une sorte d'expérimentation, dit l'homme sans âge. Sauf que nos présences physiques dans cette vie se sont inscrites différemment. Quand tu auras terminé ton parcours, tu comprendras que nous sommes pareils à des degrés différents. Je suis né depuis la nuit des temps, comme toi et les autres, mais certains ont évolué, d'autres pas. Pourquoi ? Parce que certains ont mis plus de temps que d'autres à comprendre l'existence, la vie.

Dès le départ, je fis le vœu de tout connaître et de tout comprendre sans jamais renier chaque situation qui se présentait à moi. Mais j'ai été aidé, comme toi tu as été aidé à des degrés différents. Regarde Martha. Elle a l'air d'une jeune fille, avec encore le visage enfantin et le corps d'une femme. Car elle s'est imprégnée de toute la substance de la nature sans jamais se poser de questions et vit dans la nature comme la nature, avec la nature. Elle s'est intégrée. C'est comme tous ceux qui régénèrent leur corps en vivant avec un seul corps pendant des vies.

Je me rappelle depuis le début, où j'étais nu et sans comprendre ce que je faisais là où j'étais. Dès cet instant, je me suis dit que je dois comprendre mon existence, et même si cela doit prendre le temps à l'infini, j'y arriverai. Et tout à coup, j'entendis un bruit de tonnerre et des éclairs fusaient partout dans le ciel. Et j'entendis, comme si les éléments me parlaient.

« Tu veux comprendre ton existence ? dit une voix. C'est bien. Sache que tu as le droit de vivre à l'infini dans un seul corps qui se régénéra automatiquement, tout le temps qui te sera nécessaire pour comprendre ton existence. Tu devras te rappeler que chaque acte doit être vécu intensément pour t'aider toi-même et aider tous ceux qui cherchent comme toi à se dépasser. Tu as demandé et tu recevras, tant que tu seras en phase avec les lois établies depuis la nuit des temps ».

- *J'ai vécu pendant tant de temps comme la voix m'avait dit, intensément, repris le voyageur. Je voyageais dans le temps et voyage encore, car je n'ai pas fini de transmettre tout ce que j'ai pu emmagasiner au cours des âges. J'ai fait le tour de toutes les vies, mais à présent, je veux comprendre la mort qui est une autre étape, pour revivre comme toi une nouvelle existence.*
Tout au long de ma destinée, j'ai vu des hommes naître et mourir sans jamais comprendre leur existence dans ce monde fabuleux. J'ai vu des hommes se donner la mort sans comprendre qu'ils cessaient un cycle qui leur était propre. J'ai vu ces mêmes hommes dans les limbes appeler au secours et demander à soulager leurs souffrances. J'ai vu tous les rouages de l'existence sur la terre et au-delà.
J'ai appris à maîtriser toutes les forces possibles, à me dématérialiser, à appréhender la pensée de l'homme et le guider lorsque c'était nécessaire. J'ai aussi appris à disparaître à la vitesse de la lumière, à donner sans rien attendre en retour. J'ai appris tout cela et je voudrais faire l'expérience, pour renaître, car vois-tu, je n'ai pas eu une existence exactement comme vous. Je suis né à la taille et au physique que vous avez devant vous. Je n'ai pas fait l'expérience de l'enfance à l'adulte. Je n'ai pas eu des parents biologiques comme vous. J'ai eu la matrice de la Mère/Terre et ses éléments. J'ai pris conscience de mon corps en même temps que je prenais conscience de mon environnement. Je me suis formé tout seul avec le temps.
- *Au début, j'étais informe. Mon corps était formé de glaise et d'argile. Je ne comprenais pas ce que je faisais dans cette dimension, puisque j'étais fait de lumière et d'amour. Il m'a fallu du temps pour me réadapter à ma nouvelle situation. J'ai erré longtemps, puis je me suis relié à la source, ou la source s'est reliée à moi. Je devais me former, puis me conformer à ma nouvelle vision des choses. Puis je vis autour de moi, une*

existence qui ressemblait à la mienne, celle de l'homme. Je pris un corps comme ce que je voyais. Mes facultés étaient surdéveloppées contrairement à beaucoup d'entités existantes sur cette planète. Mon corps s'est transformé au fil du temps et mes cellules se sont régénérées au gré de mes connaissances. Mon corps est devenu fluide, puis transparent, puis liquide, puis solide. J'ai trouvé un corps qui me convenait à merveille, et je l'ai adopté. C'est le corps que tu vois. Il y eut beaucoup de transformations qui réagissaient au fil de ma compréhension de la vie.

Tu vois, j'ai tout vécu dans la vie et je dois tout comprendre dans la mort, car c'est pour moi aussi intéressant. Mais tu dois te préparer à continuer ta route, car tu l'as décidé ainsi, je m'étendrai une autre fois. Tu ne t'attendais pas à vivre une expérience aussi extraordinaire et je me rends compte que tu as de plus en plus confiance en toi. Tu as noté tout ce que tu as vécu pendant ce petit laps de temps, mais de temps en temps, relis quand tu peux avant de l'envoyer par courrier.

Steven réfléchissait à tout ce qu'il avait vu et compris durant tout le temps de sa marche que ses connaissances étaient bien maigres au départ, mais qu'il avait su les étoffer grâce à l'homme sans nom et grâce à Mathéos. Il était resté si longtemps avec Martha, qu'il avait un peu de mal à ranger ses affaires. Mais selon l'explication du voyageur, ce n'était pas par hasard.
Il rassembla ses affaires, et après la tisane que Martha lui avait fait découvrir, il se sentait en pleine forme. Il se sentait très proche de cette fille et l'aimait de toute son âme. Mais il avait une tâche à accomplir. Il devait terminer sa marche. Il avait si bien commencé, et allait de découvertes en découvertes. Il avait entrepris de faire une marche, mais c'était plus qu'une marche, c'était une initiation à d'autres degrés de conscience, d'autres vécus, d'autres expériences plus fortes les unes que les autres. Il se remémora tout ce qu'il avait vécu avec Martha et s'y imprégna. Quand il sera tout seul, il pourra

relire et noter les moindres détails qu'il aurait omis de rajouter dans son cahier.

Martha attendait devant la petite maison qu'il eut fini de prendre toutes ses affaires. Elle avait passé un moment magique. Elle n'avait jamais vécu avec quelqu'un et ne pensait pas du tout qu'un jour, elle se poserait la question. Elle faisait une avec la nature et ne cherchait pas plus loin. Depuis qu'elle avait fait la connaissance de Steven, elle vivait autre chose. Elle était devenue différente et sentait que Steven allait lui manquer terriblement. Elle ne savait pas pleurer, mais sentait que quelque chose allait lui manquer. Alors, comme quand elle avait perdu ses parents, les elfes et tous les petits génies de la terre, vinrent saluer Steven, et donner la force à Martha.

 Au fond d'elle-même, elle savait qu'ils se reverraient et se disait que si elle avait attendu tant de temps, elle pourrait aussi attendre que Steven termine son périple et revienne vers elle. Elle ne se posait pas de question, elle attendait.

Steven regardait ce visage qu'il avait côtoyé pendant presque deux jours, et il se sentait rempli de bonheur. Il lui dit merci, la prit dans ses bras et reprit la route de sa marche pour encore un peu plus de six mois. Il avait envie de crier, de pleurer, mais il resta digne, car Martha l'était. Il se disait qu'elle va peut-être disparaître et qu'il devait tirer une leçon de cette expérience tout en lui faisant des signes de la main. Mais non, elle était encore là, magnifique. Il lui fit des signes de la main jusqu'à ce qu'elle disparaisse de sa vue physique, puis se retourna et avança vers le chemin que la boussole lui indiquait. Il avait du mal à se débarrasser de sa présence, et puis il n'avait pas trop envie. Elle l'aiderait à finir son chemin.

Martha quant à elle se sentait heureuse, car elle venait de vivre une expérience avec quelqu'un qui voyait comme elle voyait. Il la voyait, alors que presque personne ne l'avait vue dans cette forêt.

Pourquoi avoir vécu si longtemps sans que jamais presque personne ne se rende compte de son existence, mis à part les Êtres de la forêt et cet homme sans nom qui avait une histoire singulière qu'elle ne comprenait pas bien ! Elle avait gardé en mémoire qu'un enfant naît quand un homme et une femme s'accouplent ! Lui il était né tout seul ! Et elle demanda aux génies de la forêt de l'aider.

- *Cela ne va pas être chose facile à expliquer, dit un des habitants de la forêt. Ce que je peux te dire, c'est que la Terre l'a enfanté et l'a accouché. Il est sorti des entrailles de la Terre avec tout son potentiel. Il est né avec toutes les possibilités pour pouvoir vivre, car il est un Être de lumière qui a voulu faire l'expérience de la planète bleue. C'est pour cela qu'il peut te voir comme toi tu peux le voir, t'entendre comme tu l'entends, car il a été modelé avec la glaise et il a tout en lui. Il ne peut avoir de nom, car il est la Terre, la mer, les océans, les rivières et tout ce que tu peux t'imaginer, il est tout. Il fait partie de toi et toi de lui, car c'est la nature qui l'a modelé. Toi aussi, tu vis depuis toujours au gré de la nature. Rien n'altère ton existence, ni les intempéries, ni le temps, ni les saisons, car tu fais partie intégrante tout comme lui de la Mère/Terre. Un corps humain t'a enfanté, mais t'a rendue à ta vraie vie. C'est pour cela que tu es en phase, tout comme l'homme sans nom avec tout ce qui est. Tu ne souffres pas des changements climatiques, tu adhères, car les elfes t'ont recouvert du manteau de protection et t'ont fait traverser le temps comme l'eau qui coule. Tu es un Être de la forêt, et tu vis comme eux. Les lianes et les ronces t'ont réchauffé après que ta mère t'a posé sur les feuilles séchées, entourée de linges propres. Les habitants de la forêt ont fait venir tes parents adoptifs pour te donner des repères de parents humains. Mais tu étais déjà initiée aux éléments de la Terre, c'est pour cela que les siècles n'ont laissé aucune trace sur toi. Steven continue sa marche et quand il aura accompli sa tâche, il trouvera le chemin qui le conduira vers toi à nouveau.*

- *Je comprends de plus en plus de choses à présent, dit Martha et je suis heureuse du déroulement des choses. Avant l'arrivée de Steven, je vivais au gré de la nature et j'étais bien. Le matin, je me réveillais avec le bruit des feuilles et le chant des oiseaux. Pendant des heures, je discutais avec les arbres, les animaux. Je trouvais cela naturel, car je comprenais leur langage. J'étais partie intégrante de la nature. Les elfes et les lutins me trouvaient tout ce qui m'était nécessaire. Même en voyant des humains comme moi, parler, discuter, marcher, je me sentais en dehors, car ils ne pouvaient ni me voir ni m'entendre.*

Depuis la rencontre de Steven, je suis en extase devant tout ce qui est. J'ai apprécié tout ce qu'il y a eu pendant ces presque deux jours, je n'ai vu que l'harmonie. Je n'ai pas envie de l'oublier, j'ai envie de me rappeler chaque détail que nous avons pu vivre ensemble, car c'est important de se souvenir. Je sais alors que si je repense à tous nos petits moments, il reviendra et trouvera la route pour arriver jusqu'à moi. Je ressens l'amour au plus profond de moi, pas comme je ressens l'amour pour tous les Êtres et les choses, mais encore plus concret. Englober l'amour à l'infini à un seul être et le diffuser en permanence.

J'ai vécu ce petit moment avec un homme d'une puissance extraordinaire. Il a la capacité de remonter le temps. J'étais comme si je devais y être depuis toujours. Il n'y avait aucune faille, nous étions en symbiose.

Je suis arrivée au terme d'un cycle, et je repars dans un nouveau cycle. La vie est faite de phases bien définies pour chaque individu. Le temps et l'espace n'ont aucune importance quand on est en phase avec tout ce qui est. J'ai vécu plus de deux cents ans selon Steven et l'homme sans nom, mais j'ai l'impression de renaître dans un autre temps. Je ne voyais que l'harmonie et la symbiose des Êtres et des choses. Je vois toujours cette harmonie et cette symbiose des choses, mais je le vis au plus profond de mon être. Je ressens l'amour comme jamais je ne l'ai ressentie auparavant, j'en suis

comblée. Je vais moi aussi noter sur un cahier tout ce que j'ai pu comprendre.
Tant que mes parents adoptifs ont été présents, ils m'ont enseigné tout ce qu'ils savaient. J'ai appris à lire et à écrire. Même si je ne maîtrise pas tout, je peux comprendre ce que j'écris. De toute façon, ce n'est que pour moi. J'ai appris à comprendre toutes les langues et je vais y arriver en attendant son retour. Je suis dans une phase où je dois accepter ma nouvelle compréhension. Je suis un humain, mais je suis aussi baignée de toutes les forces de la nature. Je vous remercie et vous rends grâce d'avoir été là au moment où j'en avais le plus besoin. Je vous englobe de tout mon amour.

- *C'est normal. Les Êtres de la forêt nous ont donné une mission à accomplir, nous l'avons accomplie avec plaisir. Nous savions qu'un jour tu allais te réveiller en tant qu'humain et c'est normal. Les minéraux, végétaux, animaux, humains, font partie de la nature, mais chaque état à son action à accomplir individuellement. Nous faisons tous partie du Tout, mais nous avons tous notre individualité.*
Nous t'aimons tous, car tu nous as apporté beaucoup pendant des éons et des éons durant, mais nous sommes sur la terre et elle a besoin de notre collaboration. Tu es un être de chair et de sang comme certains animaux, mais surtout tu as une conscience, une intuition, un libre arbitre que nous n'avons pas.
C'est pour cela que nous sommes heureux que tu aies vécu tant de temps parmi nous, avec nous. Même si tu es loin de nous, nous serons toujours là pour t'aider. Nous sommes un et unis jusqu'à l'infini. Il y a très peu d'êtres humains comme toi dans cet univers et nous sommes conscients que nous sommes des privilégiés. Merci. Nous t'aimons.
- *Je vous aime moi aussi et je suis contente que vous soyez là à mes côtés. Depuis tout ce temps, vous m'avez donné toute votre force, votre longévité, votre santé. Depuis tout ce temps,*

je n'ai pas eu connaissance de la maladie, de la fatigue. Quand j'ai eu de la peine, vous étiez là, quand j'ai eu de la joie aussi. Merci. J'ai appris à cuisiner en partie grâce à vous, car vous m'apportez les ingrédients nécessaires à la nourriture de l'homme. Je ne connais pas le doute, l'angoisse, la peur, la pénurie. Je ne pourrais jamais vivre autre qu'avec votre présence. Où que j'aille, quoi que je fasse, vous faites partie intégrante de moi. Merci.

- *Nous sommes heureux, car pendant un moment, nous avons eu peur que tu puisses disparaître à jamais.*
- *Cela est impossible, car si vous n'êtes plus là, une partie de moi n'existe plus. Soyez heureux comme je le suis. J'ai la faculté de me transformer. Je peux changer de monde, de situation. Maintenant que je sais que je suis un être humain à part entière, je peux me créer une existence terrestre avec tous les ingrédients positifs qui existent.*
- *Tu as raison. Tu as toutes les facultés développées en toi et tu peux t'en servir avec tous, car tous sont en symbiose avec toi, avec ton aura et avec ton âme. Merci de nous permettre de faire partie de toi.*
- *Merci à vous de faire partie de ma vie. Je vous en serai à jamais reconnaissante pour toute l'aide que vous m'avez apportée au cours des âges, sans jamais cesser de me donner toute la force possible.*

Steven écoutait. Il entendait Martha en grande conversation avec les Êtres de la forêt et voulait revenir sur ses pas. Il savait que s'il revenait, cela aurait été un travail inachevé. Il pleura un bon coup et hurla de toutes ses forces :" je t'aime Martha et je te retrouverai ". Et il pleura encore et encore. Puis, il prit son courage à deux mains et avança encore sur le chemin que la coquille lui indiquait. Il était triste, mais courageux et il avançait en regardant droit devant lui. Il ne pleurait plus. Il se sentait rempli d'une force, d'une volonté. Il marcha et marcha encore en regardant devant lui sans penser à rien.

Au bout de cinq heures de marche, il sentait qu'il avait une grande soif et essaya de trouver de l'eau, quand il vit le grand cerf qui l'avait observé auparavant, apparaître devant lui. Celui-ci ne disait rien et secouait la tête de droite à gauche et de haut en bas. Steven entendit : « Suis-moi ! »
Steven suivit l'animal pendant vingt minutes environ dans la forêt, puis déboucha dans une clairière où il y avait une foule de gens et d'animaux installés, ainsi que toutes les personnes qu'il avait rencontrées jusque-là, comme pour une cérémonie. Il sentait qu'il avait un contact étroit avec les animaux de la forêt, car la dernière fois c'était une chouette et cela le réconfortait.
Il retrouva ses amis de parcours Björg et Amélie et se sentait un peu plus en confiance. Steven était émerveillé, car les animaux et les hommes étaient arrivés à une harmonie totale, comme si tous, sans exception, attendaient quelque chose de magique sans un mot. Chaque animal de la forêt avait un représentant qui était un peu plus proche de l'entendement humain. Tout le monde avait le même langage. Les hommes parlaient et les animaux répondaient soit par un barrissement, soit par un beuglement, soit par des piaillements ou des chants d'oiseaux, mais en toute compréhension. Il y avait des oiseaux de toutes sortes, des sangliers avec leurs petits, des chevreuils, des cerfs, des éléphants, des crocodiles, des chiens et des chats, des chevaux, des serpents et toutes sortes d'animaux que l'on pourrait difficilement croire capables de côtoyer le même espace, et pourtant... Chaque animal sauvage ou domestiqué s'installait dans un ordre bien établi, selon son instinct dans ce cercle divin, comme s'il devait obéir à quelques signes invisibles, que seuls les élus présents pouvaient comprendre. Les animaux ne sont pas pourvus de conscience, mais d'instinct. Ils se mettaient en harmonie avec tout le cercle. Pourtant, on avait l'impression qu'ils comprenaient et étaient dans l'attente de quelque chose d'extraordinaire. Ainsi, chaque animal d'instinct se rapprochait de là où il se sentait le mieux.

Chaque humain se connectait en pensée avec tous ceux qui formaient le cercle, pour se retrouver en une pensée commune à tous : l'harmonie.
L'harmonie des Êtres et des choses existait dans un même espace. Pendant quelques instants, chacun devint l'autre. Chacun prenait conscience de l'individualité de l'autre. L'homme se mettait dans la peau d'un animal et ressentait ce que l'animal vivait. Il n'avait aucune pensée, aucun souvenir. Seule l'image de l'instant présent était devant lui. Quand l'animal ressentait la faim, il cherchait dans l'instant de quoi se restaurer. Il ne réfléchissait pas à ce qu'il allait préparer. Il mangeait ce qu'il trouvait dans l'instant. Quand il avait soif, il cherchait un point d'eau. Quand il avait sommeil, il s'allongeait, entrait dans son trou ou grimpait dans un arbre.
L'animal quant à lui voyait des pensées humaines de toutes sortes qui l'assaillaient à toute allure sans vraiment comprendre le sens de ces pensées, car il n'avait pas l'habitude. L'animal ne comprenait pas l'homme. Il était habitué à vivre l'instant présent, voyait des images de l'homme qui préparait l'avenir. Chaque jour, des prévisions étaient établies. Il pensait à ce qu'il allait cuisiner ou manger cru, il réfléchissait à son accoutrement. Il pensait à ses dettes. L'homme pensait constamment et à toute vitesse. L'homme avait des pensées et les pensées des hommes se mélangeaient. Il pensait à son futur, il ressassait souvent son passé. L'animal était dépassé.
Cela dura un certain temps, puis chacun reprit son enveloppe initiale. Tout à coup, une voix humaine se fit entendre.

- *Il nous est parfois difficile d'admettre certaines vérités et certaines compréhensions, dit un centaure debout au milieu du grand cercle, mais quand on l'admet, tout devient plus simple. La vie et sa compréhension deviennent plus fluides et l'homme comprend qu'il est dans le mouvement du flux et du reflux de l'univers. Tout au début de l'humanité, l'homme est né de la poussière de la Mère/ Terre. Il a en lui tout ce que cette dernière possède en elle. Si la terre souffre, la souffrance est*

aussi celle de l'homme. Si la Mère/Terre jouit de la beauté, de l'abondance, de l'équilibre, de la richesse, de la sérénité... l'homme bénéficie de ces mêmes bienfaits.
L'homme est né des entrailles de la Terre et doit se souvenir que sa mère la Terre est toujours disponible. Elle a tout donné à ce dernier sans rien attendre en retour.
L'homme n'est pas conscient de tout son potentiel. Car s'il avait la moindre notion du pouvoir qu'il a en lui, il ne se serait pas attardé aux choses vaines. Il doit se rappeler que si sa mère la Terre lui donne tout sans rien attendre en retour, il doit la vénérer et la protéger. Une mère a toujours besoin de se sentir admirée et aimée. Qu'en est-il ? Tout change ! Tout se transforme ! Rien n'évolue comme il se doit.
À ce stade, l'homme n'est pas revenu au point zéro, ou tout est au stade latent et neuf. Non ! Tout s'est transformé en une sorte de magma géant où même l'homme ne se retrouve plus. C'est l'homme qui a tout transformé. C'est l'homme qui a pris la décision en son âme et conscience de tester telle ou telle combinaison. C'est l'homme qui a choisi selon sa compréhension du moment de diriger, de contrôler tout ce qui était en son pouvoir. Le pouvoir ! Quel pouvoir ! Celui d'avoir la capacité de détruire à long terme tout ce que la nature avait mis à sa disposition.
À présent, l'homme se demande quelle direction il doit prendre ! Il n'y a plus de direction, toutes les issues sont bloquées. Il y a juste à se rappeler que l'homme vient de la Mère/Terre et il ne doit pas faillir pour se souvenir des possibilités qu'il a en lui, et les restituer à la Terre, car celle-ci est devenue comme une vieille femme qui n'a presque plus de force et les capacités qu'elle avait au départ se sont amenuisées.
Il est temps pour tous de rassembler les forces pour pouvoir les transfuser en quelque sorte à notre mère, car elle est devenue presque sans aucune énergie. Pourtant, elle continue

à donner tout ce qui lui reste. Dans certains de ses recoins, il y a encore des havres de plénitude qui rappellent le temps où tout était comme dans le jardin d'Eden. Tout était harmonie, beau et simple. Des entités vivaient au fil du temps sans se poser de questions. Les Êtres se mêlaient aux choses de l'existence. Il n'y avait aucune séparation, car tout était en même temps. Les hommes se transformaient au gré du temps et se fondaient dans la nature, comme une chose naturelle. Pas besoin de convoiter la chair de l'autre. Les hommes, les animaux, les plantes, les insectes, tous se mêlaient harmonieusement et parfaitement. Rien ne périssait.
Tout était lumière en permanence. Il n'y avait ni commencement ni fin. Tout était à l'infini. Puis au fil du temps, la vie s'est transformée. Les choses se sont séparées. Les hommes se sont individualisés et le reste de la nature aussi. C'est ainsi que tout se divisa en catégorie. Tout était devenu, hiérarchie et profit. Rien n'était plus dans la même masse, mais dans des masses séparées.
Alors, tout ce qui pouvait vibrer sur la terre commença à apprécier la chair végétale, la chair animale et à présent, après des centaines et des centaines de vies, chaque vie évoluant dans un monde semblable, s'est habituée à convoiter la chair de l'autre, qu'il soit animal, minéral, ou végétal. Le subconscient s'est accoutumé à tuer pour se nourrir, car il semblerait que tout soit détourné vers un seul but, la domination.
Et ce n'est pas fini ! Il en faut toujours plus, plus de viande, plus de poisson, pour le profit. Les animaux en font les frais. On retrouve les volailles dans des batteries pour être consommé moins d'un mois après leur naissance. Leur chair est molle, car la nature n'a pas terminé son travail. Les bovins et les ovins qui paissaient de l'herbe et uniquement jadis, mangent maintenant de la farine en plus de l'herbe, pour les faire grossir plus vite, car la consommation grandit, le profit

*aussi. Même le poisson subit lui aussi les dérives de l'homme. Il n'y a plus autant de poissons dans les mers, car l'homme a dépassé ses limites. Le peu de poissons qui reste subit la pollution avec tous les sacs plastiques que l'homme jette dans la mer. Les tortues se retrouvent enchâssées dans des filets et ne peuvent plus s'en défaire. Même les gros mammifères en pâtissent. Ils ressentent la tristesse de notre Mère/ Terre et dépriment. Ils échouent en grande quantité sur certaines plages, ils se laissent mourir. Des hommes viennent à leur secours, mais il est trop tard. L'unique cause : l'homme. Savez-vous que les grands mammifères marins sont des Êtres de lumière qui ont choisi les océans pour faire l'expérience de la Terre ? Les dauphins, les baleines sont des Êtres de lumière qui avaient choisi de faire l'expérience de la planète bleue. Ils sont pacifiques et apportent l'harmonie, l'amour et la paix. Depuis que les hommes ont réduit leur pêche, en ce qui concerne les baleines, il y a un peu moins de perturbation dans les ondes cosmiques, mais rien n'est terminé, tout reste à faire. Je suis devenu une entité mythique et tout comme bon nombre d'entre nous ici, la forêt est mon dernier lieu de vie. Je suis aussi invisible à toutes les âmes curieuses et non intéressées par tout ce qui les entoure. Bien des éons durant, les gens qui me voyaient avant ma transformation, me prenaient pour un monstre, car je suis moitié homme et moitié cheval. Nous étions aussi nombreux en un temps très éloigné, que les animaux préhistoriques qui, eux aussi, comme nous ont disparu.
Pourtant, nous avons la compréhension de l'homme en plus de l'instinct animal. Nous avons souffert de la méconnaissance que l'homme avait de nous, et nous sommes devenus peu nombreux. L'homme a pour habitude de détruire avant et de se poser les questions. Pour quelles raisons, il ne le sait pas lui-même. Je suis issu tout comme vous de l'amour d'une mère qui*

a enfanté tant et tant d'enfants qu'elle ne les compte plus. Elle donne à tous le même amour.
Vous n'aviez pas l'air surpris de me voir, car nous sommes dans un contexte où tout est possible. Mais si je sors de la forêt et me présente au monde, je serai l'Être le plus terrifiant de la terre et je serai poursuivi. Et c'est ainsi pour toutes choses que l'homme a du mal à comprendre. Il ne cherche pas à élargir ses connaissances pour les exploiter à bon escient. Il reste dans l'univers auquel il est habitué et a peur de ce qu'il ne comprend pas.
Vous avez fait l'expérience de vivre en chacun ici présent. Les animaux, les plantes, les éléments ont fait l'expérience de l'homme et ne saisissaient pas qu'il y avait autant de pensées quelquefois inutiles dans l'esprit humain.
Vous humains, après vous êtes identifiés aux minéraux, végétaux et animaux, contrairement aux autres, vous étiez dans une plénitude totale, car vous ne viviez que le moment présent. Vous ne pensiez plus à toutes ces choses qui envahissent votre vie et vous étiez en symbiose avec l'univers, car vous n'aviez que l'instinct et le sentiment profond d'une grande harmonie. Comprenez humains, qu'auparavant, vous étiez comme les animaux, c'est-à-dire en totale harmonie avec tout ce qui était autour de vous. Puis peu à peu, vous vous êtes laissé entrainer dans ce que vous appelez la civilisation et l'harmonie a été rompue. J'espère que vous vous souviendrez de cette expérience et que vous en tirez les conséquences qui vous agréent. Vous et nous avons eu de la chance de participer à cette réunion qui aura lieu peut-être dans mille éons prochains. Ce genre de réunions n'arrive pas assez souvent, car tous les hommes sont toujours occupés à autre chose.
 Les animaux sont toujours prêts, car ils vont en général, là où l'homme le guide. Quel que soit l'animal, l'être humain est son supérieur dans une certaine mesure, en ce qui concerne la parole, la réflexion. Les animaux domestiques qui sont plus

près de l'homme arrivent à ressentir la peur, alors que les animaux sauvages ne ressentent pas cette même peur, car ils ne sont pas sur les mêmes longueurs d'onde.

Steven écoutait attentivement. Au fur et à mesure qu'il écoutait, il se disait que c'était la vérité pure qui s'échappait de cet Être de la forêt. Le centaure parla de vérités que Steven comprenait parfaitement. Il n'en avait jamais vu auparavant sauf dans les livres, et prit conscience que ces Êtres existaient vraiment, pas seulement dans l'imagination des hommes.
Puis un autre Être de la forêt parla, puis encore un autre. C'était le message des elfes, des lutins, des gnomes, des sylphides et de tous les autres Êtres qui n'étaient vus que par ceux qui pouvaient voir. Cela dura un temps indéfini. Tous avaient le même langage limpide et clair pour toute l'assemblée qui était présente. Les animaux approuvaient par leurs cris et leurs façons de se pavaner devant le groupe. C'était leurs façons à eux de dire qu'ils comprenaient.
Quand tous se furent exprimés, un cercle de lumière jaillit du fond de l'univers et entoura tous les participants. Il commençait à faire nuit et un feu de bois s'installa. Le feu était immense et crépitait au milieu du cercle. Tous les habitants de la forêt se rassemblaient autour du feu et chacun voulait s'approcher de celui-ci.
La nuit était à présent tombée, et le centaure qui avait parlé au début reprit la parole.

- *Je vous propose à présent de participer au repas céleste. Vous conviendrez que si nous avons pu retrouver le chemin pour arriver à partager ce repas, c'est que nous avons suivi à la lettre la géométrie de l'Intelligence Divine. Nous devons nous rappeler que nous sommes divins et que nous nous sommes quelque peu égarés en empruntant des chemins qui n'étaient pas exactement ceux que nous devions prendre. Nous avions le choix, mais nous avons choisi la complexité. Au lieu de nous intérioriser pour puiser en nous toutes les capacités, nous*

avons adopté ce qui nous semblait plus facile à transmuter. Cette transmutation nous a fait oublier nos pouvoirs. Je parle de nous, car pendant des vies, je n'avais pas bien compris mon rôle dans le lieu où j'ai vécu.
Bienheureux frères, c'est avec grand plaisir que je vous invite à participer au festin. Goûtez et mangez la nourriture céleste, imprégnez-vous de la substance, de l'énergie que vous recevrez. Après cela, serez-vous capables de vivre comme le commun des mortels, sans connaissance de tout ce qui l'entoure ? Non, vous vous sentirez avec une octave supplémentaire de la puissance que la Mère/Terre ou quel que soit le nom que vous lui donnez, vous a fait don. Vous êtes arrivés dans ce lieu par votre propre courage et votre volonté de pouvoir dépasser les limites du temps et de l'espace. Vous avez voulu vivre ce moment sans penser un seul instant ce que vous percevrez dans le microcosme. C'est l'histoire du monde dans ce petit cercle qui illumine notre compréhension. Beaucoup sont émerveillés de voir ce monde en symbiose, mais c'est toujours comme cela. La vie et les Êtres sont en symbiose de tout temps, sauf que dans cet instant, vous avez une autre vision des choses et vous percevez les choses différemment, car vous voyez avec les yeux de l'âme. Vous êtes ici, en cet instant, et vous êtes en phase avec tout ce qui vous entoure. Ce n'est pas une alchimie quelconque, ou autre magie créée par la conscience des hommes. C'est ce qui existe en permanence et que vous aviez du mal à voir, car vos yeux étaient recouverts de la pellicule de la méconnaissance de l'environnement dans lequel vous êtes depuis tant et tant de temps. Vous n'avez pas cherché à comprendre vraiment, pourquoi vous êtes dans cette sphère et pas dans une autre, car c'est ainsi que l'humain vit. Il se retrouve dans une sphère et s'habitue aux formes de vies.
 L'homme en général se retrouve dans un milieu qu'il n'a pas souvent souhaité, mais souvent, il n'a jamais vraiment cherché à sortir du contexte dans lequel il s'est retrouvé. Mais il se

plaint et se plaint de plus en plus souvent, car l'homme veut agir ou réagir selon sa compréhension. Ne vous posez pas de questions, imprégnez-vous juste de ce que vous ressentez au plus profond de vous-même comme en cet instant, et plongez-vous dans la vie et dans l'amour. Ainsi vous ressentirez les bienfaits de la nature et de tout ce qui l'entoure. La nourriture céleste vous fera découvrir votre vraie nature. Vous percevrez une sorte d'extase et de bien-être. C'est l'état que vous devez avoir en permanence quand vous êtes en phase avec tout ce qui est. Certaines personnes ont peur de ce qu'ils ne comprennent pas, mais là où existe la compréhension, il y a adhésion.

Steven se demandait comment serait la nourriture céleste. Il commençait à se faire tard dans la nuit et l'immense feu de bois crépitait. Chacun se préparait à goûter les mets délicieux et une immense table se matérialisa avec toute une série d'immenses plats dorés, mais vides. Les plats avaient différentes formes et différentes tailles. Est-ce cela la nourriture céleste ? Se demandèrent Steven et tous les autres convives humains. Les autres conviés à la fête, les animaux, ne se posaient pas la question, car ils n'avaient pas de pensées.

Un rire déchira le silence.

- *Ayez confiance en vous, et pensez à tout ce qui vous ferait plaisir et tout se matérialisera* dit un autre centaure qui arriva de nulle part, puis un autre et un autre encore.

-11-

Steven se rendit compte qu'ils étaient sept. Il y en avait peut-être des dizaines ou des centaines, mais il n'était pas sûr. Il les trouvait majestueux. Il pensait que c'était les mêmes qu'il avait rencontrés dans la forêt, mais sous les formes d'hommes imposants et bienveillants. Pour le moment, il avait faim et il matérialisa tout ce qu'il aimait bien. Chacun pensa la même chose et les plats se remplirent de tout ce que les convives avaient envie de manger. Mais les animaux, les insectes, les oiseaux, ils ne peuvent pas matérialiser de la nourriture ! Ils n'avaient pas de pensées et vivaient au gré de la mère Nature !
Comment faire ! Il envoya une pensée à tous les participants humains et leur demanda de matérialiser de la nourriture pour les animaux et en un instant, tous les animaux furent servis dans ce qu'ils avaient l'habitude de manger. Puis, quand les animaux eurent leur dose de nourriture, chacun se pressa autour de l'immense table pour se servir en prenant des assiettes qui se trouvaient à chaque coin de la table. Steven pensa à tout ce qui lui aurait fait plaisir qu'il n'avait pas mangé depuis longtemps. Il remplit une assiette, puis une autre. Après s'être rassasié, il réalisa que ce n'était pas du même goût que la nourriture terrestre, mais mille fois mieux. Tout était succulent. Tout ce qu'il réalisait avait un goût divin. Il mangeait ce qui lui semblait être de la viande, du poisson, des crustacés, du pain, des légumes, des fruits, des gâteaux et plein d'autres choses que Steven pensait reconnaître, mais rien n'avait le goût de ce qu'il avait l'habitude de manger. C'était tout simplement divin.
Il se joignit à Amélie et Björg, et ils eurent la même impression. Il leur dit :

- *Je suis content de vous revoir. Vous avez disparu de mon champ comme par enchantement. Depuis que je ne vous ai plus revus, bien des choses se sont passées. J'ai fait la connaissance d'un Être extraordinaire. Une fille bicentenaire qui ne découvre qu'à présent, l'autre facette de la vie, l'autre vie. Elle est pleine d'amour et de sérénité et j'espère la revoir à la fin de mon périple. Avant de savoir qu'elle pouvait être vue par d'autres humains, elle faisait partie intégrante de la forêt. Les humains ne pouvaient la voir, car elle était recouverte du manteau que les elfes lui avaient confectionné à la naissance. Elle est magnifique. Elle est d'une simplicité enfantine et s'émerveille de toutes les choses qu'elle découvre. Elle ressemble à une fille de vingt-cinq ans au plus, alors qu'elle a deux cent trente-sept ans. Je me suis rendu compte que j'étais en symbiose avec les animaux de la forêt. J'ai fait aussi la connaissance d'une chouette qui m'a entraîné dans une grotte, où reposaient les restes et le manuscrit d'un homme qui comme nous, voulait comprendre son existence. En lisant le manuscrit que celui-ci avait laissé, j'avais compris qu'il me parlait directement et me transmettait un héritage. J'étais heureux, car depuis, je me rends compte que je suis capable de mille choses. J'ai aussi fait la connaissance d'un cerf qui m'observait sans vraiment fuir quand je me rapprochais de lui. Ce cerf et cette chouette semblaient être plus que des animaux, car j'avais l'impression que nous nous comprenions. Et vous, qu'avez-vous fait pendant tout ce temps ?*

- Depuis que nous nous sommes plus vus, il m'est arrivé des choses extraordinaires, dit Björg. Je ne me sentais plus du tout seul. C'est comme si tout l'univers se mettait en phase pour m'aider à me retrouver. Quand j'avais faim ou soif, je trouvais toujours tout à ma disposition. Je ne me sentais plus aussi fatigué qu'avant, car j'avais lâché le gros sac de toutes mes interrogations, mes angoisses, mes doutes, que je portais depuis si longtemps. J'ai fait l'expérience d'une incarnation. Je me suis retrouvé à une époque où j'étais un tyran et j'ai commis les pires atrocités. J'étais mort de maladie et sur mon lit de mort, je m'étais juré de réparer mes erreurs à ma prochaine incarnation. J'avais oublié et c'est mon frère qui l'a fait à ma place. Je l'ai compris il y a quelque temps, grâce à ce que j'ai vécu dans une autre vie. Auparavant, je ne pensais qu'à moi et à ma malchance. Je me suis rendu compte de la chance que j'avais et que je n'avais pas su apprécier. J'ai eu raison de faire ce voyage. Et tu sais quoi ! Je n'ai plus aucun problème de claudication. Je me sens libre dans ma tête et dans mon corps.

- Je te remercie Steven de m'avoir permis de retrouver la confiance que j'avais perdue. J'ai poursuivi ma route, tout seul, ou avec d'autres pèlerins que je rencontrais, mais pas très longtemps. J'ai eu des expériences fortes où j'avais compris que le monde est ce que nous en faisons. Nous sommes libres de choisir la vie que nous avons choisi de vivre. Pendant tout ce temps où tu ne m'as pas vu, je suis devenu un autre homme. Un être humain qui a foi en la vie et ses capacités. J'en suis heureux. Je ne comprenais pas encore ton sourire béat quand tu me racontais tes expériences, quand nous nous sommes vus pour la première fois. À présent, je comprends. Je comprends presque en totalité la vie, et je suis heureux de pouvoir enfin vivre. Nos pensées sont nos forces et la vie se présente à nous selon les aspects que nous voulons dans le contexte qui est l'instant présent et tout peut se modifier et se changer. Je sais à présent que je ne t'ai pas rencontré par hasard. Tu es une pierre supplémentaire à mon édifice. L'homme sans nom passe me voir de temps en temps et il me conforte dans ma démarche. Et toi Amélie, qu'as-tu retenu de ton périple ?
- J'en suis enchantée, répondit cette dernière. Je cherchais un idéal et j'ai trouvé ce qui me convenait le mieux. Pendant tout ce parcours, j'ai appris à maîtriser les capacités que j'avais acquises. Depuis longtemps, je savais que j'avais des capacités qui s'étaient développées au fil du temps, mais que je n'arrivais pas toujours à maîtriser. Pendant tout ce temps, je me suis remise en question et je me suis rappelée ton

humilité, Steven. J'ai compris que chacun à un potentiel propre et qu'il doit prendre conscience de ses propres facultés pour s'aider soi-même, puis aider les autres ensuite. Tout comme toi Björg, je me suis retrouvée. Je te remercie encore Steven et je me rends compte que j'ai endossé l'humilité.
J'ai fait la connaissance de beaucoup de pèlerins sur le chemin, puis au bout d'un moment, chacun reprenait sa route seul, car chacun avait des choses à comprendre en étant solitaire. C'est pour cela que nous sommes réunis en cet instant, je pense. Pour voir d'autres qui comme nous ont évolué. Je me demandais pourquoi j'avais attendu aussi longtemps, et j'ai compris que c'était nécessaire. Je me suis vue moi aussi dans une autre vie. Tu étais ma sœur et moi, j'étais un combattant. Nous étions comme le Ying et le Yang. Toi, tu te rapprochais de Dieu et moi je combattais les forces obscures. Nos parents étaient morts de la peste qui avait sévi et nous sommes restés tous les deux dans la grande ferme familiale. D'emblée, j'avais voulu te protéger, mais tu t'étais réfugiée dans la prière et tu t'es retrouvée dans un cloître. Je me suis marié, j'ai eu des enfants et nous avons perpétué le patrimoine des parents. Nous avions des bovins et des ovins, un peu de volailles et des chevaux. Cela m'a fait très plaisir de te retrouver dans une autre vie. L'homme sans nom était déjà là. Il montait à cheval à cette époque et m'a sorti de bien des situations. J'étais impétueux à l'époque. Je me rendais compte que j'avais certains pouvoirs tels que manipuler l'esprit des autres pour arriver à mes fins. Il me fit comprendre que cela n'aiderait en rien pour mon évolution. Je ne comprenais pas à l'époque et je suis mort dans une embuscade, sans pouvoir me défendre.
- J'en suis heureux, dit Steven. Je ne comprenais pas au début comment vous vous êtes retrouvés sur mon chemin, car selon moi, je ne pouvais rien vous apprendre que vous ne saviez déjà. Je suis content que nous nous connaissions dans une

autre vie et que tu t'en sois souvenue Amélie. Au fur et à mesure que tu m'expliquais, je revoyais cette autre vie. Je comprends bien mieux notre rencontre. Je vous remercie tous les deux, de toute l'aide que vous m'avez apportée autant que je vous ai apportée. La marche continue pour moi, je ne sais pas combien de temps vous avez encore à faire, mais pour moi, ce n'est pas terminé. J'ai encore des choses à comprendre. Alors je vous embrasse et vous englobe de tout l'amour universel et j'espère que nous nous reverrons un jour.
- *Je crois que nous nous reverrons, dit Björg, car le hasard n'existe pas. Moi non plus je n'ai pas terminé, je pense, car je ne me suis pas donné de temps, je voulais vivre une expérience. Alors, il se peut que je continue pendant un petit bout de temps.*
- *Je le crois aussi, dit Amélie. En un instant, tu m'as apporté tout le nécessaire dont j'avais besoin. Tu as été mon mentor pendant tout le temps que je me posais des questions et que j'avais des doutes sur moi-même. Désormais, je suis bien et je t'en remercie.*

Pendant que Steven, Amélie et Björg s'entretenaient et s'émerveillaient du déroulement de leur démarche, la table disparaissait peu à peu. Quand tout le monde se fut rassasié, l'un des centaures présents, s'avança encore au milieu du cercle qui se reformait, et leur dit :

- *Bienheureux habitants de la terre, nous sommes le microcosme dans le macrocosme, mais nous avons la capacité de nous étendre à l'infini pour diffuser la connaissance avec ceux qui ne sont pas encore conscients que la terre regorgeât de ressources illimitées et qu'elle a bien voulu nous en faire profiter pour qu'en retour, nous puissions en prendre soin. Après des millions d'années, qu'en reste-t-il ? Presque rien. Sauf quelques souvenirs. Le temps où l'on pouvait planter*

n'importe quelle graine qui s'élevait au rythme des saisons ou du lieu d'habitat.
Le temps où l'on pouvait pêcher à profusion. Après avoir rempli nos filets, il y en avait encore plus. Le temps où l'on ne pouvait chasser que pour se nourrir, car rien n'était gaspillé, il n'y en a plus. Le temps où la terre était propre et où l'on ne craignait aucune malformation, aucune maladie, aucune surprise de quelques erreurs enfouies, car l'air était toujours purifié.
L'eau qui était toujours limpide n'est plus. Qu'en est-il aujourd'hui ?

Dans cet environnement où nous sommes présentement, tout est comme au début, les Êtres et les choses sont en phase. Et pour nous nourrir avec ce que notre corps physique s'est habitué, nous nous servons de la juste quantité. Mais qu'en est-il en dehors de notre champ ? Tout devient exagéré ou pas assez. Nous avons profité de l'amour inconditionnel d'une mère en pensant que cela ne finirait jamais ! Eh bien, nous avons réussi à dilapider tout le potentiel que nous avions à notre portée. Nous avons aussi réussi à vider les greniers de tous les trésors empilés, pour arriver à ne plus avoir assez pour certains, sauf un petit nombre qui a préféré tout garder pour lui. Il était dit au départ : « Estime ton prochain comme tu t'estimes toi-même ». Cela ne veut pas dire l'aduler ou le mépriser. Cela veut dire, le comprendre et l'aimer de l'amour universel, l'amour sans condition. L'aimer comme si c'était nous qui étions à sa place, quoi qu'il fasse, sans porter un jugement quelconque. Au lieu de cela, bon nombre d'entre nous sont devenus, soit des soumis soit des insoumis. Les soumis vivaient au gré des insoumis et acceptaient d'une manière ou d'une autre les idées que les insoumis véhiculaient.

Et c'est ainsi que naquit la pensée : domination.

Sous la domination d'une pensée envers une autre, naquît le conflit, le besoin de se sentir « guidé », le besoin de ne plus se sentir seul, car avec la domination, l'homme ne se sentait plus seul. Il a appris à cultiver la peur, le doute, le manque de confiance, l'instabilité, l'angoisse.

Les pouvoirs que la Mère /Terre lui avait donnés sans condition étaient balayés par une autre vision des choses de la vie qui existait en ce monde. Vous êtes conscients et vous avez vu ce que vous deviez voir, vous avez entendu ce que vous devez entendre et vous avez compris ce que vous deviez comprendre, alors terminez votre quête pour une connaissance de vous-même et de votre environnement.

Pendant un certain temps, vous allez croire que vous avez rêvé de tout cela ou bien que votre imagination soit très débordante, mais je vous conseille de tout noter pour ne rien oublier et relire chaque fois qu'il sera nécessaire. En tant que centaure, et au nom de tous les autres qui restent dans cette vie pour montrer à chacun que nous n'étions pas seulement des Êtres mythiques, mais des Êtres vrais en communion avec tout ce qui existe. Nous avions une vision des choses que vous n'aviez pas jusqu'alors.

Je suis heureux de pouvoir converser avec vous, de vous voir et de voir que vous m'entendez et pouvez aussi me voir ainsi que tous les autres. Je ne suis pas d'un autre temps, je suis juste d'une autre dimension et nous pouvons rassembler toutes ces dimensions pour nous retrouver ensemble en ce lieu qui pour vous semble magique, mais pour moi est tout à fait naturel. Je suis enfin dans le monde qui me reçoit, ne me repousse pas et ne me voit pas comme une chose étrange en cet instant.

Au nom de tous les centaures, je vous remercie infiniment d'avoir été à mon écoute et de m'avoir permis de m'exprimer, car pendant un temps qui semble trop long, nous avons été, nous les centaures considérés comme le diable, le malfaisant, car les superstitions pendant un moment étaient légion. Nous possédons un corps qui est mi-homme, mi- cheval et cela crée des réflexions dans le cerveau humain qui travaille à vive allure et qui était imprégné des superstitions d'alors.

Dès lors, le voile commence à se lever sur de nouvelles compréhensions. Alors, merci à vous d'avoir pu être présents en cet instant. Nous nous retrouverons le moment venu pour remémorer cet instant magique, mais pour l'heure, je vais disparaître de votre vue mystique et vous laisser continuer votre route qui est encore longue pour certains. Je suis heureux que vous ayez pu arriver jusqu'à ce stade de la compréhension divine.

Je vous englobe de toute la force possible pour continuer le chemin initiatique que vous avez commencé. Chacun de vous a un temps bien défini pour parfaire son parcours divin. Vous savez à présent que le hasard n'existe pas. Je vous enveloppe de tout mon amour. Bonne route et à bientôt.

Le temps changea et le cercle se dissipa. Steven se retrouva à nouveau seul sur sa route comme tous les autres pèlerins. Il s'installa, adossé à un arbre pour noter tout ce qu'il avait pu vivre, pendant ce qui lui a semblé au moins une semaine. Il revoyait tout le monde. Tous les hommes et les femmes qui avaient fait seuls ce périple et s'étaient retrouvés dans ce grand rassemblement, ainsi que tous les animaux qui semblaient attendre une manifestation spéciale. Ils n'étaient pas comme d'habitude.

Même les animaux les plus féroces semblaient comprendre que ce moment était magique. Steven ne remercierait jamais assez son sixième sens de l'avoir préparé inconsciemment à un voyage aussi

grandiose. Tout paraissait si simple d'être en harmonie constante, mais comme le disait l'un des centaures, le champ n'était plus le même. Ils étaient, avec une infime partie de tout ce que la Mère/Terre avait enfanté, dans un autre contexte. Depuis le début de l'histoire du monde et ils étaient là, ensemble. Il avait du mal au début à se retrouver à côté d'un anaconda sans penser qu'il allait l'avaler sur le champ, mais l'espace d'un instant, il s'y habitua. Tous étaient devenus un.
Il termina sa page et se disait qu'il lui faudrait un troisième cahier, car il ne lui restait qu'une page à remplir. Il entendit :

« *Dans trois jours, tu pourras avoir un autre cahier, mais tu dois marcher un peu* ».

Il reconnut la voix de Martha, mais n'osait y croire. Elle avait réussi à se concentrer pour le retrouver. Quel bonheur ! Et il cria :

- *Martha, je t'aime et j'aurais aimé que tu fasses l'expérience avec moi, c'était magique !*
- *Tu sais bien que je fais partie de la forêt, donc j'étais présente. Mais il y avait trop de monde, tu ne pouvais pas me voir, car tu étais centré sur autre chose, mais j'étais constamment à côté de toi. Tu as réveillé en moi un amour incommensurable auquel je ne pensais pas il y a seulement trois jours, mais j'ai compris à présent que je suis un humain et que je dois vivre les choses de la nature en humain. Auparavant, je me confondais aux plantes, aux arbres, aux animaux, aux éléments et j'étais bien. Depuis que je te connais, je suis heureuse. J'ai envie de vivre deux cent trente-sept ans de plus pour partager avec toi ma deuxième vie.*
- *Je ne sais pas combien de temps tu as à vivre, dit Steven. Je n'ai pas la même enveloppe corporelle que toi et je ne sais pas si je pourrais vivre deux cents ans pour être avec toi, mais c'est mon souhait. Je dois terminer mon parcours avant de te*

retrouver, mais je suis heureux que tu aies pu arriver jusqu'à moi par la pensée. Je suis né périssable, je l'accepte, car c'est inscrit dans mes gènes, mais à mon retour, je te consacrerai tout le temps qui me reste dans cette vie.
- *Tu es né périssable comme moi je le suis, dit Martha. Tout est dans le niveau de conscience que l'on a acquis. Je suis comme toi, tu es comme moi. Nous avons à peu près le même âge, mais nos vies se sont déroulées différemment, mais avec le même but.*
- *Je suis heureux, dit Steven. Il n'y a pas d'autres mots. Je suis heureux d'avoir pris la décision un jour de faire une marche vers un lieu de pèlerinage, Compostelle que je ne connaissais pas particulièrement. C'est une expérience à laquelle je ne m'attendais pas du tout. C'est pour cela que je suis heureux, car je crois que j'ai été guidé.*
- *Très cher Steven, dit Martha. Je t'enveloppe de tout l'amour possible et je t'accompagne pendant le reste du chemin en pensée. Mais sache que les voies de Dieu sont impénétrables. Bien des choses que les humains appellent miracle peuvent se manifester. Nous nous sommes rencontrés pour un but bien précis et nous ne pouvons y échapper.*
- *Mon amour de Martha, je pense que je t'ai pris pour une novice, alors que tu es une professionnelle. Tu m'abreuves de phrases sibyllines et je me dis qu'il va y avoir d'autres manifestations que je ne comprendrais pas au début, mais que toi tu sais. J'avance donc sur ma route et espère te voir physiquement pour discuter de plein de choses. Rappelle-toi que je t'aime.*
- *Pendant toute la fin de ton parcours, tu dois t'imprégner de tout l'amour humain que j'ai compris grâce à toi, pour que tu puisses arriver à destination avec l'aide des guides de la forêt.*

Steven n'entendait plus la voix de Martha et se demandait s'il était dans une autre dimension qu'il ne pouvait maîtriser. C'est à ce moment que l'homme sans nom apparut.

- *Apparemment, tu as trouvé ton équilibre en la personne de Martha, dit-il ! Elle est magnifique. Pendant tout le temps de son existence en une vie, elle a accumulé tant et tant de savoir. Elle est modeste, mais parle plus de mille langues et dialectes confondus. Elle doit juste se mettre en phase et parle avec qui veut de la langue de son interlocuteur.*
Pendant un temps, elle a cru qu'elle faisait partie de la nature et quelque part, c'est vrai. Mais la nature est ce qu'elle connait le mieux, comme toi tu maîtrises la comptabilité et tu ne pourras pas faire autre chose qu'en apprenant à nouveau. Elle a toujours vécu en pleine nature avec tous les éléments qui sont toujours à son service.
Désormais, elle se rend compte qu'il y a autre chose, car elle a une capacité fulgurante à s'adapter. Tu as pu la voir, alors qu'elle n'a été vu que par peu de gens. Même quand elle sortait de la forêt, aucun être humain ne pouvait la voir. Ceux qui arrivaient à l'apercevoir par leurs superstitions pensaient que c'était une manifestation divine. Tu lui as donné la possibilité de garder son statut d'Être de la forêt, et en même temps de réaliser qu'elle est humaine et femme.
Comprends que, tu lui as fait prendre conscience qu'elle a des possibilités énormes et qu'elle peut les appliquer. Depuis ton départ physique, elle a travaillé et s'est rendu compte qu'elle peut t'envoyer des messages, et que toi tu peux les recevoir. Elle vit pour autre chose que la vie pendant laquelle elle a vécu jusque-là. Tu vois Steven, rien n'est fait au hasard. Il y a des milliers de gens qui n'ont pas connaissance de leurs possibilités. Il y a beaucoup d'Êtres qui vivent dans des endroits qui semblent impensables pour certains et restent dans l'ombre, car ils ont choisi cette voie. Alors pourquoi es-tu arrivé en ce moment précis dans l'existence de Martha ? Le hasard n'existe pas. Peut-être est-ce le moment pour elle de comprendre une autre forme d'existence, tout comme moi.

Nous devons juste suivre ce qui nous est destiné. Je suis content du dénouement de la situation, car pendant un moment je me demandais si tu voulais rester définitivement seul. J'ai accompli ce qui devait être et je vais retourner de là où je viens. Je vais me refondre dans la matrice et j'émergerai dans un autre univers. Je suis content de t'avoir guidé pendant tout ce temps, qui sans m'en rendre compte, est passé à la vitesse de la lumière. Toi et les autres ne me verrez plus pendant un certain temps, car j'ai choisi une autre voie. Mon temps ici est momentanément terminé.

J'avais demandé à vivre sur la planète Terre, car je suis un Être de lumière et je voulais comme beaucoup, comme toi, d'une autre manière, faire l'expérience de la Terre. J'ai vécu toutes les choses de l'existence, du souffle. J'ai vécu tant et tant de temps que je ne me souviens que du jour de ma naissance où la terre n'était que glaise. Mais il y avait le souffle, il y avait la vie. J'ai vu des êtres humains vivre et mourir sans jamais comprendre l'autre partie, la mort. J'ai vu des hommes refuser cette mort par vanité ou par orgueil et je n'ai pas compris. Je n'ai pas compris que l'homme a inscrit dans son cerveau qu'il y avait un début et une fin et qu'il ne l'a jamais accepté ou si peu. Depuis, il y a toujours un début et une fin d'existence jusqu'à une nouvelle renaissance.

J'ai vécu le début et jamais la fin de cette existence. J'aimerais comprendre pourquoi une entité a inscrit dans ses gènes qu'il devait avoir une fin. Alors, je me prépare à vivre une fin, une mort physique, pour transcender cette mort et revenir à la vie pour comprendre enfin ce qu'est la mort.

-12-

- *J'ai vécu des millions d'années dans ce même corps fait de glaise et de boue, de l'essence de ma mère la Terre. Je me suis adapté à toutes les formes de vie, aux civilisations, aux us et*

coutumes. Je n'ai pas compris pourquoi la mort entrainait des pleurs et des souffrances dans beaucoup de coins de la planète bleue. Il y a beaucoup de tribus et de peuples qui la considèrent comme une bénédiction. Ils font la fête quand il y a un décès et pleurent quand les nouveau-nés arrivent. La mort, comme la vie a été créée par la conscience de l'homme. Au début, bien avant le big bang, il n'y avait ni vie, ni mort, ni début, ni fin. Il y avait l'existence illimitée et des Êtres qui s'émerveillaient des beautés de la nature. Les choses, les Êtres se mouvaient dans un océan d'amour, de lumière et d'unité. Puis un Être a voulu faire l'expérience du limité. Alors, l'Intelligence Divine a permis à l'Être de vivre son expérience, puis une autre, encore une autre, jusqu'à des milliers d'expériences. Le limité devenait possible en conscience. Tout devenait limité. Mais l'Être avait toujours le choix de rester dans l'illimité où tout était plus vaste et à l'infini. Vivre le limité où tout devenait restreint avec des limites imposées par l'esprit pouvait disparaître. L'esprit était rempli de pensées incapables à maîtriser en un instant. Le corps avait intégré la fatigue, la faiblesse, la faim, la soif, mais aussi la force d'un moment. Je n'ai pas connu tout cela et je me sens prêt à vivre cette expérience que je ne connais pas.
J'ai besoin de comprendre la souffrance humaine et porter ma contribution pour l'élévation de l'homme à sa propre connaissance.
 Beaucoup d'hommes et de femmes se posent beaucoup de questions sans jamais avoir de réponses. Beaucoup d'hommes et de femmes ne savent pas du tout sur quel plan se poser, car beaucoup d'hommes et de femmes ne se posent pas les questions qui conviennent à leurs interrogations. C'est à ce stade que les différents conflits surviennent.
Je te laisse pèlerin, car pour l'heure, je dois me préparer à ma nouvelle initiation, si cela est possible. Car j'avais fait le vœu de comprendre la vie et je l'ai comprise. J'aimerais

comprendre la mort, la transcender et revenir à nouveau. Ainsi, je serai parfait et j'aurais bouclé la boucle de la connaissance. Quand je te reverrai, je serai différent, mais tu me reconnaîtras et je saurai qui tu es. À présent, je te laisse poursuivre ta route qui n'est plus très longue. Je te dis, à dans une autre expérience ! Je m'accrocherais à ton âme, si toutefois j'ai des écueils, car je sais que tu pourras les transcender. Je suis content de t'avoir permis de te dépasser et de vivre pleinement ta vie !

Steven pensait qu'il devait trouver un autre cahier. Il réalisa tout à coup que chaque fois qu'il avait besoin d'un nouveau cahier, il trouvait toujours tout à proximité. Qu'en sera-t-il à présent ?
Il réfléchissait à tout ce que le voyageur lui avait expliqué et tout ce qui a été vécu lors de la réunion dans la forêt avec tous ces animaux réunis et les centaures qu'il croyait des Êtres mythiques. Eh ! Non, ils étaient bien là. Même si c'était une imagination débordante, ils avaient parlé, présidé la réunion et étaient bien présents. Il se demandait ce qui allait se passer, mais ne s'inquiétait pas trop, car jusque-là, il était enchanté. Il avait vécu intensément tous ces moments et relisait son journal avant de l'expédier chez lui. Il était assis sur un rocher et relisait chaque passage important. Il revivait tous les évènements marquants et les revoyait en image. Il s'attarda un peu plus à l'image des hommes qu'il avait rencontrés dans la forêt. Tous, étaient imprégnés d'amour et de paix. Ils avaient choisi leur temps de marche et tous, avaient eu des manifestations, selon leur compréhension. Ils étaient heureux et semblaient imprégnés d'une force que l'on ne retrouvait pas dans la vie active, dans l'autre vie, celle des illusions que l'homme a créées.
Comme le lui avait dit son double, inconsciemment il a dû personnifier les personnages avec qui il avait mangé dans la forêt. Il y avait Constance, Amour, Paix, Partage, Volonté, Pouvoir et Communion. Ils avaient l'air bien réels. Il se souvenait de leurs noms qui se martelaient dans sa tête, comme pour lui rappeler les capacités

enfouies en lui et qui commençaient à voir le jour. Chose curieuse, il avait l'impression qu'ils étaient exactement de la même taille et de la même corpulence, mais tous avaient un timbre de voix différent. Quand Constance parlait, c'était une voix un peu trainante et il martelait les mots pour que Steven s'y imprègne. Constance selon Steven, était un mélange de force et de ténacité. Il ressentait cela tout au fond de lui.
Partage semblait plus léger dans ses propos, comme si c'était une chose naturelle de partager. Partager la connaissance, le savoir était ce que ressentait Steven en revoyant Partage.
Volonté emplissait Steven de courage dans ce chemin qu'il avait choisi, ou bien parce qu'il était guidé. Il n'avait pas failli, même après avoir fait la connaissance de Martha. Il avait pensé l'espace d'une seconde à faire demi-tour.
Amour, c'est ce qu'il voyait en regardant Martha, cette fille de la forêt qui était entrée dans sa vie comme une eau pure qu'il buvait jusqu'à satiété. Amour avait une voix douce et mélodieuse et enchantait toute oreille à son écoute.
Pouvoir, cet homme de la forêt avait une force qui se dégageait de sa personne, avec une maîtrise totale. Steven ressentait ce pouvoir en pensant à tous les enseignements qu'il avait eus depuis qu'il avait commencé sa marche.
Il était en phase avec Communion, qui avait réuni toutes les qualités requises auparavant, pour les diffuser tout doucement dans l'esprit de Steven. Il était assis sur ce rocher en visualisant tout cela et il se sentait bien avec lui-même et son environnement.
Il avait acquis cette paix, sa paix, et se sentait en union avec tout ce qui pouvait exister. Là aussi, il était en phase.
Et dans ses visions, il vit l'homme sans nom qui lui souriait comme toujours, mais il ne parlait plus. Il s'apprêtait à vivre sa nouvelle expérience et commençait sa transformation. Il ne pouvait plus voyager dans le temps, mais avait le pouvoir de la pensée et Steven comprenait. Il envoya toute la force et l'amour à l'homme sans nom, et il le vit dans toute sa splendeur passer de l'état de vie à l'état de

mort. Vivre cette expérience en conscience était pour Steven d'une force incommensurable. L'homme sans nom avait tout vécu et avait tout transcendé, digéré, maîtrisé et avait la capacité de laisser mourir son corps physique pour renaître.
Il fallait une maîtrise parfaite des éléments pour arriver à ce stade. Mais l'homme sans nom est né directement de la matrice sans passer par l'étape de la biologie humaine. Il a jailli des entrailles de la Terre comme un geyser. Mais il devait se construire un corps fait à l'image humaine pour comprendre tous les rouages de la vie de l'homme. Il est né seul. Il a le corps et l'esprit, et véhicule la conscience collective. Il a le pouvoir et la maîtrise, mais pas les pensées qui peuvent affluer sans cesse dans son esprit, car il n'a pas de pensées. Il n'a pas de cerveau comme l'humain, il était tout et n'a besoin de rien. Il a acquis la pleine connexion divine. Il est.
Steven percevait tout cela en se remémorant l'homme sans nom, et comprenait pourquoi il ne pouvait être nommé, car il est innommable. Il est tout à la fois. Il a la capacité de traverser des mondes différents, car il est né comme ces mondes. Il comprend la lune et les étoiles, le soleil, l'eau, les arbres, les animaux, car il est eux. Il souffle comme bon lui semble, car il est la brise, le blizzard, les alizés et bien d'autres vents. L'homme sans nom a en fait plus de mille noms, car il est tout cela. Alors, Steven émit une pensée. Il envoya à l'homme sans nom tout l'amour, la paix, la force et le courage possibles pour passer avec succès l'initiation qu'il s'était imposée. Il voulait être avec lui en permanence, alors qu'au fond, il se disait que le voyageur de la nuit des temps n'avait pas besoin de son aide. Il avait besoin d'être utile à celui qui depuis toujours était toujours là pour lui. Il se disait que c'était comme une opération.

L'homme le plus fort avait besoin d'aide et de réconfort dans les moments les plus douloureux de sa vie. Il pensait que le voyageur avait besoin de son soutien, comme dans ces moments où l'homme n'a plus tout à fait la force pour s'aider lui-même. Steven se dit que tant qu'il n'avait pas vu l'homme sans nom revenir à lui-même, il lui enverrait toute la force, l'amour et la volonté possibles. Il était pour

lui comme un père bienveillant qui attendait l'aide de son enfant dans un moment de faiblesse. Comme un frère qu'il n'avait jamais connu dans cette vie.
Steven réalisa qu'il était devenu un autre homme, plus proche de la nature et de la compréhension du monde. Tout ce qu'il avait vécu jusque-là ne l'étonnait plus.

Il se prosterna devant la vision de l'homme sans nom et lui dit :

- Merci pour toute l'aide que tu m'as apportée. Désormais, je suis ton débiteur et je me joins à toi dans l'amour et la lumière.
- Tu ne me dois rien et je ne te dois rien, car nous faisons partie de la même essence, la même force, le même courage, mais je te remercie infiniment pour toute l'aide que tu m'as apportée tout au long de mon initiation. Tu m'as conforté dans tout ce que je savais déjà. Merci.

L'homme sans nom lui sourit encore sans rien dire, puis il disparut.

Steven réalisa qu'il n'avait pas bougé de son rocher depuis quatre heures au moins et la nuit était bien avancée. Il se demandait quelle heure il pouvait bien être. Il s'était assis le jour et n'avait pas vu la nuit tomber, elle était déjà bien avancée. Il y avait encore quelques étoiles dans le ciel et se dit que d'ici trois ou quatre heures, la nuit va laisser la place au jour. Il resta à côté du rocher sur lequel il était assis depuis tout ce temps et ouvrit son sac de couchage. Auparavant, il prit une barre de céréales, puis deux, prit un verre d'eau et s'installa pour la nuit. Il se redemanda quelle heure il pouvait bien être. Et il entendit : « C'est l'heure du brave ! Que ta petite nuit soit douce ».
Et Steven s'endormit comme une souche accolée au rocher, alors que d'habitude, il aimait bien s'installer dans un arbre.

Quand Steven se réveilla, il sentit la fraicheur du matin lui caresser le visage quand il mit sa tête hors de son sac de couchage. Il ne faisait pas froid, mais le temps était un peu brumeux. Il sentait une bonne odeur de café. Il se demanda l'espace d'un instant s'il était chez lui, mais il réalisa qu'il était dans son sac de couchage accolé au rocher. Il ouvrit un œil, puis deux et vit un homme tout noir avec une djellaba rouge qui s'affairait auprès du feu. Des hommes et des femmes noirs, il en connaît plein. Son ami le peintre est noir. Mais l'homme qu'il avait en face de lui était d'un noir presque bleuté. Il était d'une prestance et d'une beauté extraordinaires qu'on pouvait apercevoir ses traits fins et réguliers. Il ne pouvait passer inaperçu, car il dégageait une grande force, mêlée d'une grande bonté. Il avait le même regard que l'homme sans nom. Il faisait du café.
Steven se déplia, sortit de son sac de couchage en le regardant, s'étira, et dit à ce dernier :

- *Bonjour ! Je m'appelle Steven. Merci d'avoir fait du café !*

L'homme se retourna et Steven sans comprendre pourquoi, l'identifia à l'homme sans nom, mais attendit qu'il parle.

- *Bonjour, dit l'homme. Je t'ai fait du café comme tu l'aimes. En veux-tu ?*
- *Volontiers dit Steven, mais tu ne t'es pas présenté ?*
- *Non, parce que tu sais qui je suis et je suis heureux de t'avoir retrouvé. Tu as beaucoup pensé à moi, c'est pour cela que je suis face à toi en cet instant. Tes pensées m'ont guidé. J'ai été l'homme sans nom et je me suis retrouvé l'homme de tous les noms de mes ancêtres, et à présent j'ai une grande famille. La mort est une expérience que je voulais vivre, mais il faut s'y préparer, car les embûches sont multiples, tout comme la vie quand on ne pose pas les vraies questions. Qui suis-je ! Je te remercie pour ton aide, car tu m'as guidé dans mon cheminement de la compréhension de la mort. Je suis passé*

par les abysses où les âmes s'entrechoquaient entre elles, car il n'y avait pas d'issue.
J'ai vu la souffrance que ces âmes colportaient dans l'autre monde, car les personnes qui avaient perdu des proches les pleuraient et pleuraient encore. Alors, ils étaient comme dans une sorte de glu qui les ensevelissait tout doucement jusqu'à ce que ces derniers réalisent et acceptent qu'ils ne reviendront plus dans cette vie, plus dans la même forme qu'ils avaient auparavant et une autre expérience à vivre.
Alors, les âmes qui étaient dans les limbes se libéraient tout doucement et la glu devenait liquide, puis le liquide s'évaporait et les âmes se sentaient libérées.
J'ai vu la douleur, mais aussi la libération des hommes qui avaient eu cette expérience de la transcendance. Je te le dis à nouveau, la mort est une étape pour le corps physique, mais aussi pour l'esprit, qui doit se transformer par différentes étapes, le corps fait de chair en un corps glorieux.
J'ai vu les Êtres qui avaient compris, attendre patiemment leur tour pour se réincarner. Ils assemblaient des pensées nobles pour le retour à leur prochaine vie. Ceux qui n'avaient pas compris restaient là sans rien attendre. J'ai vu toutes ces choses et j'ai tiré la conclusion que la mort était inscrite dans les gènes de l'homme, comme une fin en soi, un arrêt de la vie, la fin d'une histoire. Mais ce n'est pas la fin !
Certaines personnes ont peur de la mort et ont oublié qu'ils ont demandé à vivre un certain cycle dans une vie. Mais revenons à nous dans ce temps présent. Comment me trouves-tu ? J'ai trouvé ce corps parfait, car ce jeune homme avait le corps idéal. Je l'ai vu dans les bras de sa mère qui est à présent la mienne, et j'ai décidé de faire l'expérience avec lui, car il n'avait pas un long cycle de vie. Le jour de sa transition, il venait d'avoir vingt-huit ans. Toute sa famille le pleurait, préparait les funérailles quand je suis arrivé. Je suis entré

dans son corps. Mes nouveaux parents crurent à un miracle, et firent la fête pendant une semaine.

Depuis, je ne fais aucun effort apparent devant mes parents. Mais ils ne savent pas qui je suis. Ils croient à un fils ressuscité. Tu comprends, je suis né sans matrice humaine, j'ai donc pris le corps de cet homme comme la première fois de ma naissance, mais je n'ai pas eu à modeler mon corps comme au début, car celui-ci est parfait. Depuis, j'ai des parents. Ils m'adorent, comme si j'étais un objet précieux depuis ma renaissance, car dans leur monde, avoir un fils est important. Je ne suis pas comme toi tout seul, j'ai plein de frères et de sœurs, mais ils ne savent pas que je suis une autre entité. Je me suis retrouvé avec une femme et plusieurs enfants. C'est pour moi une nouveauté, car je n'ai jamais eu de gens si proches de moi, et ils satisfont mes moindres désirs. Il faut dire que je n'ai guère d'exigence.

Je suis toujours passé dans le temps et l'espace seul avec moi-même. Je comprends le corps limité dans l'illimité. Il m'a fallu un peu de temps pour régénérer mes cellules, et à présent, je peux continuer mon existence en faisant des miracles comme le disent les croyants, mais dans l'ombre. Je suis de descendance nubienne dans cette nouvelle vie et je trouve cela magnifique ainsi que l'expérience. Mais buvons, le café va être froid.

Steven n'avait jamais vu l'homme sans nom boire ou manger quelque chose et il en était étonné.

- Cela t'étonne que je puisse boire ou manger ! dit-il en entendant les pensées de Steven. *J'ai appris à apprécier les denrées périssables et je trouve cela magnifique. Seulement, je dois me purifier avant et après, car je ne suis pas encore habitué. Ma première enveloppe était entièrement faite de ce que la matrice m'avait attribué. Je n'avais pas besoin de nourriture terrestre. Je me désaltérais dans la source céleste et je ne connaissais pas la faim, ni la soif, ni toutes les envies et tous les besoins d'un corps. J'ai encore toutes mes capacités et je peux m'abstenir des choses périssables, mais je comprends un homme quand il dit que telle ou telle chose est bonne, car j'ai le goût, l'odorat, le toucher, le désir, l'envie que je ne possédais pas auparavant. Et puis, si je ne mangeais pas, toute ma famille aurait trouvé cela bizarre. Tu vois, la mort n'est pas une fin en soi, c'est une étape vers une autre connaissance.*

Steven prit un café, puis deux comme il en avait l'habitude. Mais il avait un peu faim. La veille, il n'avait pas beaucoup mangé. Alors, il visualisa comme pour la réunion dans la forêt tout ce qu'il voulait pour son petit déjeuner. Des biscottes, de la confiture, des œufs au bacon, des pommes de terre, puis il se rassasia. Il s'étonnait. Jusqu'à cet instant précis, il n'avait jamais vécu l'instant présent, sauf en pensée où il pouvait réaliser tout ce qu'il souhaitait. Sans s'en rendre compte, ou peut-être parce qu'il avait horriblement faim, il n'avait pas réfléchi et avait décidé qu'il lui fallait avoir quelque chose à manger. Il avait réussi à maîtriser en partie les pouvoirs que Mathéos avait développés bien avant lui.

Il réfléchissait à la transformation de l'homme sans nom, devenu le fils, le père, le mari et le frère de quelqu'un.

L'univers est vaste pensait Steven, et les possibilités sont multiples. Il venait de vivre des choses extraordinaires encore une fois et il se sentait en symbiose avec la nature et ne regrettait pas du tout d'avoir entrepris sa marche. Depuis qu'il avait rencontré l'homme sans nom, c'est comme s'il devait vivre ces étapes pour mieux se comprendre. Il avait parcouru tant et tant de chemins, tant et tant de situations, vu tant et tant de gens pendant ces dix-huit mois de marche, qu'il se sentait comme un autre Steven.

L'homme sans nom s'appelait à présent Cisse, il avait un corps périssable qui pouvait durer dix, vingt, cinquante, cent ans et plus. Mais, il était capable de régénérer toutes les cellules de son corps. Alors, il redevenait l'immortel. Avec tout le potentiel qu'il avait acquis depuis la nuit des temps, il avait gardé tout son pouvoir et la

somme de connaissances qu'il avait acquise au cours des âges. Il avait repris l'expérience de la vie pour un long cycle encore.
Steven regardait cet homme qui savait qu'il avait compris et lui souriait exactement comme s'il l'avait vu pour la première fois dans cette vie.
Steven voulait rendre grâce pour tout ce bonheur qu'il était en train de vivre. Il vivait une expérience faite pour les chrétiens, alors qu'il n'était pas chrétien lui-même. Mais un pèlerinage c'est pour tous les croyants. Il venait de comprendre qu'il avait franchi le cap de l'illimité. Il avait compris qu'il pouvait aller au-delà de sa compréhension objective.
Et Cisse le regardait à son tour avec bienveillance, il lui dit :

- *Tu viens de réaliser le potentiel que tu as en toi. En un instant, tu as découvert tes différentes capacités. En un instant, tu as accepté toutes les possibilités qui s'offraient à toi. En un instant, tu as compris que tu es capable de vivre ta vie comme tu l'entends. Ta marche n'aura pas été vaine, car dès le jour où tu as mis ce périple dans ton esprit, tout l'univers s'est mis en phase pour concrétiser tes désirs. C'est ainsi !*
Nous faisons partie de l'univers et quand nous nous intériorisons, nous nous mettons en étroite communion avec toute la vie. Nous faisons partie intégrante, de cette vie. Quand nous prenons le temps de regarder notre corps et notre esprit, nous nous rendons compte que nous avons en nous toutes les composantes de la nature, les minéraux, le fer, le cuivre, l'or, l'argent, le sel, le sucre, l'acide, l'amère en infime quantité. Nous avons aussi les éléments eau, air, terre et feu, car nous sommes le microcosme dans le macrocosme. Nous avons tout dans ce corps qui est parfait. Tout au long de ton cheminement, tu découvriras bien d'autres choses. Je vais te laisser continuer ta route, mais auparavant, je voudrais que tu connaisses ma nouvelle famille.

Cela va te sembler drôle que l'homme sans nom revienne avec un nom et une famille, mais je suis heureux de l'évolution des choses. Je n'avais pas vécu dans cette facette palpable de la vie. Je te remercie de m'avoir guidé, car sans ta voix je n'aurais pu retrouver seul le chemin. Quand on passe de l'expérience de vie à celle de mort volontairement, les passages sont différents et c'est quelquefois très difficile. J'ai développé toutes mes capacités, j'ai dépassé toutes les phases de l'existence, mais dans le monde de la vie, pas dans le monde de la mort qui est presque inerte.

J'ai atterri dans les limbes où il n'y avait plus aucun mouvement perceptible, sauf pour des sens exercés. J'ai erré longtemps, puis j'ai entendu ta voix et ressenti ta présence et je m'y suis accroché. Tout ce que j'entendais et voyais n'avait aucune importance tant que j'étais accroché à ce que je percevais de toi. Pendant un temps qui me semblait très, très long, j'ai voyagé sans aucune assurance, sauf celle que tu me faisais entrevoir par ta foi, ta lumière et ton amour.

Grâce à toi, je suis revenu de mon expérience. Pendant un moment, je me suis demandé ce qu'il en serait si tu n'étais pas là à penser à moi. Et la réponse ne s'est même pas manifestée. Le hasard n'existe pas. Je devais vivre cette expérience, et tu devais être là pour m'aider, car à un moment précis de ton expérience de vie, j'étais toujours là pour t'aider. « Aide-toi, le ciel t'aidera », avait dit un homme un jour. Je voulais vivre mon expérience à tout prix, et j'y suis arrivé. Mais si une entité veut vivre cette expérience dans l'état conscient, il doit se préparer et rester dans le contexte de positivité constante, car il lui arrive de ne pas pouvoir maîtriser tous les aspects de l'expérience. Je te remercie encore une fois, car auparavant, j'ai vécu des vies et des vies, mais j'ai rarement vu une force aussi puissante que la tienne. Des Êtres, j'en ai rencontré. Des Êtres, j'en ai aidé à comprendre leur but dans la vie qu'ils ont choisi, mais j'ai rarement vu un homme se dépasser en ayant

compris de son vivant comment dépasser le limité en vivant l'illimité.
Steven, je t'ai rencontré bien des fois. Il n'y a pas eu que Mathéos et ce jeune homme, tu as eu bien d'autres vies que tu ne peux t'imaginer, c'est pour cela que tu as pu m'aider à transcender l'état que je voulais vivre et arriver à toi à nouveau. Tu comprends à présent, tu n'es pas seulement Steven le pèlerin qui essaie de trouver sa voie, tu es l'Être spirituel qui a voulu faire l'expérience de l'homme, comme moi, mais tu n'as pas pris la facilité, je me prosterne à tes pieds. Tu ne sais pas encore qui tu es vraiment, mais tu le découvriras au fur et à mesure. Pour l'instant, viens rendre visite à ma famille.

Steven était un peu comme au début de sa marche. Il ne comprenait pas toujours ce que Cisse le nouvel homme voulait lui expliquer. Il ramassa toutes ses affaires, les rangea dans son sac à dos et entreprit de suivre son ami. C'était à dix minutes de marche. Ils arrivèrent dans un village où il y avait beaucoup de monde qui s'affairait à leurs occupations journalières. On remarqua tout de suite sa présence. Il se retrouva entouré de toutes les personnes du village. Il était très grand, par rapport aux autres. Steven était impressionné, et la foule aussi. Tout le monde lui faisait la fête et il ne s'attendait pas à une telle euphorie. Cisse le prit par le bras et l'entraina dans la plus grande maison. Là aussi, il y avait du monde. Il commençait à faire chaud, et Steven se demandait si tous étaient de la famille de Cisse. Il y avait les parents de Cisse et tous ses frères et sœurs. Il y avait aussi les femmes et les enfants de ses frères qui lui serrèrent la main. Il y avait aussi une bonne odeur de cuisine et Steven se disait qu'il allait pouvoir se rassasier. Cisse continua de présenter le reste de la famille. La nourriture pour Steven était sacrée, même s'il lui arrivait de jeûner quelquefois.

Cela dura un petit moment, Steven était content de cette visite et se demandait s'il était sur le continent africain. Cisse l'entendit et lui dit qu'il n'était pas en Afrique, mais sur une île à peine visible sur une carte. Cette île qui avait permis à ses ancêtres de se réfugier pour échapper aux marchands d'esclaves et c'est ainsi qu'ils ont pu peu à peu créer un village, puis deux. Ils sont presque tous de la même famille. Ce n'était pas l'Afrique, mais d'authentiques descendants de la Nubie, qui avaient atterri dans ce lieu, après que l'homme, son semblable avait décidé de se servir d'humains pour être au service d'humains. Cela s'appelait l'esclavage.

La Nubie était une région du nord du Soudan et du sud de l'Égypte, située entre les deux grandes boucles du Nil et de la mer rouge. Ses ancêtres s'étaient cachés là, dans cette île perdue depuis des décennies, et y sont restés. Ils avaient gardé les cultures, les us et coutumes, les croyances, les superstitions anciennes, et tout le reste, comme certains pays de tous les continents, quand il y a eu migrations de pays vers d'autres pays. Ils vivaient de la chasse, de l'agriculture et de la pêche. Ils se servaient de ce que la mère Nature avait mis à leur disposition sans jamais gaspiller.

Quand ils devaient chasser, ils faisaient une prière en demandant à l'animal de leur pardonner et brulaient les intestins en offrande à leur Dieu. Ils ne tuaient qu'un adulte à la fois. La nature les gâtait bien en retour, car ils avaient tout à profusion dans un havre de paix.

Quand ils pêchaient du poisson, ils mangeaient une fois du poisson frais et faisaient une grande fête. Ils faisaient sécher le reste pour le faire cuire ensuite. Quand il n'y avait plus, ils chassaient ou pêchaient à nouveau. Ils avaient un mode vie en accord étroit avec les lois de la nature. Avant de couper un arbre, ils en plantaient d'autres pour que la forêt puisse toujours se renouveler et demandaient pardon à la nature.

Voilà comment ils ont atterri dans ce lieu qu'ils ont transformé selon leur mode de vie. Ils étaient bien loin de chez eux, mais s'étaient adaptés. Peu à peu, ils avaient créé une école, un lieu de prières, pratiquaient la médecine traditionnelle et vivaient au gré de la nature. Ils étaient rarement malades. Ils vivaient extrêmement vieux, beaucoup avaient dépassé les cent ans. Les décès d'hommes ou de femmes jeunes étaient extrêmement rares. C'est pour cela qu'au

prétendu décès de Cisse, les habitants du village ne comprenaient pas. À sa résurrection, un jour plus tard, c'était un signe de Dieu et il fallait en tenir compte. Cisse était le grand miraculé du village et il était respecté.
Pour mieux comprendre leur histoire, les Nubiens déracinés effectuaient des recherches sur leur origine et leur histoire. Steven les trouvait magnifiquement beaux et majestueux et il comprit plus tard pourquoi ils avaient l'air si fiers. Ils étaient restés tels quels depuis leur migration, et Steven voyait se défiler leur histoire.
Dans l'Antiquité, la Nubie était un royaume indépendant dont les habitants parlaient des dialectes apparentés aux langues couchitiques. Le Birgid, un dialecte particulier, était parlé jusqu'au début des années 1970, au nord du Nyala au Soudan, dans le Darfour. L'ancien nubien était utilisé dans la plupart des textes religieux entre le VIIIe et le IXe siècle. La Nubie avait subi de nombreuses dominations, notamment par l'Égypte pendant plusieurs siècles, avant sa longue décadence due aux invasions successives, assyriennes, grecques, romaines et arabes. Elle était devenue la région qui favorisait la marche de l'Égypte.
Steven revivait cette histoire avec une telle intensité, qu'il en oublia presque qu'il était l'invité. Cisse le ramena à la réalité en l'invitant à participer au repas.
Après s'être lavé les mains, tout le monde passa à table, si l'on peut dire, car il n'y avait pas de table. Tout le monde était installé en formant un grand cercle autour de plusieurs plats posés presque à même le sol sur des chiffons propres. Chacun devait se servir de ses mains, car il n'y avait pas d'assiettes ni de couverts. Steven n'avait jamais fait une expérience de la sorte et en était enchanté.
Steven ne connaissait pas cette nourriture, mais trouvait cela très bon. Il mangeait du riz mêlé à des légumes et de la viande et découvrit que cela était succulent. Puis il goûtait du poisson séché mélangé à des épices et de la semoule et trouvait cela magique. Plus il avançait dans sa marche, puis il appréciait les mets qui lui étaient présentés.

Steven était heureux de la transformation de l'homme sans nom, car sans lui, il n'aurait pu découvrir toutes ces choses délicieuses ! Cisse lui demandait si cela lui convenait, il était royalement satisfait, mais ce dernier le savait déjà.
Après avoir participé au repas, Steven fut convié à visiter les différentes huttes des environs. Il y avait des huttes pour manger, pour dormir, avec des jeux pour les enfants, et aussi un lieu pour se réunir, afin de discuter des sujets importants. Cette dernière était la plus belle, car elle était plus grande que les autres et contenait des papyrus de différentes époques de la vie du groupe. Il y avait des milliers et Steven se disait qu'il faudrait des vies et des vies pour arriver à tout emmagasiner. C'était beau et immense. Steven se demandait qui avait eu l'idée d'inscrire sur des papyrus des informations aussi denses. Quand il prenait un papyrus, il se sentait transporté par tous les dessins qui étaient inscrits, car il n'y avait pas d'écrits, que des images explicatives. Il y avait toute la vie des Nubiens depuis la nuit des temps, les périples qu'ils avaient dépassés, les exploits qu'ils avaient dû accomplir.
La seule maison en briques rouges, ornées de dessins était la grande maison centrale. Tout cela était beau, car tous participaient au travail de l'un et quand une personne se mettait à une tâche, c'était pour le bien de tous.
Steven se rendit compte que la journée était déjà bien avancée et qu'il passait des moments agréables avec son ami et sa famille. Il avait l'impression de traverser différents mondes, tous plus intéressants les uns que les autres. La nuit commençait à tomber et tout le monde s'affairait pour une grande fête dans la cour. Les femmes transportaient de l'eau et du bois ramassé dans la forêt, les hommes découpaient le gibier qu'ils venaient juste d'attraper avec des pièges confectionnés quelques jours auparavant.
Ils avaient aussi fabriqué des broches pour faire rôtir la viande et le poisson frais en plein air. Les enfants s'amusaient avec des jouets confectionnés en bois. Ils étaient considérés comme un bienfait de Dieu, surtout pour les garçons. La nuit était bien avancée et Steven se

sentait bien, en famille. Il avait l'impression tout à coup qu'il avait plein de frères et de sœurs, et il en était heureux.

Il était assis par terre en souriant et regardait tout le monde s'affairer. Il avait proposé son aide, mais il était l'invité et devait juste regarder, puis participer à la fête qui se préparait.

Cisse s'approcha de lui, et lui toucha l'épaule en signe d'affection en souriant et lui dit que la fête était en son honneur.

Steven le remercia et lui demanda pourquoi une fête et tant de préparations. Et Cisse lui répondit :

- Tu étais là quand j'avais besoin de toi, et rien ne sera assez grand, ni assez beau pour toi. Je suis heureux et t'en remercie pour toute la force et la lumière que tu m'as envoyées au moment où j'en avais le plus besoin.
- J'ai expliqué à tout le village que tu m'es apparu, juste quand je pensais que ma vie sur terre était terminée et que toi, tu m'as ramené à la vie, car tu pensais que je n'avais pas terminé mon cycle. Alors, ils te sont tous doublement reconnaissants, car ils pensent que tu es en quelque sorte un Dieu avec des pouvoirs extraordinaires. Ils sont heureux que tu puisses être parmi eux et moi aussi.
- Tu l'as dit toi-même, dit Steven. Le hasard n'existe pas. Depuis la nuit des temps, tu étais toujours là, quelle que soit la forme que tu prenais au moment précis pour les besoins de l'instant. Tu es toujours mon ange gardien et moi aussi, je te remercie.

Cisse tapa des mains et dit :

- Que la fête commence !

Il y eut un bruit de tambour bien rythmé avec des chants. Les jeunes filles qui étaient cachées sortirent d'une des huttes en dansant pieds nus autour de l'immense feu de bois que d'autres avaient allumé dans la cour. Elles se rangèrent d'un côté, puis les jeunes garçons sortirent

à leur tour d'une autre hutte et se placèrent en face des filles. Les filles se mirent à danser en se déhanchant, puis les garçons à leur tour.
Après quelques minutes de danse, les garçons et les filles se mêlèrent en formant des acrobaties, tout en dansant au rythme des tambours. Puis les hommes, les femmes, les enfants et Steven se mirent à danser. Ce dernier était un peu surpris, car il n'avait pas l'agilité des autres participants et Cisse se moquait de lui en dansant lui aussi. Il lui dit :

- *Je n'avais jamais dansé dans ma vie, mais grâce à Cisse j'ai vite appris. Il y a souvent des danses pour toutes sortes d'occasions, pour les naissances, pour une bonne récolte, pour l'arrivée de la pluie, pour l'abondance de la nourriture, pour la bonne santé, pour une longue vie et pleine d'autres choses. Tout est bon pour faire la fête.*
- *Tu te débrouilles bien, ce qui n'est pas mon cas. Je n'ai pas de rythme, je bouge n'importe comment, mais ce n'est pas grave, je m'amuse et je suis heureux.*
- *Cette fête est en ton honneur, je suis content que tu sois heureux.*
- *Merci.*

Cela dura presque toute la nuit. De temps en temps, quelqu'un invitait Steven à s'abreuver de la boisson locale, faite avec les fruits et les légumes des environs, ou goûter à tous les mets qui avaient été préparés. Il ne connaissait pas du tout les condiments, mais se faisait plaisir en goûtant un peu à tout. Il n'était pas étonné de se sentir en pleine forme, et les autres aussi d'ailleurs. Il n'avait jamais passé une nuit aussi dense. Tard dans la nuit, ou tôt le matin, Cisse lui proposa de se coucher dans une hutte prévue à cet effet. Il se sentait en forme et attendit que tout le monde soit parti pour aller s'allonger à son tour. Il ferma les yeux, se massa mentalement le corps et s'endormit. Il rêvait qu'il était entouré d'animaux sauvages qui s'approchaient de lui, comme s'ils voulaient lui dire quelque chose. Et il revit le cerf qui le regardait. Celui-ci se frotta les cornes contre un arbre et un morceau se détacha. Il regarda encore Steven, puis s'en alla, et les autres animaux aussi.

Quand il se réveilla, la vie avait repris son cours normal depuis longtemps. Il se leva, s'étira, fit des respirations profondes et sortit de sa hutte. Le soleil était déjà haut. Il vit son ami qui lui souriait et s'avança vers lui. Steven lui dit :

- *J'ai très bien dormi. Merci pour tout. La soirée était magnifique et je me suis bien amusé.*
- *J'en suis fort aise, dit Cisse en souriant. C'était le but et il est atteint. Tu vas bientôt reprendre ta route et je voudrais te donner ceci de la part d'un ami pour te remercier encore d'avoir su comprendre les signes et de pouvoir vivre en harmonie avec tout ce qui est. Il lui tendit le morceau de corne que le cerf avait laissé tomber dans son rêve.*
- *Comment as-tu eu ce morceau de corne ? dit Steven abasourdi.*
- *C'est le miracle de la vie et de ses mondes. Une entité que nous connaissons tous les deux sait que tu comprendras ce que cela veut dire. Tu n'as pas besoin de me raconter, je connais ton rêve. Tu ne comprends pas encore toute la signification, mais bientôt tu sauras.*
- *Tu es resté le même en essence en tout cas, dit Steven. Tu as toujours des phrases sibyllines et il me faut du temps pour les comprendre. Mais je te remercie pour tout. Je vais me préparer.*
- *Oui, dit Cisse. Mais viens d'abord te restaurer avant de reprendre la route.*

Des femmes leur apportèrent des fruits et de l'eau. Ils mangèrent ensemble en se remémorant certaines histoires insolites et Cisse lui racontait un peu sa nouvelle vie. Steven n'avait jamais mangé de fruits aussi sucrés et frais, il s'en régala. Quand ils eurent fini, d'autres femmes apportèrent de l'eau pour se laver les mains.

- *Où pourrais-je me doucher avant de reprendre ma route ? demanda Steven.*
- *Derrière ta hutte, il y a un levier que tu devras actionner et l'eau jaillira, juste assez, car ce sont les femmes qui mettent de l'eau chaque jour pour se laver, répondit Cisse.*
- *Alors, je vais me préparer. À tout de suite.*

Steven rentra dans sa hutte pour chercher un morceau de savon dans son sac et un bout de tissu pour se sécher, car il n'avait pas de serviettes de bain. Il alla derrière la hutte et sourit en voyant la douche de fortune. Il était content. Il devait noter tous ces détails dans son cahier, car cela n'arrive qu'une fois.

Il prit sa douche, se sécha avec le pagne et se sentit en pleine forme malgré la nuit qu'il avait passée.

Quand il fut prêt, il vit son ami qui l'attendait avec tout le village, un sac de fruits et de la viande séchée dans les mains.

- *C'est pour la route, dit Cisse. Pour l'eau, tu trouveras tout le long de ton trajet jusqu'à ce que tu arrives à destination. Il te reste un petit bout de chemin à parcourir. Je serai avec toi jusqu'à ce que tu arrives à destination. À ton retour, j'aurais repris mon aspect initial, car ce n'était qu'une expérience.*
- *Merci pour tout, dit Steven. Moi aussi je serai avec toi en pensées et je t'enverrai un message dès que je serai arrivé.*

Steven salua tout le monde et reprit sa route. Il avait passé tout ce temps avec son ami qui s'était transformé en prenant un autre corps et vivait normalement. Il mangeait, buvait, dormait, se levait comme une personne normale. Il se retrouvait marié avec des enfants, et il allait se marier une deuxième fois. Une vie normale quoi ! Steven était content. Il chercha un coin tranquille adossé à un arbre pour noter dans son cahier, tout ce qu'il avait vécu dans ces presque deux jours. Il n'était jamais resté aussi longtemps en présence de l'homme sans nom, qui avait à présent un nom et un prénom. Il s'appelait Cisse Goye. Il venait d'une longue lignée de famille noble et était imprégné de sa nouvelle culture, sans oublier qui il était vraiment. Un voyageur *du monde qui avait fait l'expérience de la vie et de la mort et en était ressorti encore plus enrichi.*

Il avait travaillé ses capacités et était capable de transcender un état, un plan, pour traverser un autre plan avec une telle aisance. Steven était honoré que l'homme sans nom se soit appuyé sur sa foi à lui pour dépasser le monde des limbes. Il pensait que l'homme sans nom avait dépassé ses limites sans son aide, ou si peu. Il était né depuis la nuit des temps et avait tout maîtrisé de la vie, pas de la mort.
Steven était content d'avoir passé tout ce temps avec lui. C'était un honneur. Dans cette marche, il avait compris beaucoup de choses en si peu de temps, alors que sa vie était passée jusqu'à présent avec des points d'interrogation. Le jour où il a eu l'idée de préparer cette marche, il était à mille lieues de s'imaginer qu'il vivrait tout cela. Après avoir tout noté, il range son cahier dans son sac, puis reprit sa marche en pensant à tout ce qu'il avait vécu.

-13-

Steven ne se rendit pas compte tout de suite, mais il quittait la forêt qui l'avait accompagné dans sa marche pendant tout ce temps, pour se retrouver dans un désert immense et avec une chaleur quasi insoutenable. Il s'était rappelé Mathéos et avait appris à générer son

corps par rapport au climat. Au contraire de la forêt, où il y avait des arbres, des animaux, des sources. Là, il n'y avait rien, à part l'espace, l'étendue infinie d'un désert et rien ni personne à l'horizon. Steven avançait. Il se sentait frais, alors qu'il faisait au moins quarante degrés autour de lui.
Puis le vent commença à souffler. Il était en pleine tempête de sable. Il réalisa que le sable était inerte quand il n'y avait pas de vent, mais quand ce dernier se soulève et se met à souffler, le sable devient une arme, il fouette le visage et le corps, cela fait très mal.
Alors il se dit : « Puisque je suis dans le désert, j'affronte le désert. » Il ferma les yeux et sentant le sable lui cingler le visage, il se mit un bandeau de fortune sur les yeux, qu'il avait fabriqué avec un de ses Tee-shirts, s'imprégna des pouvoirs de Mathéos et avança.
Il avança ainsi les yeux bandés en se laissant guider dans la tourmente. Il n'avait plus chaud, mais entendait encore le vent et sentait le sable qui fuyait sous ses pieds. Il avançait sans jamais faillir. Il avait vaincu la soif et n'entendait plus le vent. Il marcha droit devant lui, jusqu'à ce qu'il ne sente plus le sable sous ses pieds. Le vent ne soufflait plus. Il défit son bandeau et ouvrit les yeux, il était dans une cour où il y avait plusieurs personnes qui chantaient en transe ou presque. Il se disait qu'il allait se réveiller d'un moment à l'autre et que tout retrouverait son cours normal.
Quelle histoire cette marche ! Elle permettait des découvertes extraordinaires. Il réalisa qu'il s'était passé deux heures et plus. Il se retourna, il n'y avait plus le désert. Steven regardait avec admiration ces gens danser et chanter comme pour un rituel particulier. Il ne put s'empêcher de penser à son ami Cisse, mais ce n'était pas les mêmes danses. Ils étaient si concentrés dans leur transe, qu'ils semblaient ne pas l'avoir vu, il décida de participer à sa manière en se joignant à eux par la pensée.
Il s'était mis à méditer sans trop savoir pourquoi, il en avait envie. Il s'assit sur un banc à l'arrière du groupe et laissa son corps se détendre. Il ne savait pas prier, mais savait s'intérioriser et se mettre en étroite connexion avec ce qu'il avait au plus profond de lui. Il

voulait se retrouver comme au début, où tout avait commencé. Il avait été un homme en peine qui ne savait pas comment se diriger. Il revivait sa vie d'antan, son enfance, ses loisirs. Tout était dans son esprit, conscient et vivant. Il était devenu un homme sûr de ses capacités et de ses possibilités. Il se revoyait au temps où il s'enfermait tout le week-end pour pleurer sa famille et sur sa vie. Il était triste à mourir ! Mais depuis, il y avait eu renaissance. Il avait fait le tour et maintenant, il avait tourné plusieurs pages de sa vie et recommençait une nouvelle.

L'homme qui accepte la vie dans cette vie et la comprend doit aller de l'avant sans se retourner, car s'il se retourne, il verra les écueils qu'il a laissés et voudra les réparer, mais ne pourra plus.
Tout est nécessaire. Il faut les écueils pour que l'homme puisse avancer. Si dans sa vie tout est lisse, comment pourrait-il évoluer ? Ces écueils sont nécessaires pour pousser l'homme à réfléchir. Il repensait à Martha et ce qu'il avait vécu de si dense dans cette forêt avec elle. Elle était devenue invisible aux hommes qui ne cherchaient pas à voir. Il l'avait vu lui. Et ils avaient discuté, mangé et bu ensemble. Où était-elle à présent ? Il entendit :

« Je suis là avec toi par la pensée et je suis avec intérêt ton avancement. Tu es presque arrivé. Tu as passé l'épreuve de l'air et de la terre. Tu dois à présent passer l'épreuve de l'eau et celle du feu. Mais je sais que tu seras capable de te dépasser encore une fois ».

Steven sourit, car elle avait appris à se servir de la télépathie, elle apprenait très vite. Il était content qu'elle lui ait envoyé un message. Alors il lui dit aussi par télépathie : « Merci ».

Il repensait à son ami qui avait réussi son expérience de transcender la mort pour revivre sans passer par la réincarnation. Steven se disait qu'il ne pourrait vivre une existence aussi dense. L'homme sans nom était hors du commun. Il avait l'habitude de traverser le temps et l'espace. Et puis l'homme sans nom ou Cisse émerveillait Steven.

Grâce à lui, il avait pu se rendre compte qu'il pouvait se dépasser. Qu'il avait au fond de lui mille expériences à vivre et à comprendre, toutes aussi présentes les unes que les autres.

- *Je serai toujours là en pensées et physiquement avec toi, dit Cisse qui se matérialisa. Je te l'ai dit au début. Je suis là pour te guider, jusqu'à ce que tu termines ton périple, toi et tous ceux qui recherchent la plus grande lumière. Tu t'es encore dépassé dans le désert, car ton esprit est plus vif qu'au début de ta marche. Je t'admire moi aussi, car tu progresses à grands pas. Tu fais attention à tout ce qui existe autour de toi. Je change d'apparence au gré du temps, mais je reste avec toi jusqu'au bout. Alors, je te dis à bientôt. Puis il disparut.*

Les personnes qui chantaient et dansaient semblaient toujours ne pas voir Steven. Il se demandait comment est-ce possible ! Ou alors, ils étaient si concentrés, qu'ils ne faisaient attention à rien autour d'eux. La transe dura un bon moment et les chants s'élevaient et s'élevaient encore. Ils envoyaient des louanges au Dieu de leur cœur. Quand tout cessa, une voix s'éleva :

- *Sois le bienvenu pèlerin sur le chemin de la vérité. Tu as parcouru bien des routes et tu as su maîtriser toutes les embûches et faire en sorte que ton parcours soit jonché d'expériences profitables.*

Tout le monde se retourna en souhaitant la bienvenue dans l'enceinte.

- *Nous nous unissons à tous ceux qui sont sur le chemin et ceux qui ne le sont pas. Tu as été guidé pour arriver jusqu'ici, comme tous les autres qui sont passés avant et ceux qui viendront après. Tu as passé les deux premières épreuves avec succès, mais il te reste deux autres. L'épreuve de l'eau et celle du feu. Si tu es arrivé jusqu'ici, c'est que tu as suivi à la lettre le message de l'homme sans nom. Il t'a fait voir une de ses grandes expériences, transcender la mort. Il est unique. L'expérience est belle et profitable. Alors, va ! Continue ta route jusqu'à ce que tu arrives à la fin de ton périple. Voilà déjà si longtemps que tu as entrepris ta marche et en même temps si peu de temps. Tu as fait un travail énorme sur toi. Tu as compris ta place au sein de l'univers et tu as participé à l'évolution de ton monde. Mais ce n'est pas terminé. Il y a un but à atteindre. Celui que tu t'es imposé toi-même et que tu respectes à la lettre. L'homme sans nom est toujours là, mais bientôt il aura fini son expérience avec un nom et il se retrouvera dans son corps initial. À la fin de tout son cheminement, il redeviendra immortel à jamais, car il est né de la matrice de la Terre et tant que la Terre se régénéra, il se régénéra aussi. Toi aussi, tu vivras une expérience fabuleuse que je te laisse découvrir. Tu en as déjà une petite idée. Je te laisse continuer ta route pèlerin, sache que, quoi qu'il arrive, tu ne seras plus jamais seul après cette marche.*

Steven écoutait la voix, mais ne voyait pas la personne qui parlait. Il ne s'en étonna pas. Quand la voix s'est tue, il y eut un long silence puis les chants et les louanges reprirent peu à peu. Il ferma les yeux pour s'imprégner de tout ce que la voix lui expliquait et essayait de tout se remémorer pour le transcrire plus tard sur son cahier. Quand il rouvrit les yeux, il se retrouva sur une île minuscule entourée d'eau. Il était seul, avec un unique arbre géant. Il regarda autour de lui et ne vit que de l'eau, juste un petit bout de terre, là où il était. La troisième épreuve avait commencé. Comment faire pour vaincre toute cette étendue d'eau. Même s'il se mettait à nager, il se serait vite épuisé, tant l'étendue était immense. S'il possédait une barque, ce serait la même chose. À force de ramer, ses bras se seraient engourdis. Il n'y avait aucune issue. Il réfléchit. Pour marcher sur l'eau, elle devrait être solide. Alors, il ferma les yeux, se concentra pour solidifier l'eau. Tout doucement, le froid envahissait l'espace, et Steven se réchauffait en pensant aux pouvoirs de Mathéos. Au bout d'un temps relativement

rapide, l'eau se solidifia et Steven entreprit de marcher sur la glace. La température était descendue à moins cinquante degrés. Steven ne ressentait pas le froid. Il avait formaté son corps de manière à se dépasser dans cette nouvelle expérience. Il aurait pu changer l'eau en terre, mais il voulait faire l'expérience de l'eau, il décida donc de garder l'eau d'une autre manière. Il marchait sur la glace, mais il lui aurait fallu des patins. Alors, il ferma encore les yeux et visualisa la neige à la place de la glace. Il marcha ainsi près de trois heures dans la neige et le froid, sans être incommodé. Il s'arrêta un instant pour essayer de se repérer dans cette immense étendue et n'arrivait pas à se situer. Il resta debout les bras en croix en se concentrant sur la route à prendre. Cela dura un petit bout de temps, puis se dirigea dans une direction.
Après quelques minutes de concentration, il choisit de partir vers la droite, marcha encore un bon moment et vit une forme noire dans la neige. Il s'avança et vit un homme qui semblait l'attendre.
L'homme était immense et la cape qu'il avait sur le dos le rendait encore plus gigantesque. Steven était grand, mais l'homme était un géant. Il attendit que Steven soit à sa hauteur et il lui dit :

- *Bravo, Mathéos, tu t'es souvenu de ta dernière expérience. Je sais que dans cette vie tu t'appelles Steven, mais tu n'as pas encore maîtrisé toutes tes capacités. Alors tu t'enveloppes des pouvoirs de Mathéos et tu y arrives bien. Mais sais-tu que tu es Mathéos, tu dois juste te rappeler tout ce que tu as pu développer dans sa vie et dans les autres vies que tu as vécues. Comme tu as matérialisé la glace et la neige, tu peux juste le penser et cela se concrétisera. Mathéos était une entité comme toi tu es une entité. Alors cesse de te couvrir du manteau de Mathéos ou qui que ce soit d'autre et agit en tant que Steven ! Sais-tu que dans une de tes vies, tu étais moi et j'étais toi. Tout est lié, je te le dis. C'est un perpétuel recommencement. Pendant longtemps, j'ai dû apprendre à maîtriser mes forces et à travailler à bon escient pour mon évolution propre et celui*

des autres. Mais je n'ai pas compris tout de suite que nous faisons tous partie de la même essence.
J'étais un homme craint de tous à cause ou grâce à ma carrure. Selon les dires, je suis un géant de six pieds, soit deux mètres quarante-cinq, et je pèse plus de cent cinquante kilos. Je n'ai jamais vérifié, mais je suis fier d'être ce que je suis, car dans d'autres vies, j'étais longtemps petit et rachitique. J'étais moi aussi un Mathéos à un moment reculé de la vie. Depuis, je me sens aussi fort physiquement, mais avec toute la maîtrise de mon cerveau. Je n'ai pas eu tout à fait la même vie que ce dernier, j'ai juste vécu une partie de lui, comme toi tu as vécu une partie de lui et une partie de moi et de bien d'autres encore. J'ai demandé à vivre une vie où j'aurais tous les pouvoirs développés et un corps de géant. Je t'entends, te vois et te perçois dans les moindres détails. Tu as aussi été une femme, que tu verras avant la fin de ta marche, la fin de ton initiation.
Depuis longtemps, tu voulais vivre l'expérience de la marche et tu la vis dans toute sa puissance. Je vais t'envoyer des images et tu verras tes vies défiler dans ton esprit. Je suis heureux d'avoir pu me projeter jusqu'à toi, car tu es celui que je voudrais être dans toute sa splendeur. Tu es humble et d'une simplicité. Moi je fais tout dans l'exagéré. J'aime bien que l'on me remarque, alors que toi tu préfères passer inaperçu. Je tiens compte de la beauté extérieure, du physique et toi, cela t'est égal. Tu es un athlète magnifique que beaucoup de gens envient, hommes ou femmes. Tu appréhendes les choses de la vie simplement. Tu ressembles à Mathéos par certains côtés, c'est pour cela que tu aimes t'imprégner de son essence. Mais rappelle- toi, tu as les mêmes capacités que lui et les as améliorés encore plus dans cette vie.
Steven est Steven avec les connaissances de Mathéos et de toutes ses autres réincarnations. Au fait, je me nomme Singh. Je suis né un jour en Inde, où les castres ont fait dévier

certains principes de l'homme et les buts qu'il s'était fixés, avant d'entrer dans un monde rempli de couloirs et d'étages. C'est-à-dire que chacun avait une place bien précise dans la société, conditionnée par son semblable et ce sont les minorités et les pauvres qui payaient la facture douloureuse, ou qui se complaisaient, car depuis des siècles peu de choses ont changé. Les riches côtoient les riches, les pauvres côtoient les pauvres dans une sorte de soumission fataliste de la vie.

Mais dans cette vie, j'ai appris beaucoup sur le corps et les capacités qu'il a à se dépasser. J'ai appris à voyager hors de mon corps pendant un temps infini. J'ai appris à dépasser le limité. J'ai aussi appris à me connaître et m'accepter tel que je suis, mais encore mieux, à voir en chacun ses propres forces et ce qu'il est capable de vivre pour survivre.

J'ai appris à comprendre la soumission, la puissance, la disette, la richesse, la célébrité, l'ignorance, la paix, le chaos, la connaissance, la vénération. J'ai aussi appris à travailler avec les étoiles, les planètes, les astres. C'est ainsi que j'ai compris que dans ce pays qui était le mien, à une certaine époque, l'union d'un homme et d'une femme s'étudiait dès le plus jeune âge en consultant les astres, en faisant des calculs savants et des cérémonies précises. Cela m'amuse, car au fond de moi je n'ai pas besoin de cela. Je sais à présent que tout se trouve en moi, avec moi et autour de moi. Mais j'ai du respect pour toutes les croyances du monde, et je bénis tous ceux qui se prosternent devant la certitude que ce en quoi ils croient existe et leur apportent les bienfaits souhaités. Mais avant d'arriver à cette compréhension, j'ai dû traverser bien des périples et fait souffrir bien des vies. C'était nécessaire pour comprendre la vie que je vis dans l'instant. Regarde-moi dans les yeux et dis-moi ce que tu vois.

Et Steven regardait Singh et voyait différentes vies défiler devant lui. Il le voyait trainer dans les rues, ramasser des objets à vendre, mendier, faire la cuisine, prier, méditer sur sa vie et prendre conscience de sa force, de son pouvoir et l'utiliser à mauvais escient consciemment et pendant longtemps.

Singh était né, il y a très longtemps à Bombay ou Numbai, selon la langue et l'époque en Inde, de parents pauvres. Enfant, il vivait au fil du temps et ne se préoccupait pas du lendemain. Quand il avait à manger, il se rassasiait. Quand il n'y avait rien, il buvait de l'eau et se couchait. Surtout quand il avait faim. Il avait appris à formuler des mets dans sa tête, et le lendemain, il arrivait à trouver de quoi se nourrir. Alors, il s'appliqua chaque jour à visualiser ce qui lui faisait plaisir et il arrivait non plus à survivre, mais à vivre.

Quand il comprit qu'il n'avait plus besoin de voler pour se nourrir ou s'habiller, il quitta ses parents vers l'âge de seize ans, changea de ville et commença sa propre éducation hors de la rue. Il trouva du travail dans une vieille boutique à filer la laine et le soir, il s'instruisait. Il avait appris à lire et à écrire, puis s'intéressa aux études. Il avait acquis la faculté de tout comprendre rapidement. Mais il avait besoin d'argent. Il se fit donc un nom et une fortune en s'appropriant par la pensée les biens des plus riches tout en profitant des pauvres. Il était devenu un homme important et abusait de son autorité et de sa fortune.

De plus, il était très grand, on ne pouvait définir de quel coin de l'Inde il venait exactement. Il n'avait même pas le type hindou. Il aimait les femmes, et malgré sa réputation, il était adulé. Il tuait les gens qui ne respectaient pas son autorité ou les faisait enfermer. Il eut beaucoup de femmes et aussi beaucoup de filles, jamais de fils pour assurer sa descendance. Il voulait à tout prix un fils et lança dans tout le pays un avis à celle qui lui ferait avoir un fils.

Puis un jour, une grande famille de sept filles se rendirent au palais qu'il avait acquis par des moyens détournés et les filles demandèrent à le voir. Les gardes les amenèrent devant Singh qui leur demanda la raison de leur visite. L'une d'elles répondit :

- *Nous sommes six filles mariées depuis une dizaine d'années et plus. Toutes, nous n'avons eu que des garçons et aurions aimé avoir des filles, mais c'est ainsi. Nous sommes nées pour enfanter des garçons. Nous avons une sœur qui elle n'est pas mariée, car elle est muette et sourde, mais elle comprend ce qu'on lui dit. Tu peux la prendre pour femme, à condition de la respecter comme toutes les autres, sinon le malheur s'abattra sur toi et ta famille.*
- *Qui peut oser me menacer, dit Singh en se levant. Rien ne peut me détruire. Je suis invincible. Mais j'ai cherché partout une femme qui pourrait me donner un garçon et j'ai plus de quarante filles. Je veux bien prendre pour femme votre sœur et si elle me donne un garçon, vous et votre descendance n'aurez plus aucun souci. Vous pouvez vous installer dans l'un des appartements si vous le désirez.*

Les festivités ont commencé trois jours plus tard. Il y avait beaucoup de monde et le palais était en fête. Neuf mois plus tard, la dernière femme de Singh donna naissance à un beau garçon. Singh était aux anges, il avait un garçon. Mais avait oublié sa promesse. Juste après l'accouchement, son comportement changea avec les sept filles et leur famille. Il devenait colérique, insatisfait et impatient. Il ne laissait le fils à la mère que pour l'allaitement. Elle n'avait plus le droit de le toucher, de le laver, de le caresser. Son bébé était élevé par d'autres mères du palais, qui elles, n'avaient eu que des filles. Un an plus tard, il répudia sa dernière femme ainsi que toute la famille de celle-ci.

Singh n'entendit plus jamais parler des sœurs jusqu'à un certain jour. Elles étaient reparties dans leur village comme elles étaient venues, les mains vides. Le fils prodige grandissait au milieu de ses différentes mères et sœurs. Il était d'une beauté et d'une grâce sans égal et son père en était fier. Ce dernier se demandait en regardant sa progéniture, qui serait assez bien pour l'épouser. C'était l'un des moments uniques où il devenait un homme avec un cœur. Puis un jour que le jeune garçon s'amusait avec ses sœurs dans le lac, il se noya.

Ce fut pire que l'horreur. La douleur était telle que Singh pleura pendant des jours. Il était inconsolable. Il se disait qu'il avait quarante filles, pourquoi est-ce l'unique garçon que le lac avait choisi de prendre ? Qu'avait-il bien pu faire pour subir cette souffrance ? Comment faire pour revenir en arrière ? Et il eut devant lui l'image des sept femmes qui étaient venues le voir quinze ans auparavant et son fils, ainsi que tous les fils que les autres sœurs avaient enfantés. Sa femme qu'il avait répudiée, il la voyait clairement et l'entendait. Elle lui dit :

- *J'ai repris ma progéniture, car c'est moi qui l'ai enfanté. Tu as des pouvoirs, mais nous en avons encore plus. Nous sommes les sorcières de Jolpur et avons une vie bien plus ancienne que la tienne. Tu nous as sollicitées pour avoir un garçon et nous avons exaucé ton vœu, mais tu n'as pas tenu ta promesse. Pendant trop longtemps, tu as fait la loi tout autour de toi et tout le monde te craint. Tu n'as jamais aimé personne et tu as toujours agi comme tu l'as toujours décidé. Tu as toujours été entouré, adulé, aimé, malgré ton mauvais caractère ou tu n'admettais que soumission. Désormais, tu seras tout seul, car tu n'as pas su apprécier la chance que tu avais. Tu dois à présent prendre conscience que tous tes actes ont une conséquence, d'autant plus que toi, tu as des facultés développées et dois être conscient que tu ne peux véhiculer que le bien autour de toi. Pendant un certain temps, tu vas errer dans les abîmes insondables de l'inconscience, jusqu'à ce que tu te pardonnes, tu demandes pardon à tous ceux que tu as fait souffrir et que tu pardonnes à tous ceux qui ont comploté contre toi. Alors, tu retrouveras ton fils et ta famille.*

Puis les sœurs et leurs enfants disparurent.

Singh se retrouva seul dans un paysage hostile et eut la plus grande peur de sa vie. Lui ce géant de deux mètres et plus, était comme un

enfant apeuré qui cherchait sa mère. Il se rappelait à présent qu'il était devenu riche, mais avait oublié ses propres parents. Il revoyait son père qui ramenait de maigres sous pour faire manger tout le monde. Sa mère devait rester à la maison pour s'occuper de ses frères et sœurs. Il se rappelait qu'il était obligé de fouiller dans les poubelles des rues de Bombay pour se trouver à manger. Il était très jeune à cette époque et se souvenait que sa mère était heureuse de le voir arriver avec quelque chose de bon à manger dans les mains. Il n'allait pas à l'école et personne ne s'en préoccupait. Ils habitaient un petit taudis comme beaucoup d'autres familles et la vie n'était pas simple. Puis il avait grandi. Il s'était rendu compte qu'il avait des facultés bien développées. Il pouvait visualiser la nourriture et tous les besoins qui manquaient à sa famille. Il n'avait besoin de personne. Il pouvait se gérer tout seul.
D'un autre côté, il y avait les palais de mille et une nuits qu'il regardait au loin en se disant qu'un jour, il en aurait un. Puis quand il prit conscience en grandissant qu'il avait des pouvoirs, il décida de changer de vie. Au lieu de faire profiter à toute la famille, il entreprit de faire cavalier seul et de s'en aller, au lieu de les aider.
 Il se retrouva au début de son expérience et se demandait où pouvaient bien être ses parents. Il aurait voulu les voir, leur parler pour leur demander pardon. Il pensait à tous ceux qu'il avait tués ou fait tuer, tous ceux qu'il avait maltraités, dénigrés, rabaissés, car ils n'obéissaient pas à ses lois. Il se mit à pleurer sur tout le mal qu'il avait fait. Il se mit à pleurer son fils qu'il aimait tant. Il pensait être invincible, et une femme sourde et muette lui avait donné ce qu'il souhaitait le plus au monde et il l'avait répudié. Elle avait repris son fils. Elle n'était pas inoffensive ! Elle lui avait donné une bonne leçon d'humilité. C'était un test des forces mystiques pour l'éprouver et il était tellement aveuglé et pétri par son orgueil, qu'il avait oublié de remercier la chance qu'il avait. Il se rappelait les consignes qu'il donnait à tout le monde pour que la mère ne puisse pas voir son propre enfant.

Que lui était-il arrivé ? Il était devenu un tyran sans même s'en rendre compte et à présent, il revoyait l'horreur qu'il avait fait vivre autour de lui, alors qu'il avait tout pour être heureux. Il avait le pouvoir, l'argent, l'amour, la beauté, et avait tout gâché. Alors, il décida de changer le cours de sa vie et de redevenir un humain plein de bonté et d'amour et tout se transforma. Il se retrouva dans le corps du jeune homme insouciant qu'il était à dix-sept ans quand il se rendit compte qu'il avait le pouvoir de décider sur sa vie et de celle de sa famille. Il matérialisa de la nourriture et de l'argent, puis l'apporta à sa famille. Pour eux, il était parti quelques mois pour aller travailler et il était revenu. Son père et sa mère le regardaient avec admiration, car il était propre avec des habits propres. Ils avaient faim, cela tombait bien.

Sa vie se retraçait presque à la vitesse de la lumière. Il avait tout remis en place. Ses parents, ses frères et sœurs vivaient avec lui à présent. Il avait une femme sourde et muette et quatre fils. Il semblait heureux. Il avait choisi la voie de l'amour.

Singh avait compris que tout était lié. Ce qu'il avait semé, il l'avait récolté. Ce qu'il pensait pour les autres lui était arrivé à lui. Ce qu'il imaginait dans sa tête se manifestait dans sa vie presque instantanément. Il repensait à son ancienne vie comme d'un cauchemar qu'il essayait d'effacer et se demandait si sa femme était une vraie sorcière, même si elle venait de la contrée de Jolpur, car il l'aimait vraiment. Il se sentait apaisé. Quarante filles ! Non il préfère ses quatre garçons et se sentait privilégié d'avoir fait cette expérience, car peut-être était-il comme dans son cauchemar ? Il ne se rappelait plus si c'était un rêve ou une réalité. Mais il s'en était sorti. Il préférait cette vie.

À partir de cet instant, il décida donc de faire tout le bien possible sans rien attendre en retour, car il savait à présent qu'il est un Être privilégié et peut décider de vivre sa vie dans la compréhension des choses et des Êtres et d'être en harmonie avec tout ce qui est. Selon ce qu'il se rappelle de son autre vie, il faisait vivre ceux qui étaient

autour de lui, dans la tyrannie et la soumission. Désormais, chacun est libre de vivre sa vie.
Tout ce dont il a besoin, et tout ce dont il n'a pas besoin, il le partage avec tous ceux qui ont besoin d'aide et de soutien, il est présent. Il se sentait plus léger, mais il ne maîtrisait pas encore totalement la positivité des choses. Il n'avait pas envie de vivre certaines expériences et il les avait malgré tout. Alors, il décida de faire partie du monde, d'aider le monde dans lequel il vit, sans rien attendre en retour. Ce qu'il souhaitait le plus au monde s'était concrétisé. Il était un petit Indien insignifiant dans les rues que personne ne remarquait, il est devenu le géant sorti de nulle part avec une force extraordinaire qui maîtrisait presque tout. Il comprit que l'on doit rester humble pour soi et pour les autres pour dépasser ses limites. L'univers est peuplé d'Êtres divers, et chacun à la possibilité de vivre son expérience. Cela reste son expérience et il doit la comprendre. S'il ne la comprend pas, il devra vivre des vies et des vies pour la décortiquer.

- *Tu comprends à présent mon cheminement pèlerin, dit Singh. Je suis arrivé tout d'abord à une conclusion pétrie d'orgueil et de pouvoir, pensant que j'étais capable tout seul, de soulever le monde avec mes seules capacités. Je me suis rendu compte qu'il y avait d'autres Êtres avec d'autres pouvoirs, bien plus puissants que les miens, qui étaient d'une humilité dépassant l'entendement. Alors, j'ai banni l'orgueil en moi. J'ai encore du travail à accomplir, mais tu m'as donné dans une vie une parcelle de ta compréhension du monde et je t'en remercie. J'ai compris une chose qui pour moi est très importante. L'homme fait partie du monde terrestre, car dans le monde céleste tout est et l'homme devient l'Être en communion avec son Créateur.*
  Dans le monde terrestre, tout est palpable, car les sens sont réduits. Dans le monde des Orbes, le monde de l'empyrée, le monde de la lumière, tout est. Plus besoin de sensation, de

goût, d'odorat, de toucher, tout cela n'est plus nécessaire, car tout évolue dans l'illimitation de l'existence. Nous avons laissé endormir nos sens et cela prend du temps pour certaines personnes, avant que tout ne se réveille.
J'ai choisi de vivre une vie d'amour en transmettant autour de moi tout l'amour qui se dégage de moi. Les gens n'ont plus peur de moi et me regardent avec bienveillance. Cela m'a permis de me concentrer et de me rappeler certaines de mes vies, mais il me reste encore à découvrir de belles choses. J'ai découvert la puissance de l'esprit. Je me suis rendu compte que je peux me déplacer en pensées et agir uniquement par la pensée. Je peux matérialiser tout ce que je souhaite. Il m'a fallu des vies et des vies pour maîtriser tout ce que j'ai pu découvrir en moi. J'ai acquis une foi inébranlable. Mais je n'ai pas ta prestance. Je dois encore travailler et travailler encore, jusqu'à ce que j'arrive à vivre comme toi et bénéficier de la bénédiction que tu as imprégnée au fond de toi. Tu pensais au fond de toi avant de faire ce pèlerinage, que tu avais beaucoup de choses à apprendre ! Tu n'as rien à apprendre, sauf de te souvenir de ce que tu sais déjà. Te souviens-tu de la première fois que tu as décidé de prendre le chemin initiatique ? Rien ne t'a étonné. Tu trouvais et tu trouves tout normal, car tu les as déjà vécus bien avant cette vie. Les situations, les comportements ne t'étonnent pas. Pour toi, c'est normal. Tu es tombé amoureux d'une fille de plus de deux cents ans ton ainée et pour toi c'est normal. Tu comprends les signes des animaux et tu trouves cela normal qu'une chouette te guide vers une de tes anciennes demeures. Tu redécouvres toutes ces choses que tu as vécues auparavant. Je suis devant toi dans la neige que tu as créée. Inconsciemment, tu sais ce qui te reste à faire et durant le temps qui te reste à finir ton périple, tu auras compris le sens de ta vie dans ce monde.

Je te remercie infiniment de m'avoir écouté, je te laisse poursuivre ta route et te rappeler qui tu es vraiment. Tu découvriras pendant ce temps de marche et au-delà que tu as acquis les pouvoirs qui te seront utiles. Je suis content d'avoir pu t'arrêter et te parler dans cette vie. Nous sommes sur les mêmes longueurs d'onde, mais tu as su mieux que moi au cours des âges, travailler tout le potentiel que tu as en toi, que nous avons tous en nous et que chacun travaille à sa guise et à sa compréhension. Chacun a un potentiel développé et il doit en prendre conscience. Certains ont l'art de peindre, de coudre, de dessiner, d'écrire, de se dépasser par la pensée, de plein d'autres choses. Toi, tu as tout acquis. Tu ne te rappelles pas en totalité, mais ça viendra.

Puis Singh se dématérialisa. Steven se disait qu'ils étaient sur la même fréquence, mais pas sur les mêmes longueurs d'onde. Il y avait toujours la neige autour de lui, et il n'avait pas maîtrisé son épreuve de l'eau.
Singh lui avait dit qu'il avait tout. Il découvrait tout doucement qu'il avait certains pouvoirs. Steven écouta les conseils de Singh et ne fit plus appel au manteau de Mathéos. Il était dans la neige et cherchait son chemin sans trop chercher, car il avait l'impression qu'il était guidé. Il avait discuté longtemps avec son ami l'hindou et trouvait son histoire extraordinaire. Il souriait. Il était bien loin le petit Steven déprimé et malheureux. Il avait fait la connaissance de gens intéressants, tous les uns plus que les autres. Mais Singh lui avait dit qu'il était un immortel, mais n'avait pas eu le temps de lui dire depuis quand !
 Il avançait tranquillement quand il commença à avoir faim. Il décida de s'arrêter pour manger un peu de viande séchée et de fruits que Cisse lui avait donnés. Il n'avait plus de café ! Il n'avait pas pensé en racheter. Sa prochaine sortie, il se ravitaillera.
Pour l'heure, il ne pouvait boire que de l'eau. Il était assis sur un rocher au milieu de la neige et il vit les oiseaux minuscules de Martha

lui apporter les feuilles qu'elle prenait pour son breuvage le matin. Il était content. Il fit chauffer de l'eau et fit infuser les feuilles. Le breuvage n'avait pas le goût du thé de Martha, mais un bon goût de vrai café et la couleur du café ! Steven était émerveillé. Merci Martha ! cria-t-il. Et l'écho lui répondit : « C'est normal, mal, mal, mal... » Puis il but sa première tasse, puis une deuxième comme il faisait d'habitude.
Il avait marché tout le temps sans s'arrêter et voulait se reposer. Tout au bout de la route, il avait l'impression de voir une bâtisse. En s'approchant de plus près, il se rendit compte que c'était une petite chapelle. Au fur et à mesure qu'il arrivait devant la chapelle, la neige disparaissait et laissait la place à un gazon d'une verdure que Steven n'avait jamais vu auparavant. Quand il arriva devant le portail de la chapelle, celui-ci s'ouvrit en grand et un moine sortit en joignant les mains en souriant. Il lui dit :

- *Sois le bienvenu pèlerin, nous t'attendions pour profiter de notre méditation et notre repas du soir.*
- *Merci infiniment, dit Steven en saluant le moine.*

Ce dernier l'invita à entrer pour méditer et partager le repas et, surprise, mis à part le moine qui lui avait ouvert la lourde porte et un autre au fond de la pièce, tous semblaient être des pèlerins poursuivant la même quête que Steven, la marche jusqu'à Saint-Jacques-de-Compostelle. Il semblait être le dernier, mais était content de retrouver des humains normaux. Il salua tout le monde et s'installa avec eux autour de la table. Ils étaient au moins quinze.

Puis le moine prit la parole.

- *Bienheureux pèlerins, nous sommes heureux que vous ayez pu arriver jusqu'à nous. De tout temps, des hommes sont arrivés ici après bien des périples. Certains n'ont pas pu arriver jusqu'au bout, car ils n'avaient pas assez de foi en eux et ont*

*douté de leurs capacités. D'autres avançaient en se demandant où ce chemin les conduirait. D'autres encore avançaient sans crainte en ayant confiance en leurs pouvoirs. Hommes et femmes, vous êtes arrivés jusqu'ici, car vous avez maîtrisé et compris les lois de la vie, les lois de l'esprit.
Vous avez choisi de faire ce périple seul et vous vous retrouvez ici tous ensemble pour communier et partager les connaissances que vous avez acquises. Vous êtes les témoins de la compréhension céleste et terrestre. Dorénavant, vous devrez œuvrer pour aider l'humanité à prendre conscience de sa présence dans le ventre de la mère Nature. Votre route est moins longue que ce que vous avez déjà effectué, et vous êtes apte à franchir la dernière étape.
Tous ici présents, vous avez suivi un chemin initiatique pour vous préparer à de grandes œuvres. Mais connaissez-vous le vrai chemin de l'homme ? C'est le chemin de la vraie vie. C'est le chemin où l'homme prend conscience qu'il est à l'image de son Créateur et qu'il a tous les pouvoirs. Pour cela, il doit s'intérioriser pour tout maîtriser.
Le vrai chemin de l'homme est celui qui est déjà tout tracé et inscrit à jamais dans les archives divines, les archives akaschiques. Tout homme doit le savoir. Tout homme doit voir avec les yeux de l'âme, de manière à tout percevoir, tout entendre et dire les mots qu'il faut, où il faut, car le verbe à sa force, tout comme la pensée. Le verbe, ce sont les mots, les phrases qui sortent de la bouche avec un but bien précis.
Ces mots peuvent avoir une puissance extraordinaire. Les mots peuvent refléter la pensée, mais peuvent aussi dépasser la pensée. C'est l'un des plus grands pouvoirs de l'homme. Ce dernier est doté de pouvoirs extraordinaires, mais il les néglige quelquefois, ou ne sait pas qu'il les a.
La pensée se multiplie en milliards de pensées. Elle peut s'arrêter ou passer furtivement. Elle formule des mots, des*

*gestes, des questions, des interrogations mentalement.
Beaucoup de pensées se concrétisent.
Vous êtes passés par ces moments de réflexion et je vous laisse tirer des conclusions. Nous allons donc nous réunir en pensée pour remercier tous ceux qui nous ont aidés à nous réunir en ce lieu, tous ceux qui sont passés avant nous et tous ceux qui viendront encore sur la route de l'amour, avant de nous restaurer.*

*Il y eut un long moment de silence, puis une douce odeur de rôti se dégageait de la pièce. Le moine qui était au fond de la pièce avançait avec des assiettes et l'autre moine qui avait discuté auparavant, ramenait directement sur la table une grande soupière de légumes et de viande, du vin et du pain.
La soupe était bonne, Steven et les autres se régalaient en silence. Après la soupe et le vin, les invités pensaient que c'était terminé. Mais non ! Il y avait un plat de grosses pommes de terre, des carottes, du chou et encore de la viande, le rôti. Steven et les autres se régalaient.
C'est à ce moment que chacun commença à parler de ses différentes étapes de la marche. Chacun avait plaisir à raconter les différentes situations et avait tiré une leçon positive. Après le plat de viande et de pommes de terre, les moines apportèrent des fruits et de l'eau.
Quand tout fut terminé, les moines proposèrent aux invités le coucher. Il était déjà très tard, mais les discussions devenaient intéressantes. Alors, les moines leur montrèrent leur dortoir, quatre personnes par chambre, leur souhaitèrent bonne nuit et montèrent tout en haut de la chapelle dans leurs chambres respectives.
Les moines disparus, les invités continuèrent leurs bavardages. Et soudain, quelqu'un dit :*

- *On pourrait leur faire la vaisselle avant d'aller se coucher ?*
- *Très bonne idée, dit un autre.*

Tous se levèrent de table. Les uns rassemblaient les assiettes, les couverts, les autres firent couler de l'eau dans l'évier. Sous celui-ci, il y avait du savon et des éponges.
En moins de dix minutes, tout était lavé, essuyé, rangé. Puis tout le monde se salua et rentra dans la chambre qui lui était appropriée. Il n'y avait pas de chauffage dans les chambres, mais c'était confortable avec des couvertures moelleuses et bien chaudes. Steven était avec trois autres colocataires et il décida de se doucher le premier. Il commençait à être fatigué. Après la douche, il ne traina pas, souhaita bonne nuit à tous et s'enfonça dans son lit.
Steven s'endormit comme un bébé, mais fit un rêve plutôt insolite. Il était dans un couvent, agenouillé et en prières. Il était une femme. Elle avait pris le voile à l'âge de vingt et un ans, car depuis qu'elle était enfant, elle était attirée par les connaissances occultes de la vie et voulait comprendre son existence. Elle aimait être en communion avec tout ce qu'elle pensait bon et juste. Elle avait perdu ses parents jeunes et avait un frère qui savait très bien se débrouiller à la ferme laissée par les grands-parents. Elle voulait être l'épouse de Dieu, et elle se sentait guidée. Elle attendit donc sa majorité et fit les démarches pour être religieuse. Elle se sentait enfin libérée, d'autant plus qu'elle avait des visions de plus en plus pieuses qu'auparavant.
Sa consécration eut lieu un an plus tard, après qu'elle se fut assurée qu'elle voulait être au service des hommes en étant dans l'ombre. Elle fit le vœu de chasteté et de piété et depuis, elle se sentait en phase avec elle-même. Elle aimait malgré tout le contact des gens et quand elle allait à son culte, elle aimait bien discuter avec les paroissiens de leur vie de tous les jours. C'était pour elle une façon de distribuer les bienfaits de Dieu qu'elle avait reçus pendant ses périodes de prières. Elle vécut très longtemps et à sa transition, des fleurs se mirent à pousser autour de son lit. Ces fleurs dégageaient une douce odeur de violette.
Steven continua sa nuit et se réveilla tôt le matin. Il repensait à son rêve et se disait que Singh avait raison. Il s'était vu dans une autre incarnation et il était nonne. Quel paradoxe ! Il avait gardé ce côté

méditatif et comprenait mieux comment il pouvait résister aux assauts du corps. Il avait réussi à maîtriser ses pulsions et ne ressentait aucun besoin sexuel. Encore une fois, il avait besoin d'un cahier, car celui-ci, pourtant plus gros arrivait à sa fin.
Il n'était pas seul à être debout, les moines étaient là eux aussi. Il les salua et les remercia de leur hospitalité. Il leur demanda s'il pouvait leur rendre un service. Et les moines répondirent en chœur qu'il avait rendu plus de service qu'ils ont pu lui rendre. Il a apporté une meilleure compréhension du travail accompli.
Puis les moines l'invitèrent à prendre le petit déjeuner. Steven préférait des fruits et un ou deux cafés, qui sait, tout peut arriver pensa-t-il ! Il n'avait surtout pas envie de reprendre un repas lourd après le festin de la veille.
Ils arrivèrent dans une grande cuisine, où il y avait des fourneaux immenses, comme pour accueillir beaucoup de pèlerins. Et miracle, une bonne odeur de café se dégageait de la cuisine. « La journée va être bonne, pensa Steven ».

-14-

L'un des moines lui servit un café et apporta des fruits. C'était le comble du bonheur pensa Steven. Il but un café, puis deux et mangea quelques fruits.
 Après avoir terminé son petit déjeuner, il remercia chaleureusement ses hôtes, prit son sac à dos qu'il n'avait pas trop dérangé et reprit sa

marche vers la route de Compostelle. Il ne savait pas à quelle distance il était de son point d'arrivée, mais il sentait qu'il était proche du but. Il chercha la boîte de remerciements et déposa une bonne somme. Il était content. Quand le portail s'est refermé sur lui, il resta un moment attentif aux bruits et aux signes, comme s'il attendait quelque chose. Il entendit la musique céleste des animaux de la forêt qui barrissaient, beuglaient, chantaient, piaillaient, roucoulaient. L'eau coulait en cascade et détendait l'atmosphère, la terre se remodelait, comme pour faire comprendre à Steven que tous, ils formaient un tout.

Steven ressentait au fond de lui tous les éléments qui se mettaient en symbiose. Il sentait qu'il était un arbre, ressentait les racines, les feuilles, les branches, la sève, le flux et le reflux de la vie. Il pouvait voler et comprenait la destination de l'oiseau pour un but bien précis, vivre. Il ressentait chaque présence, chaque vie, chaque souffle.

C'était la première fois, depuis Matéos, qu'il se sentait pleinement l'entité Steven, et il était émerveillé. Il avait franchi un nouveau pas. Il se rapprochait de l'**UN** et son cerveau se réveilla.

Tout ce qu'il avait entendu et vu ne pouvait remplacer la prise de conscience qu'il avait en cet instant précis. Il était capable de se fondre dans la nature comme Martha. Il comprenait maintenant comment elle pouvait se fondre avec la nature. Elle devenait la nature. Il avait vécu une expérience merveilleuse chez les moines et s'était vu en rêve dans une autre vie. Comment le rêve peut-il se mêler à la réalité ? Et pourquoi ? Il aurait bien aimé rencontrer une autre de ses vies en femme comme il avait vu les autres. Il n'avait pas vu Mathéos, il avait vécu sa vie en lui, l'espace de la lecture d'un manuscrit. Il n'y avait pas d'autres signes.

Il aurait aimé dire au revoir à ses amis d'une nuit, mais il se levait presque toujours très tôt et espérait les revoir au bout du périple. Tout comme lui, ils avaient tous fait des expériences fabuleuses, qui ressemblaient à la sienne. C'est qu'il n'avait pas imaginé toutes ces choses qui étaient bien réelles.

Il devait trouver un nouveau cahier et une poste. Il marcha des jours avant de trouver une ville pour s'approvisionner.
Quand il achetait un cahier, c'était toujours de manière insolite. Il se demandait comment ce sera cette fois encore. En entrant dans la ville, il se rendit compte qu'il n'avait plus beaucoup d'argent. Il lui fallait aussi trouver une banque. Jusque-là, il n'avait pas besoin de retirer d'argent, car il avait pris suffisamment. Mais en réfléchissant, il se disait qu'il n'avait pas beaucoup dépensé pendant ces vingt mois. Il avait bien géré son budget. Il trouva une banque et tira assez d'argent pour finir les deux ans.
Puis il chercha une librairie, et trouva un grand magasin de libre-service où il pouvait tout avoir. L'eau, la nourriture, des cahiers et des stylos. Il en vit une pas très loin de la banque, marcha un peu, poussa la porte et s'enquit de se chercher un cahier pour noter tout ce qu'il pouvait vivre et comprendre. Il n'eut pas beaucoup de mal à trouver un assez épais pour tenir un peu plus longtemps. Jusque-là, il était à son troisième cahier et il sourit. Il s'approvisionna d'eau, de café, de fruits et de conserves de nourriture. Que de choses il avait notées ! Que de choses vécues et comprises. Il était content de sa marche. Il se rendit à la caisse pour régler tout ce qu'il avait mis dans un panier à courses. Et il entendit :

> *« Certains Êtres ont les yeux couverts par un voile si mince, qu'il suffit qu'on le leur enlève pour qu'ils puissent comprendre leur importance dans ce monde ».*

Il regarda discrètement et ne vit personne. Il prit un cahier et s'avança pour payer, quand il vit un homme plutôt jeune, presque un enfant apparaître devant lui à une caisse. Il lui donna le cahier et les stylos et tout ce qu'il avait pris et attendit que la machine fasse le total du montant de ses courses. Et l'homme lui dit :

- *Tu es en phase avec toi-même, car jusqu'à présent tu as été guidé. Mais dorénavant, tu dois dépasser tout seul tes limites* et rechercher l'illimitation. Tu es sur la fin de ton parcours et tu ne sais pas ce que tu vas encore trouver sur ta route. Tu es robuste et intelligent. Tu as dépassé la souffrance, le doute, la tristesse et que te reste-t-il ! Tout ce que tu as pu t'imaginer. Tu vois ta propre vie devant toi ou derrière toi, mais pense à tous ceux qui n'ont rien et se battent pour survivre dans un monde qu'ils n'ont pas compris ou qu'ils n'ont pas voulu comprendre.

Tu sais, la souffrance existe, la douleur, la peine existent et beaucoup d'Êtres sur cette terre ne sont pas arrivés à la même compréhension que toi. Cela leur est difficile de comprendre le monde dans lequel ils vivent. Tu n'as pas eu de la chance, tu as seulement compris et intégré ton environnement. Tu as compris que l'homme décide de son environnement, de son milieu, de sa culture, de sa vie. Tu es celui, qui cherche et qui trouve. Alors, je te remercie d'avoir pu arriver jusqu'à moi et je suis heureux de te donner le dernier cahier et les stylos qui te permettent de garder par écrit tout ce que tu vis. Je te souhaite une bonne fin de route.

Je te remercie de la force que tu nous transmets, je te remercie aussi de la volonté que tu nous imprègnes, je te remercie de tout ce que tu nous donnes sans rien attendre en retour.

- Je pense sincèrement et profondément que tout au long de ma route, j'ai été guidé comme beaucoup d'autres, dit Steven et je crois que c'est moi qui devrais vous remercier tous. Tout au long de mon cheminement, ce pèlerinage a été fructueux. J'ai rencontré des Êtres en accord avec les lois divines et j'ai essayé de prendre en compte tout ce que j'ai pu voir et entendre même au-delà des limites que l'homme a fixées. Je pense aussi que vous avez été mes protecteurs invisibles et pas l'inverse. J'y suis presque arrivé et je me demande ce que je vais trouver à mon arrivée. Beaucoup de pèlerins ont entrepris la marche et chacun a eu une expérience différente, chacun tire une leçon de cette marche.

- *Observe ton cheminement et note sur ton cahier tout ce que cela t'a apporté, dit le jeune homme. Je suis un voyageur du temps et de l'espace. J'ai compris ma vie dans cette vie. Mais avant de comprendre cette vie, je suis tombé dans beaucoup d'incompréhensions, pour arriver à la conclusion suivante que l'homme est son propre maître. Quoi qu'il fasse, il le fait en conscience ou pas. Quelquefois, des facteurs se mettent en travers, parce que cela est nécessaire pour son évolution. L'homme est appelé à s'élever, pas à régresser, mais beaucoup ne l'ont pas compris. Quand ton périple arrivera à sa fin, tu souhaiteras encore repartir, mais ce sera pour d'autres expériences.*
  Je te souhaite bonne route et te dis à bientôt. Je m'appelle Emmanuel et je te connais. Tu n'as pas été étonné de ma présence, car à un moment de ta vie, nous nous sommes croisés.

Steven rangea son nouveau cahier et le reste de ses courses dans sa besace et chercha la poste pour s'envoyer le dernier cahier qu'il avait presque terminé, il lui restait deux pages vierges, mais décida de l'envoyer malgré tout. Il trouva la poste de proximité avec l'aide des passants. Il posta son troisième cahier à son adresse d'un air satisfait. Il se disait qu'il avait eu une bonne idée d'écrire sur un cahier tout ce qu'il pouvait vivre pendant ces deux ans et il avait encore à noter. En rentrant chez lui, il relira tout et peut-être qu'il fera publier un livre pour que certaines personnes qui se cherchent encore puissent se trouver. Il se dépêcha de sortir de la ville quand il entendit la voix de son ami Cisse qui se matérialisa. Ce dernier lui dit :

- *Je crois que tu as presque terminé ton périple et que tu as presque tout vu. Mais il te reste encore un petit bout de chemin à parcourir avant d'arriver au but que tu t'es fixé. Je suis fier de toi et de ta démarche. Tu as été à la hauteur du but que tu t'étais fixé au départ. Arrivé à ce stade, tu ne peux plus régresser, tu ne peux qu'avancer, car c'est le but de l'homme.*

Comprendre toutes les choses dans sa vie et vivre en parfaite harmonie avec tout ce qui est.
Pendant ton parcours, chaque fois que tu rencontrais un Être de ta dimension, en lui il y avait toujours de l'hésitation. Même si ces entités avaient un besoin de connaissance, ils se demandaient comment serait la prochaine étape, toi non. Tu vis chaque instant en t'imprégnant de tout ce que tu découvres autour de toi. C'est cela le jeu de la vie. Chacun choisit son dé et le lance. Si pendant cet instant il a de la peine, de la tristesse, de la joie, de l'amour, de la beauté, de la sécurité ou de l'insécurité, en lançant son dé, il vit chaque étape inscrite dans son esprit à ce moment précis. L'être humain est complexe et simple à la fois. Il ne sait pas ou oublie qu'il a des capacités si intenses, que quelquefois, il s'enfonce dans des abîmes que lui seul peut effacer. Cela semble simple et c'est simple. Observe bien. L'homme a créé ses propres maladies, ses propres craintes, ses propres faiblesses. Te rends-tu compte que pendant tout ce temps, tu n'as pas eu une seule faiblesse ? Tu as adhéré complètement à ta démarche. Tu sais, j'en ai vu des Êtres et beaucoup ont renoncé au bout de la première épreuve.

- *Maintenant ue je te vois en tant que Cisse, j'ai du mal à t'appeler l'homme sans nom auquel je m'étais habitué. J'ai du mal à t'appeler par ton nom et pourtant je vois la même personne et je sais que tes capacités sont les mêmes.*

- *Je peux reprendre mon corps initial si tu le veux, mais je serai à une autre fréquence, car il n'est plus tout à fait comme avant. J'ai appris à le modeler pendant des éons, c'est comme si dans la vie d'un homme je me débarrassais d'un habit que je n'en voulais plus. Il n'était même pas usé. Le temps de le reconstituer ne prendra pas si longtemps, mais j'aime bien ce nouveau corps et je m'y suis habitué.*

- Je ne te demande pas de changer de corps, je l'aime bien, mais il me faut juste un temps d'adaptation.
- Je sais, c'est pour cela que je te taquine. En vérité, je pense vraiment réintégrer mon premier corps, car je vis autrement avec celui que j'ai récupéré qui n'est pas totalement le mien, alors que j'ai façonné, modelé, mon autre corps. Je n'aurai plus besoin de manger ou de boire, de réfléchir et de penser à telle ou telle chose. Je me reconnecterai avec ma vraie nature. Avec celui-ci, j'ai tout à faire et mes cellules sont plus lentes à se renouveler. Je te laisse finir ta connaissance et nous nous retrouverons. Et puis, avec mon vrai corps, je me sens plus libre. Je vis dans le temps, avec le temps. Je vis dans la nature avec la nature. Je profite de toutes les choses de l'univers avec l'univers. Tu sais, c'est une expérience extraordinaire que de vivre dans un corps fait de chair et de sang. C'est une autre constitution, mais tout aussi intéressante. Je ne suis pas d'un monde particulier. Je suis de tous les temps. Tu as eu de la chance, et moi aussi de me voir dans un corps palpable et déambuler devant toi comme n'importe qui. Moi non plus, je ne connaissais pas la différence tant que je ne l'avais pas vécu moi-même. Je suis satisfait de mon expérience. Mais sais-tu que l'homme a plusieurs niveaux de conscience qui lui permettent de passer d'un champ à un autre tout en étant conscients de son existence de vie sur cette terre ? Votre corps est vraiment parfait. Quand on le visite, on se rend compte qu'il a mille capacités, tout comme moi dans mon corps, mais présentées différemment.
- J'ai vécu tous ces plans de conscience et ils sont fabuleux et amusants. Quand moi j'arrive à traverser les mondes à la vitesse de la lumière, vous arrivez pas à pas en franchissant les étapes qui peuvent durer des vies et des vies. Je comprends mieux l'humain et je suis content d'avoir fait cette expérience. Sans celle-ci, je pensais avoir des pouvoirs extraordinaires et je me voyais dans la compréhension qui était la mienne en me

disant qu'il fallait juste penser pour les transcender. Le corps physique a plusieurs transformations à effectuer avant d'arriver à vivre ces plans de conscience. Je l'ai compris en vivant dans le corps de Cisse. Je te remercie encore d'avoir été un moment mon guide et mon soutien. À présent, je redouble d'amour pour le genre humain, car il fait des efforts parfois insurmontables pour arriver à s'élever.

Pendant cette période, j'ai appris dans une autre dimension ce que sont un corps et un esprit. Auparavant, je vivais au gré du temps et de l'infini. Je n'avais aucune conscience, autre que celle de la conscience divine. Depuis, j'en ai une et j'en suis heureux. Je peux comprendre le doute, l'angoisse, la tristesse, la haine, mais aussi la beauté, la bonté, la joie, la paix. Au départ, je ne connaissais que l'amour et uniquement cet état d'être en permanence.

J'ai compris beaucoup de choses dans la vie d'une entité et j'en suis heureux. Je vais permettre à mon corps présent de vivre un certain temps, car il n'est pas habitué à résister aussi longtemps aux régénérations des cellules et à force, il s'épuise. Pour l'instant, cela va à merveille, mais il ne pourra pas tenir deux cents ou trois cents ans, pour cela, il aurait fallu que ce soit dès la conception dans le ventre de sa mère. Alors, je régénère les cellules de plus en plus rapidement jusqu'à ce qu'il ne puisse plus être régénéré et je reviendrai dans mon corps initial. Je laisserai à Cisse assez de cellules neuves pour qu'il puisse vivre longtemps.

Cisse ou le voyageur du temps disparut.

Steven se disait qu'il avait vraiment la chance de vivre toutes ces choses qu'il ne pensait pas auparavant. Il était à mille lieues de penser qu'un jour, il pourrait avoir des cahiers pour noter tout ce qu'il avait pu vivre pendant tout ce temps de marche où il avait compris tant de choses sur sa vie et les choses de la vie. Il se disait qu'il avait pris au moins un siècle, ou peut-être plus. Cela lui était égal, car il était heureux.

« Tu es vieux de plus de trois siècles et encore plus, dit une voix. Tu te réveilles dans une vie, alors que tu as passé bien des vies. Pourquoi tu as choisi Compostelle ? Tu ne l'as jamais quitté ! Tu marches et tu marches encore depuis tout ce temps, tu n'as pas encore compris ! Tu es parti depuis des siècles et tu t'es dépassé jusqu'à ne plus être fatigué physiquement comme tu l'étais au début. Tu as vaincu la souffrance physique pour transcender la force morale. Ce que tu as vu dans les instants de ton périple n'était rien à côté de tout ce que tu as dépassé ! Tu as vaincu les croisades ! Tu es un chevalier ! Tu n'as jamais posé ton armure ! Tu es plus grand que grand ! Tu te cherches encore ? Tu ne devrais plus, car tu as accompli des exploits que ton esprit et ton corps ont adapté pour la circonstance. Quand tu arriveras à ton point final, tu comprendras ta détermination. Va et trouve le reste de ta route, sans même te servir de ta boussole. Tu connais la suite ».

Ce n'était pas une voix connue, et Steven pensait que tous les Êtres invisibles se mettaient à l'unisson pour l'aider à terminer son périple. Il se disait qu'il ne devait pas être loin, car les forces se rapprochaient. Il ne se sentait plus tout à fait Steven. Il ressentait comme l'avait dit la voix qu'il était un chevalier depuis plus de trois cents ans. Il se rappelait à présent qu'il avait une armure, une épée, un bouclier et avait déjà en ce temps-là des facultés qui étaient déjà développées.
Il avait la faculté de voir et d'entendre les choses que la plupart des chevaliers qu'il connaissait ne savaient pas. Pendant des vies durant, il avait travaillé son corps et son esprit et il n'était plus tout à fait la même personne. Il se souvenait de tout ce qu'il avait pu accomplir et se demandait comment il avait pu oublier. Il se sentait en pleine puissance tout à coup.

Il n'avait pas de responsabilité à cette époque, il travaillait dans l'ombre. Tous les chevaliers qui étaient épuisés par tant de croisades n'avaient plus la force de continuer à se battre. Il se sentait léger d'avoir retrouvé peu à peu ses facultés enfouies en lui depuis si longtemps.
Voilà pourquoi il se sentait à l'aise pendant toute cette marche. C'était comme une révision. Il avait tout revu ou presque. Il était accompagné pendant tout ce temps par l'homme sans nom. Et maintenant, il était tout seul. Il n'avait plus de guide. Il ne se sentait pas seul, mais était habitué à converser avec différentes personnes.
Il devait parler avec lui-même et découvrir tout ce qu'il avait pu emmagasiner tout au long de ses vies. Il avait tout compris, mais n'avait pas encore toute la maîtrise.
Il s'était vu dans plusieurs situations et trouvait cela normal, parce qu'il avait eu plusieurs vies, avec des expériences fructueuses qui l'ont mené à comprendre de plus en plus sa vie dans cette vie.
Il réfléchissait à tout cela, quand l'homme sans nom lui apparut comme au début, avec ses habits d'un autre siècle. Il était content de l'avoir retrouvé, comme il l'avait connu la première fois, et avait l'impression qu'il le comprenait mieux. Il souriait, et lui dit :

- *Je t'ai laissé un peu de temps pour te retrouver et me retrouver. Je suis content d'avoir fait cette expérience d'un autre corps et d'avoir eu des pensées bonnes ou moins bonnes. Je n'ai pas eu besoin de ton aide, car je devais juste laisser un corps pour reprendre le mien initial, ce corps qui se régénère tout seul, celui auquel je m'étais habitué depuis tant de siècles. Cela a été plutôt simple, car le corps de Cisse n'arrivait pas trop à se renouveler et j'ai dû lui insuffler des cellules neuves pour qu'il puisse vivre plus longtemps. Je suis aussi content de tes exploits, car pendant tout ce temps, tu as rencontré des personnes qui pourraient sembler être là par hasard, mais c'était surtout pour t'aider à mieux comprendre. Tu te demandes ce que j'ai bien pu faire de Cisse ? Il est toujours en vie, mais ne comprend pas trop pourquoi il est encore en vie, alors qu'il avait vu sa vie défiler devant lui. Il avait mis cela sur le compte de ses ancêtres qui l'avaient aidé à sortir de ce tunnel. Il croyait qu'il avait rêvé et se voyait avec des pouvoirs énormes, qu'il pouvait tout faire, tout voir, tout entendre, tout comprendre. Je ne lui ai pas enlevé sa vision des capacités qu'il avait en lui, car à présent, il essaie de les maîtriser et c'est bien. Il a parlé avec ses ancêtres, et tu le reverras un jour. Comprends-tu ? Je suis rentré en lui à un moment où il était inerte. Je ne pouvais pas me débarrasser de son corps sans lui laisser le soin de profiter de sa nouvelle vie. Je devais l'aider à prolonger sa vie comme il avait convenu au départ. Mais je suis content de m'être retrouvé. Tu dois terminer ton challenge, alors je te dis à bientôt.*

Et l'homme sans nom disparu à nouveau en hurlant de toutes ses forces, « je suis revenu ! »

L'écho lui répondit.

-15-

Steven avait entendu qu'il n'avait plus besoin de la coquille comme boussole, mais il la garderait toute sa vie pour se souvenir. Il marcha au gré du vent et se laissait guider par son instinct. Il marchait toujours longtemps avant de trouver un endroit agréable pour se reposer.

En attendant, il profitait de la nature et de tout ce qu'elle pouvait lui apporter. Il avait l'impression qu'il n'était pas seul et que plusieurs entités le guidaient vers le chemin à prendre et cela le faisait sourire. Il se laissait guider au gré des éléments de la nature. Il était sur un sentier, large cette fois et bien dessiné comme s'il était emprunté tout le temps. Il entendait les oiseaux discuter entre eux, les feuilles qui se murmuraient des histoires avec l'aide du vent, la terre qui crissait sous ses pieds.

Tout à coup, il vit le cerf à nouveau. Il était splendide, majestueux dans la nature, ce dernier le regardait sans broncher. Ces cornes avaient repoussé. Il avait dû le suivre, pourtant, il avait fait des kilomètres. En général, ces animaux étaient craintifs et fuyaient l'homme plutôt que de se laisser approcher.

Il était proche de l'animal à présent qui essayait de lui faire comprendre certaines choses en émettant des sortes de beuglements en secouant la tête de droite à gauche, Steven ne comprenait pas. Brusquement, il se souvint du morceau de corne que Cisse son ami lui avait apporté. Il fouilla dans sa besace, sortit l'objet, le prit dans les mains et ferma les yeux. Tout de suite, il entendit :

« Je peux enfin te parler et me connecter à toi, j'en suis fort heureux, car peu de gens perçoivent ces signes. Tu t'es connecté à moi et j'ai une supplique à te soumettre. Je suis prisonnier de ce corps que j'ai endossé malgré moi, car, comme l'homme sans nom, je voulais vivre l'expérience autre que celle que je vivais. Le voyageur avait choisi le bon moment. Ta venue dans cette vie lui a donné la possibilité de faire l'expérience de l'autre monde. Tu étais présent pendant tout le temps de son expérience sans même t'en rendre compte, car tu es lié à lui, et lui à toi. Ainsi, il a pu ressortir victorieux du combat qu'il avait choisi avec la mort. Il t'avait attendu, il savait que tu pourrais l'aider. J'aurais dû attendre d'avoir une âme comme toi à portée de mains pour vivre la mienne ».

« J'ai échoué, je me retrouve emprisonné dans mon expérience. Sans l'aide d'un humain aguerri, je ne peux retrouver mon état initial. Tu

es celui qui peut m'aider à me retrouver. Sais-tu depuis combien de temps que je suis dans ce corps animal ? Bien plus que tu ne peux l'imaginer. J'ai été chassé, mais jamais je n'ai été pris, car il m'était impossible de mourir dans ce corps, sans avoir terminé mon expérience de vie sur terre. Mon corps animal se renouvelle comme celui de l'homme sans nom et je n'y peux rien ».

« *J'ai suivi ton parcours, je sais que tu peux m'aider. Tu as l'art et la manière de te projeter dans la vie et l'histoire de celui ou celle que tu as en face de toi. Je ne suis pas humain extérieurement, mais j'ai l'âme humaine enfouie dans cette carcasse animale. Alors, visualise ma vie, mon histoire comme tu l'as fait pour Martha et les autres, et je redeviendrais moi-même, grâce à toi. Tu as du mal à le croire, mais c'est la vérité. Regarde au fond de toi-même, et dis-moi comment tu me vois ».*

Steven fera les yeux en tenant le morceau de corne dans les mains et se projeta sur le cerf. C'était un jeune homme qui est né il y a quatre-vingt-dix-huit ans dans une famille noble et riche. Ce dernier était avec son frère jumeau, les seuls de la famille à vivre des choses insolites que les autres ne connaissaient pas. Son frère lui, était plutôt du genre prudent.

Quand ils faisaient leurs expériences, ils préféraient être ensemble. Mais Poupi lui, adorait expérimenter les situations et depuis son plus jeune âge, il aimait se transformer en animaux, en plantes, en arbres ou arbustes, mais ne s'attardait pas. Puis un jour, il vit un cerf se faire tirer dessus et il eut pitié. Il prit la place de ce cerf, et au lieu de mourir pour le plaisir du chasseur, il s'engouffra dans la forêt et sauva le cerf qui allait servir de repas et de couverture pour les chasseurs. Il n'avait pas réfléchi en rentrant dans ce corps qui suivait son cycle de vie.

Depuis, il ne pouvait plus revenir en arrière, car il avait arrêté un processus de la nature contre nature et devait errer dans ce corps indéfiniment, sauf s'il trouvait un humain qui avait les capacités de se transcender, pour lui permettre de retrouver son corps initial. Il se retrouva emprisonné dans une magie de la nature et ne put trouver, ni même penser au processus de retour. Il avait côtoyé beaucoup de gens pendant tout ce temps et personne n'avait su déceler les signaux qu'il transmettait à tout va !

Cela faisait une éternité qu'il se promenait au gré du temps ! Jamais personne n'avait fait attention à lui, à ses cris de détresse, sauf pour essayer de le tuer et le manger. Aujourd'hui, ce jour est arrivé. Il va pouvoir se retrouver. Il ne retrouvera plus sa famille qui l'avait aimé, plus sa mère qui l'avait enfanté, mais il se sentit humain pendant un temps peut-être et la vie suivra son cours. Mais il voulut savoir et comprendre jusqu'au bout, les pouvoirs qu'il avait eus et ce qu'il aurait pu en faire. Et Steven revit la vie du jeune homme.

Il se nommait Poupi et venait de la Laponie. Il connaissait ces espaces de verdure pendant un temps si long et voulait revivre son enfance dans le grand froid et la neige. Comment a-t-il fait pour arriver dans ses montagnes ?

Parce qu'il avait eu tout le temps de marcher, de courir. Au début, il restait proche de sa famille. Ses parents et son frère étaient désespérés. Ils avaient fait des battues et avaient cherché partout, il s'était volatilisé. Son frère ne pouvait dire à la famille qu'ils faisaient des expériences tous les deux et que son frère avait disparu dans une autre dimension. Pendant des années, toute la famille espérait qu'il réapparaîtrait un jour. Le frère jumeau savait qu'il était quelque part, mais où ? Puis au fil du temps, la famille vieillissait, la mère ne se remettait pas de la disparition de son fils. Elle était morte et il ne pouvait leur faire comprendre qu'il avait fait une expérience malheureuse. Tous pensaient qu'il avait disparu ou qu'il était mort quelque part sauf son frère jumeau.

Ce dernier finit par se marier, eut des enfants et était devenu grand-père. Poupi se disait qu'il devait être très vieux ou mort depuis. En tant qu'animal, il ne pouvait guère réfléchir et ne pouvait se mettre en contact avec son frère jumeau. Il était bien vivant après toutes ces années et avait vécu comme dans la vie d'un humain pendant plus de quatre-vingt-dix ans. Il était splendide et tous les chasseurs le voulaient au bout de leurs fusils. Alors, il cherchait ses semblables les

cerfs, et restait auprès d'eux. Il ne pouvait avoir de compagne, car il n'était pas vraiment un animal et les humains ne savaient pas qu'il était un humain au fond de lui. Il aimait le contact avec la nature, la neige et se sentait vivre malgré sa souffrance intérieure. Il avait marché, avait aussi beaucoup fui. Il se sentait las et voulait vivre une vie humaine.
Steven sortit de sa transe et regarda le cerf qui avait deux grosses larmes qui roulaient jusqu'à son museau. « Un animal ne pleure pas pensa-t-il ». Il prit la tête de l'animal dans ses deux mains et se replongea dans la vie du cerf. Peu à peu, ce dernier se transformait en un corps humain.
Il sentit sous ses mains les yeux fermés que le corps animal laissait place au corps humain. La transformation était magique.
Quand Steven rouvrit les yeux, il avait en face de lui un jeune homme, bien plus petit que lui, mais trapu et qui dégageait une force extraordinaire. Steven fit un pas en arrière pour mieux observer ce miracle. Le jeune homme avait encore les larmes aux yeux et lui dit :

- Merci pour ton aide. Ce jour est le plus beau jour de ma vie. C'est comme une renaissance. J'ai rêvé de cet instant tous les jours depuis que je me suis mis dans cette situation. J'avais envie de manger comme les humains, mais je ne pouvais pas. Mes gustatives étaient différentes et je ne pouvais manger que ce que les animaux mangeaient. Je comprenais ce que les humains disaient entre eux, mais je ne pouvais répondre. Ton ami Cisse, ou l'homme sans nom m'a parlé une fois, mais ne pouvait pas m'aider, même s'il n'est pas un Être ordinaire. Il fallait un humain comme toi pour me sortir de là. Tu vois, pendant ta marche, tu as eu des expériences inattendues et je suis content que tu aies pu me ramener à mon corps initial, car sans toi, je serai encore en train de me cacher des chasseurs à la recherche de sensations fortes. C'est le cours normal de la vie. J'ai côtoyé aussi d'autres humains qui se changent en animaux ou en plantes ou autres choses, mais je ne comprends

pas comment je n'ai pas pu revenir à mon état initial. Merci encore. Je ne sais pas où aller. J'ai encore l'air d'un enfant alors que je me sens adulte. Je voudrais vivre la vie d'un homme et je ne sais par quel bout commencer. J'ai aperçu tout au long de ma vie animale les méandres de la vie d'un homme, mais je me sens encore animal tout en étant un homme. Je me souviens que l'on mangeait de la nourriture cuite et je voudrais goûter à nouveau. Reprendre les sensations d'avant. Tu m'as aidé jusque-là, peux-tu m'aider à trouver de la nourriture ?
- *Il suffit de demander ! dit Steven. Et il matérialisa du poulet rôti, des pommes de terre et du chou. Quand tu te changeras à nouveau, pense toujours que tu es un être humain et cela ne t'arrivera plus.*
- *Comment fais-tu ça ? demanda Poupi. Moi j'arrivais à me changer en ce que je veux. À présent, je ne sais plus. J'ai peur d'essayer à nouveau. J'ai vécu trop de temps dans le corps d'un animal, je ne suis pas pressé de revivre l'expérience, mais toi, tu ne vas pas mourir de faim !*
- *Non, je ne me vois pas mourir de faim, dit Steven. Chacun à des capacités bien enfouies au fond de lui qu'il doit éduquer et travailler pour arriver à les faire jaillir. Depuis que j'ai entrepris de faire la marche, je découvre plein de choses sur les possibilités de l'homme, de son corps physique et de son esprit. Je suis content de te connaître et ainsi me permettre de me découvrir au fur et à mesure de mon existence. Il n'y a pas si longtemps, je ne savais pas que je pouvais matérialiser la nourriture et bien d'autres choses encore, je m'adapte tout doucement. Toi, tu as découvert avec ton frère que vous aviez des possibilités, moi je ne le découvre que maintenant et je compte bien garder et exprimer l'univers à travers mes actes.*

Poupi sentit la bonne odeur de poulet rôti, les pommes de terre

cuites et le chou et ses sens gustatifs commencèrent à se réveiller, il goûta et trouva cela bon. Il n'avait plus envie de manger de l'herbe et retrouvait peu à peu son état d'homme.
Steven qui était toujours prêt à manger l'accompagna. Ils riaient ensemble de leurs découvertes, car Poupi était étonné des pouvoirs de Steven et celui-ci était lui-même étonné de sa dextérité.
Ils mangeaient tranquillement quand l'homme sans nom apparut comme par enchantement. Poupi le regarda. Il était émerveillé et lui dit :

- Je suis content d'être en face de toi comme un homme devant un homme. J'ai erré tout ce temps sans pouvoir trouver l'élixir pour me permettre de me retrouver. Un jour, tu m'avais fait comprendre que je sortirai de ce sortilège, mais je n'y croyais pas vraiment.
- L'homme est né pour se dépasser, commander les éléments et vivre en parfaite harmonie avec la nature. Mais il doit suivre les lois et les préceptes établis depuis la nuit des temps. Quand il essaie de dépasser ces lois, il se retrouve pris dans les filets de l'insondable. Comme Steven te l'a dit tout à l'heure, tu dois toujours te rappeler que tu es une entité qui maîtrise tout autour de lui, que tu es un être humain. Car tout ce qui vibre autour de toi a été créé par les pensées de l'homme et de ses actes. Tu ne dois pas te laisser dépasser par eux, car tu es par ta conscience, celui qui a tout matérialisé autour de lui.
  Je suis content du déroulement de la situation et je te souhaite une nouvelle longue vie, pleine d'expériences profitables. Je suis moi aussi heureux d'avoir retrouvé mon corps initial, car je vivais avec l'histoire d'un autre homme tout en étant conscient que j'étais une autre entité.
  J'ai vécu dans la vie de Cisse des choses extraordinaires et je ne regrette rien. J'ai transmis à cet homme un peu de ma longévité et j'espère qu'il gardera tout ce que je lui ai enseigné mentalement. Il n'est pas encore habitué avec ces

nouvelles connaissances. Tout comme toi, il réapprend à vivre autrement, avec d'autres connaissances. Il voit sa famille autrement et il les bénit tout le temps, car il doit s'en rendre compte à présent qu'il a un potentiel, sa famille. Il n'était pas le seul homme du village, ils étaient même plus nombreux que les femmes, et ils aimaient se réunir dans la grande salle et se rappeler les histoires de leurs ancêtres.

Mais il était le seul homme de sa famille proche à ressusciter des morts ! Tout le monde pensait à l'homme blanc qui était venu avec lui et qui a disparu, sans laisser de traces. Personne ne savait ce qu'il était devenu. Cet homme avait été en contact avec ses ancêtres et lui avait donné le pouvoir de la longévité. Mais comment faire pour retrouver cet homme !

Il avait pris conscience de l'importance de la vie et il rendit un hommage à son Créateur. Toi aussi, tu t'habitueras vite aux fonctions de ton corps et tu découvriras tout ce que tu as en toi. Au fait, ton frère jumeau est encore de ce monde en Laponie, là où tu es né. Il n'avait jamais admis ta mort et il est l'un des plus vieux du village, il t'attend. Depuis que tu as retrouvé visage humain, il te voit comme auparavant. Cela te fait peur de revivre tes expériences d'antan, lui non. Il fait des miracles dans l'ombre et autour de lui, il a créé un champ d'amour et de lumière.

- *Mais, je l'ai cru mort, dit Poupi ! Comment est-ce possible !*
- *Tu t'es vu mort quand tu as accepté ton corps et ton esprit animal, dit l'homme sans nom. Vous êtes de vrais jumeaux ton frère et toi. Il sait que tu es toujours en vie. Vous avez fait les mêmes expériences, mais lui a toujours été plus prudent que toi. Il te voit humain, mais ne connaît pas ton expérience animale. À présent, il te voit comme tu es et il est heureux. Tu ne pensais même pas qu'un jour tu reverrais qui que ce soit de ta famille et tu t'es fait une raison. Mais tu reverras ton frère, car il est bien vivant. Il ne te voit pas vieux, mais tel que tu es. Il se dit que c'est de la magie.*

- *Comment faire pour aller jusqu'à lui ? demanda Poupi.*
- *Tu n'as pas besoin d'aller jusqu'à lui, dit l'homme sans nom. C'est ton double, tu es lui, il est toi, alors regarde devant toi et vois ton frère qui est maintenant plus vieux que toi physiquement, mais en aussi pleine forme que toi.*

Et Poupi vit son frère jumeau de quatre-vingt-dix-huit ans comme lui, mais avec un visage beaucoup plus mûr que lui. On aurait dit le grand-père et son petit-fils. Mais il savait que c'était son frère jumeau. Ils se serrèrent l'un contre l'autre pendant longtemps en ayant du mal à se détacher l'un de l'autre. Quand ils se séparèrent enfin, le deuxième miracle se produisit.
Ils étaient devenus comme ils étaient avant de se quitter, et le frère de Poupi dit à celui-ci :

- *Je savais que tu étais toujours de ce monde dit Gomi, et je suis heureux de te retrouver, car à présent, en plus de t'avoir retrouvé, je redeviens comme quand tu as disparu. Je suis comme toi, c'est mieux que si tu étais comme moi. J'aimerais bien comprendre ce que tu as fait pour rester tel que je t'ai connu. Tu avais disparu. Tout le monde pleurait ta mort, sauf moi, car tu m'envoyais des signaux de ta vie. Je ne comprenais pas tout, mais j'avais la certitude que tu étais en vie.*
J'ai vécu ma vie tout en ayant en pensée qu'avant de quitter ce plan, je te reverrais. J'ai des enfants, des petits enfants, des arrière-petits-enfants et j'aurais du mal en cet instant à leur dire que je suis leur grand-père. Ma femme s'en est allée il y a tout juste un an et tout en marchant, je me disais qu'il ne me restait qu'une chose, avoir la certitude que tu es bien vivant. Je suis heureux d'avoir cru à ton existence pendant tout ce temps. Moi, j'ai des descendances, pas toi, comment vas-tu faire ? Je ne suis plus du tout neuf, toi si. Alors je me fonds en toi pour que tu vives ce que j'ai vécu, sinon plus. Je t'aime et je suis heureux. Je suis toi et tu es moi ne l'oublies pas.

187

Et Gomi se fondit en son frère.

Au même moment, en Laponie dans son village natal, on célébrait ses funérailles. Quelques jours auparavant, on l'avait retrouvé dans la neige, le visage souriant.
Poupi resta un moment à réfléchir à ce qu'il venait de vivre. Il avait retrouvé son frère l'espace d'un instant qui lui semblait trop court et aurait aimé qu'il lui raconte sa vie, son histoire. Les évènements se sont succédé et il était comme dans un tourbillon. Steven comprenait sa tourmente et compatissait. Il souhaitait terminer son parcours et ne savait comment laisser Poupi à sa nouvelle vie.

L'homme sans nom avait disparu depuis et il se retrouvait seul avec son nouvel ami.

Steven se concentra et vit la vie future de Poupi. Ce dernier arrivait à bien s'habituer à sa nouvelle vie et il était content. Il avait à nouveau le plaisir humain et retrouvait ses sens. Il était heureux et triste à la fois. Il avait perdu son frère et n'avait pas trop eu le temps de discuter avec lui.

Brusquement, Steven eut une sorte de vision. Gomi était rentré dans le corps de son frère, c'est qu'il n'était pas tout à fait mort, et a promis de lui faire vivre la même expérience que lui. Avoir une vie de famille avec femmes, enfants et petits-enfants. Alors, il prit les mains de Poupi dans les siennes et lui dit :

- *Ton frère jumeau n'est pas mort, vous êtes deux à présent. Son vœu le plus cher est que tu rattrapes le temps que tu as perdu. Alors, tu fermeras les yeux et te retrouveras chez toi, en train de parler à nouveau ta langue natale qui aura changé quelque peu et tu vivras ta vie d'homme en Laponie. Va, et sois*

heureux. Tu m'enverras des messages de temps en temps par télépathie. Je suis content de t'avoir aidé, car je me suis aidé moi-même. Je viens juste de réaliser que je suis capable de bien des choses. Merci à toi.
- *Non, Steven, c'est moi qui ne te remercierai jamais assez pour l'exploit que tu viens d'accomplir. J'ai retrouvé mon corps, mon frère et je vais pouvoir vivre comme un homme. Non, mon frère n'est pas mort. Il a quitté son vieux corps, pour vivre à nouveau avec moi les délices et les combats de cette nouvelle vie. Je me sens double et je sais que je ne suis plus seul. Il m'apprendra à éviter les écueils qu'il a franchis seul. Il m'apprendra à donner de l'amour à une femme, à voir grandir mes enfants et mes petits-enfants. Grâce à toi, nous commençons une deuxième vie. Merci d'avoir été là au bon moment.*
- *À bientôt, dit Steven.*

Il serra les deux mains de Poupi dans les siennes pendant un instant, puis ce dernier disparut.

-21-

Steven ouvrit les yeux, et Poupi était parti. Il resta assis un bon moment à même le sol en se disant qu'il avait dû faire un rêve. Comment a-t-il pu téléporter un être humain par la pensée ? Quelle force il avait développé en lui et réalisa qu'il doutait encore de ses capacités.

- *Parce que tous les trois vous étiez en phase avec la nature, dit l'homme sans nom qui apparut en souriant. Tu oublies que les*

jumeaux avaient aussi des capacités bien développées et que si l'un avait peur de refaire des expériences, l'autre pendant toute sa vie les a développées tout comme toi, sinon encore plus ses possibilités. D'ailleurs, tu parlais aux deux en même temps sans t'en rendre compte. Gomi avait eu la vision de son frère vivant après tant d'années et ce dernier n'avait pas pris une ride. Il était resté le garçon qu'il avait dans ses souvenirs. Il pensait que son cerveau était resté bloqué à cette image et pensait retrouver son frère comme lui, un vrai homme de quatre-vingt-dix ans et plus. Sa surprise et sa joie étaient immenses. Quand il prit son frère Poupi dans ses bras, une vague de jeunesse l'envahit et il décida de quitter son corps vieux pour vivre avec son frère qu'il avait retrouvé après si longtemps. Des deux, il était le plus prudent. Mais en voyant son frère qui était resté jeune et fort, il s'est dit qu'il avait dû trouver un élixir de jeunesse et voulait vivre la même expérience. À présent, ils se sont retrouvés et ont une foule de choses à se raconter. Tu comprends, maintenant ils ne peuvent plus se séparer. Poupi retrouvera toute sa puissance dans Gomi qui lui expliquera les choses de la vie. La vie est un perpétuel recommencement. Poupi a vécu une histoire qu'il n'est pas près d'oublier. La confiance qu'il avait acquise s'est atténuée, car il se sentait faible et seul.
Quand on s'attarde aux choses vaines, on ne prend pas le temps d'apprécier les vraies valeurs de la vie. Tu vois, rien n'est fait au hasard ! Tu étais là au moment voulu pour transcender le cycle animal de Poupi. Tout comme Martha qui n'a pu être vu que par peu de gens, dont toi, car le moment était venu de passer à autre chose.
Elle avait compris son utilité dans cette autre vie, plutôt que de rester au milieu de la nature, comme toi tu as compris pendant tout ce périple, pour te permettre de vivre des expériences autres que ce que tu as vécu jusqu'ici. Tu comprends à présent les pouvoirs de ton corps et de ton esprit ? Sais-tu que

l'homme a plusieurs niveaux de conscience ? Tu sais à présent que tu peux toujours te dépasser et que tu dois encore t'élever pour mieux comprendre le processus de ta vie. L'homme commence par prendre conscience qu'il peut voir, entendre, manger, respirer, sentir, réfléchir, comprendre.
Puis il découvre qu'il a des muscles, de la chair, du souffle et apprend à marcher, à percevoir la vie. Il réalise qu'il peut courir, sauter, danser. Il progresse tout doucement, grandit comme une plante et réalise qu'il est un individu plein de capacités. Alors, il les exploite et découvre ce dont il est capable extérieurement, mais souvent oublie de regarder à l'intérieur. Il oublie de se connecter avec la source.
L'homme est une entité parfaite et bénéficie de tout ce que l'univers a en lui. Il dispose de tout et est en tout. Pourquoi cherche-t-il ailleurs ce qu'il a en lui et autour de lui ? Parce qu'il n'a pas tout compris. Tu dois vivre ta dernière expérience et je te laisse trouver le vrai chemin de la vérité.
Tu as marché tout le temps seul ou avec de la compagnie et à chaque fois, tu as pu t'adapter et mettre en œuvre une partie de ce que tu as en toi. Avec toutes les notes que tu as prises tout au long de ta marche, tu vas pouvoir te rappeler les expériences que tu as eues, celles que tu n'as pas fini et celles qui doivent se terminer. Tu n'es même plus Steven dans sa globalité, tu es comme beaucoup d'autres, un Être plein d'expériences et de connaissances. Tu es arrivé maintenant au sixième plan de conscience ou tu es dans une sorte de communion avec tout ce qui vibre.
Tu perçois et reçois la lumière céleste et comprends que la vie n'est pas seulement ce que nous voyons avec les yeux physiques, mais ce que nous comprenons et ressentons. Dans chaque vie, notre aptitude à comprendre l'existence dans laquelle nous évoluons est importante. Tu n'es plus tout à fait Steven du début de la compréhension de sa vie, tu es l'entité

qui vibre au rythme de la nature et tout ce qu'elle contient. Cela s'appelle être en phase.
Médite pendant cette dernière étape et vois ta progression fulgurante, parce que tu t'es souvenu de ce que tu savais déjà. Tu t'es souvenu de ton illimitation et de ton indépendance. Tu as passé en revue tes pouvoirs et ta connaissance. Tu as vécu à nouveau tes capacités et tu comprends maintenant ton but dans tes vies. Surtout dans celle-ci, où tu es passé par tant d'épreuves qui pour toi étaient dures, mais nécessaires pour te permettre de vivre pleinement. Tu vis tout cela de plus en plus et tu te sens avec toi-même et avec tout ce qui vibre. Maintenant, va vers ton expérience ultime, note tout sur ton cahier, car pendant un moment, tu risques de plus t'en souvenir et croire que tu as rêvé. En relisant tes écrits, tu te souviendras que tu as vécu ces étapes et que ce n'était pas des rêves. Quelquefois, l'homme qui est en phase avec lui-même, doit vivre des situations dures, très dures pour comprendre que la vie dans laquelle il vit, est celle qu'il a voulue consciemment ou inconsciemment. Il a dû se remodeler une vie avec ce qu'il avait devant lui, autour de lui, avec lui. Il se fait une image avec ce qu'il pense posséder. Parfois, il passe toute une existence en se posant la question sur sa destinée, et ce qu'il doit en faire. Heureusement, ce n'est pas général. Des Êtres comme toi avancent et progressent. Réfléchis sur tout cela et termine ton parcours.

Puis l'homme sans nom disparut.

Steven regardait autour de lui. Il était à nouveau seul sur sa route. Il sortit la coquille de sa besace, puis se rappela qu'il était arrivé au stade où il n'en avait plus besoin. Il rangea celle-ci comme une relique et ferma les yeux. Il vit Poupi qu'il lui faisait de grands signes et en lui disant qu'il était heureux. Le visage de ce dernier se transforma en celui de son frère, il semblait lui aussi heureux. Son travail de ce côté-là était terminé. Il était content de sa progression, et de pouvoir vivre ces moments magnifiques.

Il réalisa qu'il était en Espagne et cherchait la crypte de l'apôtre Jacques. Qu'allait-il trouver ? Il n'avait pas envie de réfléchir sur ce sujet. Il avançait allègrement sur les sentiers, les routes et les chemins qui s'offraient à lui. Il était au milieu de la journée et se demandait comment il réagirait quand il sera en face de cette crypte que les chrétiens vénèrent.

C'était la dernière étape et la plus éprouvante psychologiquement selon lui. Jusque-là, il avait toujours eu l'aide de l'homme sans nom. Il avançait tranquillement avec sa besace sur le dos, quand il vit devant lui une femme majestueuse qui, comme l'homme sans nom, avait l'air sans âge. Elle était d'une simplicité parfaite, mais dégageait une force mentale extraordinaire. Elle le regarda droit dans les yeux et lui dit :

- Je te salue homme de persévérance. Tu es presque au terme de ton voyage et je constate que tu as bien grandi. Tu as su te dépasser et arriver jusqu'ici avec la force de ta pensée. Tu as compris tes limites et as su comprendre comment évoluer vers de nouvelles connaissances. À présent, tu es prêt pour l'ultime épreuve, celle du feu. Tu ne te rappelles pas de moi, mais avec le temps, tu t'en souviendras. Il y a de cela des siècles, j'étais comme toi un chrétien sur la route en prêchant la bonne parole et en pressant les hommes et les femmes de bonne volonté de se joindre à nous. Comme toi, je travaillais dans l'ombre. Oui, j'étais un homme. Si tu repars dans les méandres de ta mémoire, tu te souviendras que j'étais l'un de tes amis et nous étions nombreux à vouloir suivre Jésus l'immortel, devenu le Christ. Chacun de son côté visualisait, priais en bénissant les moments de communion de cette vie que nous vivions alors.

Nous ferons la route ensemble et je t'indiquerai la crypte de l'apôtre saint Jacques. Tu es libre de te recueillir ou pas, car

tu n'es plus chrétien, mais tu adhères à la compréhension du pèlerinage, puisque tu as décidé de l'entreprendre.
Selon l'histoire, Jacques qui était un des disciples de Jésus partit prêcher vers les côtes d'Afrique, de Mauritanie, de Nubie et de Carthage. À son retour vers Jérusalem, il fut décapité. Ses compagnons transportèrent ses reliques en Galice, dans la Cathédrale à Compostelle. Depuis, des pèlerins de tous horizons arrivent par milliers depuis des siècles et le pèlerinage continu. Je te le dis pour que tu puisses te souvenir que toi aussi à un moment, tu avais déjà entrepris de faire ce pèlerinage qui t'avait pris le même temps. C'est qu'au départ, inconsciemment tu t'es souvenu.
Ce que nous avons imprégné dans nos cerveaux ne s'efface jamais, tant que nous nous habituons à nous souvenir. Tu comprends à présent que chacun de nous a le pouvoir de décider de sa vie. L'homme peut rester dans l'environnement où il est né, sans jamais chercher à comprendre pourquoi il est né.

Mais celui qui cherche, trouve et adhère à la compréhension divine. Il ne cherche plus de solutions à ses problèmes, car à ce stade, il n'y a plus de problème. Il y a la vie et il n'y a plus de mort. Il y a la beauté et il n'y a plus de laideur, mais à la compréhension de chacun. Ce qui peut être beau pour toi peut ne pas l'être pour un autre.
La richesse pour toi peut être différente pour un autre. Ce qui est primordial pour toi peut ne pas l'être pour ton frère.

-16-

- *Cela veut dire que chacun est différent, mais doit accepter la différence qu'il voit en l'autre. Chacun est unique, mais est relié par la corde d'argent à la puissance divine. Il n'y a pas de temps ni d'espace, car tout est dans l'instant présent. Chacun de nous est lié à la puissance divine, et nous avons chacun une mission, une place qui n'est pas celle de l'autre. Nous avons tous le même potentiel, mais tous, nous n'avons pas encore ou si peu développé les capacités que nous avons en nous. Tu as fait ton périple dans la joie et l'allégresse. Tu t'es débarrassé du lourd fardeau que tu portais sur tes épaules, car tu t'es ouvert au flux divin. Cela t'a pris bien des incarnations, pèlerin, mais en ce jour, tu es prêt à recevoir ta dernière initiation. Mais je vais te laisser ici, pour te permettre de poursuivre ta route.*

Et elle disparut comme l'homme sans nom. Comme l'homme sans nom, elle ne s'était pas présentée. Il espérait la revoir pour discuter un peu plus, mais le périple touchait à sa fin, il pourra juste le noter sur son cahier.
Steven se disait qu'il était à la fin de son parcours et devait encore faire plus attention aux choses qu'il avait autour de lui. Il avait son dernier cahier à compléter et devait rajouter le plus de détails possibles.
Il comprenait de mieux en mieux pourquoi il avait choisi cette route et qu'il avait fait tant de recherches. Parce qu'il avait déjà fait ce chemin avec d'autres gens, dans d'autres conditions de vie. Il ferma les yeux et se revit comme autrefois avec son habit de pèlerin, une grande aube grisée par la poussière des chemins, une corde à la taille et un bâton. Il s'appelait Stanislav. Il était d'origine slave et avait entendu parler de cette longue marche qui réunissait tous ceux qui avaient la foi en Dieu et cherchaient le réconfort dans l'adversité, la force et l'amour dans le recueillement. Il ne savait pas quelle route prendre, mais se sentait guidé.
À cette époque, l'homme sans nom ne se manifestait pas, de peur d'effrayer ceux qui avaient une quelconque superstition. Mais il était présent. Steven se souvenait à présent. En ce temps-là, les routes n'étaient pas aussi bien tracées et pas toujours sûres à cause des brigands qui pouvaient se trouver sur la route. Mais il sentait qu'il n'était pas seul. Peut-être parce qu'il priait tout le long du chemin. Il n'avait aucune difficulté à trouver de la nourriture et un lieu pour se reposer déjà à cette époque.

Souvent, il rencontrait des pèlerins et avec eux, faisait la route un bout de temps ensemble tout en priant. Il y avait une grande ferveur qui se dégageait de ces Êtres pieux qui avaient une foi inébranlable et des miracles s'opéraient tout le long du chemin, jusqu'à l'arrivée, devant la Cathédrale, d'abord avec tous les pèlerins, puis individuellement à l'intérieur.

Avant tout, c'était la prière en commun et la demande de la grâce de Dieu. Il était loin, maintenant de cette compréhension, qui pourtant avait fait, et fait encore ses preuves quand l'homme croit en ce qu'il adhère consciemment ou inconsciemment.

Depuis, Steven avait compris que tout se trouvait en lui et n'avait pas besoin d'implorer quelque force autre. Il pensait fortement, et cela se manifestait. Il avait appris à maîtriser les éléments, les choses et les êtres. Depuis tout ce temps, depuis toutes ces réincarnations, il avait intégré la connaissance de soi et avait l'impression de faire un avec l'univers.

Du temps où il avait été pèlerin pour la première fois, il pensait que toute la force qui pouvait se dégager de lui provenait de l'extérieur. Il avait la foi qui pouvait soulever des montagnes et avait l'impression d'être béni de Dieu.

Depuis, il avait admis le potentiel qu'il avait en lui, car un jour un homme a écrit : « demande et tu recevras ». Il avait reçu. Il avait reçu la perception de soi, des autres et à présent, il sent qu'il a fait le tour de toute la compréhension qu'il a fait ressortir au plus profond de lui. Il a appris la concentration, la visualisation, la manifestation de tout ce dont il pouvait avoir besoin dans cette vie, la maîtrise des éléments, la foi en ses capacités. Il a dépassé tout ce qui lui était inutile, car pendant un moment cela lui était nécessaire pour comprendre son existence.

Désormais, il remercie toutes les connaissances qu'il a pu recevoir au fil du temps, et les renvoie à leur histoire, pour que d'autres puissent les retrouver et aussi apprendre à les dépasser et les transcender.

Tout à coup, Steven ne se trouvait plus dans un lieu palpable, mais dans une sorte de monde où il revivait les différents périples de chaque vie, avec une intensité si dense que son corps se transformait au fur et à mesure qu'il changeait d'atmosphère, d'ambiance. Il traversait l'univers et vivait différentes situations à la vitesse de la lumière. Il se voyait tantôt homme, tantôt femme dans diverses situations qui n'étaient pas toujours agréables et n'en sortait pas toujours victorieux. C'étaient des expériences inconscientes d'abord, puis conscientes ensuite.

Maintenant, il était un homme éveillé et pouvait diriger sa vie, comprendre les manifestations qui s'opéraient en lui et autour de lui, pouvait les étudier et les adapter à sa convenance. Il n'était plus Steven qui venait d'Angleterre, vivant en Suisse cherchant sa route, il était une entité qui avait compris son but dans cette vie et le travail qu'il avait à accomplir.

Il ne s'était même pas rendu compte du temps passé. Il avait marché pendant presque deux ans, avec des personnes insolites et un accompagnateur sans nom au début, puis avec un nom et un lieu défini, puis le retour de l'homme sans nom. Il était heureux de son voyage qui lui apportait la sérénité, la compréhension des choses de la vie qu'il n'avait pas perçue auparavant.

Dorénavant, tout semblait plus simple. Il saisissait les moindres choses de la vie et savait que tout avait son importance, rien n'était anodin. Il notait tout cela sur son dernier cahier qui n'était pas très loin de la moitié. Il avait acheté beaucoup plus gros et ne regrettait pas. Il était arrivé au bout du chemin. Ce dernier cahier servira de synthèse de tout ce qu'il avait pu vivre pendant tout ce temps.

 C'était magnifique. Il pouvait faire sa marche dans mille autres lieues et il avait choisi celui-ci. Maintenant, il comprenait. Il avait maîtrisé le tes limites et était arrivé devant cette Cathédrale où reposait un des pèlerins qui était devenu un saint vénéré de tous les chrétiens, le patron de l'Espagne. Il n'était plus chrétien, mais il l'avait été à un moment dans l'une de ses vies, comme il avait fait partie de toutes les religions et croyances connues. Il les revivait de temps en temps et peut-être aurait-il d'autres expériences à faire en rapport avec ces religions, qui sait !

Pour l'heure, il n'avait pas envie de se recueillir sur la tombe de Jacques l'apôtre, mais voulait comprendre le but qui l'avait amené jusque-là. Il arriva jusqu'à la cathédrale, et posa ses cinq doigts de la main droite dans les cinq cavités qui se trouvaient, sur le meneau de l'arc central du Porche de la Gloire.
C'était le nom que les pèlerins arrivés à destination donnaient à la première porte du monument. En posant sa main droite à l'emplacement qu'avaient laissé les mains d'autres pèlerins venus dans ce lieu avant lui, Steven eut une sorte de décharge électrique. Il se vit quelques siècles en arrière avec tous les pèlerins de tous les temps qui arrivaient par les routes et les chemins de toute l'Europe, après s'être reposés pendant quelques jours dans les villages des environs, avant de s'approcher du Sanctuaire.
Steven regardait cette masse bienveillante et était émerveillé de la quiétude qu'il ressentait au fond de lui-même en pensant à tous ceux qui s'étaient recueillis en ce lieu. Il se retrouva dans la Cathédrale assis sur une chaise parmi tous les autres, ferma les yeux et se mit à méditer. Il n'était pas surpris de s'entendre chanter des cantiques et rendre grâce à Dieu de leur avoir permis de vivre ces instants. Il resta un bon moment dans cet état de communion avec tous les pèlerins, puis se retrouva devant un autre portail plus grand que celui qu'il avait poussé auparavant. Mais celui-ci s'ouvrit en grand et il a été ébloui tout de suite par un énorme soleil qui semblait si proche et qui illuminait tout autour. Le soleil ne brulait pas, mais Steven était ébloui et ne voyait plus rien autour de lui. Il entendit une voix caverneuse qui lui dit :

- *Te sens-tu prêt à passer l'ultime étape, l'épreuve du feu, pèlerin ? Te voilà arrivé au bout de ton périple et tu as l'air heureux d'avoir pu franchir toutes ces étapes qui étaient nécessaires à ta compréhension et à ta propre évolution. Rien ne t'a impressionné, car tu n'as fait que remettre dans ton esprit ce qui était déjà présent auparavant. Tu t'es souvenu des capacités que tu avais enfouies au plus profond de toi. Tu*

te sens en phase avec toi-même et avec tout ce qui est. L'épreuve du feu est grandiose surtout quand on est comme toi en phase avec les lois divines qui sont les lois de l'absolu. Tu as consciemment ou inconsciemment travaillé tes différents corps, les différents degrés de ton esprit et de ta compréhension des multitudes de vies que tu as vécues jusqu'à présent. Je te repose la question, te sens tu prêt à vivre et transcender l'épreuve du feu ?
- *Oui, répondit Steven à la voix qui jaillissait de nulle part. Je suis prêt, car comme tu le dis, j'ai vécu dans beaucoup de vies et dans toutes ces vies, j'ai vécu des expériences extraordinaires. J'ai été et je suis toutes ces entités qui ont voyagé dans le temps et l'espace et je les accepte tous, car tous m'ont apporté ce qui était nécessaire à mon évolution, à ma formation. Je suis prêt à passer l'épreuve du feu pour me permettre à moi-même de me dépasser encore plus. J'ai découvert tout ce dont j'étais capable. J'ai appris à maîtriser mes forces, mes pouvoirs, les éléments, à comprendre la nature qui donne tout sans rien attendre en retour. J'ai appris à aimer la vie et comprendre la mort. J'ai vécu et je vis à nouveau l'amour avec son plus grand A. J'ai appris à me débarrasser des choses vaines, j'ai compris que l'existence humaine dans ce monde, sur la planète bleue, la terre, est faite de choix et de compréhension. Oui, encore une fois, je veux terminer mon parcours et passer la dernière épreuve, celle du feu.*

Le soleil qui brillait, mais ne brulait pas se fit encore plus dense. Steven ne voyait toujours rien autour de lui, mais ne s'en inquiétait pas. Il voulait passer la dernière épreuve à tout prix. Il se sentait serein et heureux d'avoir pu vivre toutes ces choses. Il aurait aimé être plus jeune, car il pensait avoir perdu du temps. Non, c'est le cycle normal des choses. Il devait vivre pendant cet instant, une histoire, une épreuve, un évènement dans l'histoire des hommes.

La vie est ce que l'homme en fait. Il la fabrique selon sa conception des choses. Ce qui n'est pas toujours facile pour certains, qui croient que la vie et ses aléas dépendent d'autres entités, alors que tout dépend de la compréhension de chacun.
Steven était parti dans ses pérégrinations et ne se rendait pas compte que l'atmosphère changeait. L'air devenait opaque et presque palpable et il ne voyait toujours rien. Il se concentra sur lui-même et vit dans la chaleur opaque qui l'envahissait, des formes qui se matérialisaient tout doucement. Ces formes étaient différentes de ce qu'il connaissait en général. C'était des Êtres de feu. Ils descendaient du soleil et tournoyaient autour de Steven, jusqu'à l'effleurer avec leurs corps qui ressemblaient à des flammes qui ne brulaient pas. Steven se sentait dans un autre monde. Un monde illimité. Un monde où il avait l'impression d'être un privilégié. Il avait compris que la mère Nature est généreuse et qu'elle permet à ses enfants de voir le monde non pas en stéréophonie, mais la vraie vie à laquelle ils ont droit. Le soleil se mêlait aux étoiles et les étoiles dansaient dans une ronde sans fin autour des planètes. Le jour laissait la place à la nuit en un instant, puis la nuit à la lumière du jour. Puis le soleil brillait à nouveau et le jour reprenait sa place.
La communion était intense. Steven se retrouvait en pleine lumière et sentait que son corps se transformait et se retrouvait avec les Êtres du soleil qui le suivaient jusqu'à l'infini. Steven n'était plus Steven. Il était devenu lui aussi un Être du soleil et les flammes qui jaillissaient de son corps, sans le brûler, ne l'inquiétaient même pas. Il se sentait en phase avec tout ce qui vibrait et il était à l'unisson avec les choses et les Êtres.
Peu à peu, ils ne formaient plus qu'une seule masse, un seul corps qui était la somme de tout ce que l'univers était en permanence. Steven n'avait plus de conscience, ni de pensées qui l'affluaient. Il était comme l'homme sans nom qui vibrait au rythme de l'ensemble de la création. Il était la puissance, il était la force, il était la compréhension, il était l'amour, il était l'infini.

Il ne se demandait plus depuis combien de temps il vivait dans cet univers illimité et pensait qu'il y était depuis toujours, mais n'en avait aucune conscience. Il se sentit en accord avec toutes les énergies qui circulaient et n'avait même pas besoin de se concentrer. C'était cela la vraie vie ! La communion avec tout ce qui existe et n'en faire qu'un seul. C'était cela la beauté, l'amour, la joie d'être dans un monde où tout était possible et accessible. Le jardin d'Eden. Cela dura un temps indéfini où les Êtres se mêlaient aux choses et les choses aux Êtres. Puis Steven ressentait à nouveau son corps physique, il ressentait le sang qui circulait dans toutes les parties de son corps. C'était la prise de conscience des éléments liés au corps et à l'esprit. Alors, il se retrouva plongé dans l'eau sous toutes ses formes. Il plongea dans la mer, il écouta le bruit des rivières, sentit le sang dans son corps, comme une aide-bienfaitrice.
Puis, il ressentait ses muscles se tendre et s'imprégna de l'odeur de la terre, la matrice qui avait créé l'homme sans nom et qui l'avait modelé.
Puis tout doucement, il prit conscience du souffle et la brise qui lui caressait le visage, l'air qui emplissait ses poumons, l'inspiration profonde et l'expiration.
Puis le soleil l'aveugla à nouveau et son corps physique s'embrasa. Il se retrouva dans un corps de gloire. Il n'était plus seulement du monde terrestre où tout était limité. Il vivait l'illimité et se régénérait en un instant. Il n'était plus seul. Il se sentit uni à tout ce qui existait, tout ce qui vibrait et n'avait besoin de rien d'autre.
Il vivait intensément ce moment précieux en se demandant s'il était encore dans le monde terrestre où un tout autre monde auquel il avait une facilité à s'adapter. Il se retrouva dans la lumière du soleil et le soleil ne le brûlait pas. Il avait compris qu'il faisait partie de l'âme universelle depuis toujours, mais ne l'avait jamais vécu aussi intensément. Il vivait pleinement la prise de conscience qu'il venait d'avoir et il se sentait en paix avec toutes les choses existantes dans cette vie.

Après un temps qui sembla trop court à Steven, il se retrouva assis devant la crypte de l'apôtre Saint-Jacques et se surprit à prier comme un chrétien. Cela ne l'étonna même pas. Les prières qui étaient enfouies en lui avaient ressurgi. Il s'agenouilla et remercia tous les pèlerins qu'il avait connus auparavant pour l'aide qu'ils lui avaient apportée et leur envoyait toute la lumière et l'amour qu'il avait reçus. En ce temps-là, il se sentait déjà en phase avec les choses et les Êtres. Il avait passé l'épreuve du feu et était ravi.
Jamais de toute sa vie, il n'avait eu d'expérience aussi dense et aussi vivante. Il avait côtoyé le Roi Soleil et ses disciples. Les Êtres de lumière qui sortaient du soleil et l'accompagnaient dans son expérience. C'était grandiose ! Pendant un instant, il avait oublié son corps humain et se retrouvait en symbiose avec toutes les choses de la Terre et hors de la Terre, car il n'y avait pas que la Terre qui était peuplée. Il y avait d'autres galaxies peuplées sinon plus, mais l'homme pensait que lui seul avait la possibilité d'émettre des pensées, alors que dans d'autres galaxies, ils avaient compris depuis bien longtemps qu'ils faisaient partie de la Puissance Divine et qu'ils avaient des capacités comme l'Intelligence Divine.
Ces Êtres voyageaient dans tout l'univers en essayant de diffuser l'amour divin de l'Intelligence Divine dans toute sa splendeur par des présences, des dessins, des écrits, des signes, des apparitions quelquefois. Mais rien ni personne, ou si peu, ne faisait attention depuis tant de temps. Ces Êtres baignaient dans l'essence universelle tout comme l'homme qui ne le savait pas. Ils voulaient le faire comprendre aux humains. Mais l'entité terrestre n'entendait pas, alors qu'elle était si proche.
Steven se sentait totalement heureux de pouvoir vivre ces expériences et ne pouvait pas tout de suite inscrire tout sur son cahier, tant il était retourné. Il était arrivé à destination, mais pas comme il le pensait au départ. C'était grandiose. Il se demandait comment se ferait le retour. Il pensait à Martha, la fille de la forêt et voulait la retrouver, mais ne savait pas comment.

*La coquille était destinée au chemin initiatique, pas pour un chemin ordinaire ! C'était une route préparée pour une initiation grandiose. Steven en avait conscience. Il y avait beaucoup de monde dans la crypte, autour et en dehors de celle-ci. Steven avait l'impression d'être encore seul dans son univers, ou plutôt uni dans la même pensée avec tous ceux qui avaient compris qu'ils avaient reçu au centuple les clés de la connaissance qu'ils avaient au fond d'eux.
Il n'avait pas de mal à s'adapter à cette nouvelle situation, de vivre au milieu de tant de monde en un instant. Parce qu'il était devenu réceptif à tout ce qui l'environnait et ressentait l'harmonie et l'amour de chacun. Chaque être humain présent dans ce lieu se sentait baigné d'une force et d'un pouvoir qui était partagé et compris par tous, et chacun émettait des vibrations de bien-être, d'amour et de bonheur à tous.
 Steven avait aussi envie de partager avec tous, les vibrations positives qu'il ressentait. Il sortit de son état pour participer au flux et au reflux divin qu'il palpait avec ses sens devenus sensibles. Il se sentait presque au bord des larmes, tant il percevait toute la symbiose qui était palpable et en phase avec toutes les personnes qui participaient à cette marche. Il essayait de se mettre à l'écart, mais il y avait toujours quelqu'un qui le rejoignait, lui parlait, lui souriait. Il ne ressentait aucune tristesse, aucun vide, aucun doute. Tout était linéaire et fluide.
Il était en train de se remémorer tout ce qu'il avait vécu, quand comme à son habitude, l'homme sans nom apparut, et lui dit :*

- *Tu as terminé ton périple et tu vas pouvoir retrouver ta maison que tu as laissée il y a si peu de temps. Car pour le commun des mortels, deux ans c'est long. Cela t'a semblé court, mais que d'expériences intenses ! Quand tu te remettras de tes émotions, tu pourras noter tout ce que tu as vécu dans ta dernière expérience dans ton cahier. Sais-tu que tu peux revoir les entités du soleil, comme ceux de l'eau, de l'air et de la terre ? Ce sont les éléments qui sont mis à* disposition pour l'homme qui englobe tout. Ce sont quatre éléments que l'homme a dans ses gênes depuis la nuit des temps. Quand il prend conscience qu'il a tous ces éléments à sa disposition et qu'il peut les maîtriser, il devient l'élément final.

L'homme est l'élément qui englobe tout ce que la nature possède, c'est le microcosme et c'est aussi la clé de toute la compréhension de la vie sur terre. Quand l'homme accepte ce qu'il a autour de lui, comme faisant partie intégrante de sa vie sur cette terre, tous les autres éléments se révèlent à lui pour permettre une communion intense. L'homme est la dernière clé qui permet de se projeter dans la géométrie de l'Intelligence Divine, la force qui agit dans une symbiose totale.

Tu as vécu toutes ces phases pendant ta marche qui est devenue ton épopée initiatique, car tu as retrouvé des situations que tu avais déjà vécues auparavant, et tu t'es souvenu de toutes les capacités que tu avais enfouies en toi et qui ont ressurgi par ta volonté. Tu te posais la question, comment sera le retour. Là encore, tu vas avoir une belle surprise. Mais je te ferme toutes tes capacités momentanément pour que la surprise puisse faire son effet. Avant de commencer cette marche, tu ne t'attendais pas à vivre et à découvrir tout ce qui t'a permis de t'élever et t'élever encore. Ce sera pareil pour ton retour.

Je suis fier de toi et de tous les autres qui ont accepté de vivre cette épopée initiatique. Tu t'étais bien préparé et a bien réussi. Désormais, tu verras la vie que tu vis dans cette vie autrement. Tu relativiseras tout ce qui te semble futile aux choses de la vie. Tu apprécieras chaque instant, chaque moment de cette vie que tu vis et fera ton possible pour aider tous ceux qui souhaitent comprendre leur existence. Maintenant, tu es presque comme moi. Tu entends tous ceux qui ont besoin de comprendre et comme moi, tu seras toujours présent. Comme moi et beaucoup d'autres, tu deviendras *l'homme sans nom qui guide le pèlerin ou toute autre personne, qui sur le chemin initiatique, voudra comprendre son existence dans la vie qu'il vit. Tu as encore besoin de nourriture terrestre, moi non. Je ne te dis pas à bientôt, car tu n'as plus besoin de mon aide. Mais de temps en temps, je viendrai te faire un petit signe, ou alors tu pourras me rendre visite dans le temps et l'espace.*

Puis l'homme sans nom disparut.

Steven resta assis, car il ne pouvait plus se lever. Il avait eu sa dose de manifestations. Il voulait rentrer chez lui et remettre tout en ordre. Alors, il se leva après un très long moment et regarda droit devant lui et vit un autre portail encore plus lourd. Il se leva et avança pour la pousser et voir ce qu'il y avait derrière. La femme qu'il avait rencontrée auparavant, en lui rappelant qu'à un moment, ils avaient eu une vie ensemble, apparut à nouveau et lui dit :

- Tu t'apprêtes à pousser cette porte, sans savoir ce qu'il y a derrière. Tu n'as pas réfléchi un instant. Mais je te comprends. Tu viens de passer des épreuves qui t'ont prouvé que l'homme ne craint rien quand il est en phase avec lui-même et sait comment appréhender chaque situation. Tu sais que tu ne peux vivre que ce que tu veux vraiment et je t'admire, car tu as compris pourquoi tu vis cet instant, en cet instant précis. Tu es maître de ta propre destinée, de ton propre devenir, de ton propre monde. Un monde qui convient à ton mode de vie, à ton éducation, et à ta compréhension de la vie et de ses aléas. Je voulais juste que tu te le rappelles. Je te laisse retrouver le Nouveau Monde qui attend que tu le découvres.

Et la femme disparut du champ de la vision de Steven. Il réfléchit quelques secondes et poussa la lourde porte qui était devant lui. Il ne savait pas ce qu'il allait trouver, mais aimait les surprises. Il savait

qu'il était dans un univers sans peur ni doute, sans angoisse, sans toutes les barrières que l'homme s'était mises au cours du temps qu'il avait passé sur cette terre.
Le portail fit un grand bruit et il fallait de la force pour le pousser, car il était très lourd. Puis il s'ouvrit en grand. Steven se retrouva dans un monde qui lui semblait familier encore une fois, mais très loin dans sa mémoire. Un monde où il n'y avait aucun profit de quelque nature que ce soit. Il n'y avait que le respect de toutes choses, des hommes et de la nature. Il y avait dans les rues des gens toujours souriants et le regard bienveillant. Il se disait qu'il était dans l'Eden, le paradis. Il vit un vieillard qui avait l'air très fatigué, mais le regard vif et les yeux pétillants. Ce dernier s'approchait comme s'il voulait lui parler, il lui fit signe de la main. Il avait du mal à se tenir sur ses jambes sans une canne, et il lui souriait.
 Étrangement, il avait l'impression de connaître ce vieil homme et avait les traits de quelqu'un qu'il avait connu. Pourtant, celui-ci avait les traits d'un très vieux Mongol ou d'un Asiatique. Il avait les habits d'un autre siècle et souriait. Ce dernier lui dit d'une voix chevrotante :

- *Je voulais juste te conforter dans tous les enseignements que l'homme sans nom et tous les autres t'ont fait redécouvrir. Tout est en perpétuel recommencement. Nous choisissons consciemment ou inconsciemment notre vision des choses et des Êtres. Cela s'inscrit dans notre psyché pendant un temps qui peut être court ou long, selon la compréhension de chaque individu. Tu vois, moi aussi j'ai eu d'autres vies. Je te présente celle où j'ai vécu le plus longtemps dans les campagnes reculées de la Chine. J'y ai vécu cent soixante-douze années. Je n'avais pas encore compris le cycle de la vie, mais j'avais une longévité qui dépassait l'entendement à l'époque. Je savais que je ne commencerais pas les cent soixante-treizièmes années, mais mon entourage ne le savait pas. Il se demandait combien de temps j'aurais encore à vivre. J'ai été aimé et j'ai*

aimé tout ce que j'ai pu vivre, mais je trouvais que le temps ne s'arrêtait pas et j'avais décidé de m'arrêter là.
C'est dans les limbes que j'ai compris que l'on n'arrête pas son cycle, car c'est inscrit dans les cellules de la vie, depuis l'instant où l'on décide de vivre l'expérience de vie. Je devais vivre dans la vie que je te montre six mois de plus, je l'ai écourtée en me couchant de tout mon long. Après avoir dépassé les cent soixante-dix ans, j'ai eu d'énormes problèmes de dos et je ne pouvais plus m'allonger. Maintenant, je comprends que mes problèmes de dos venaient de la colère que j'avais emmagasinée au fond de moi, à cause des inégalités qui sévissaient dans mon époque. Les riches abusaient des pauvres et avaient tous pouvoirs. Certains pauvres étaient obligés de se cacher pour se protéger et protéger les maigres biens qu'ils avaient en leur possession. Ils devaient subir toutes les tribulations de ceux qui régnaient en maître.
Pendant longtemps, j'ai combattu ces injustices. Je faisais partie des familles dites nobles, car nos ancêtres nous avaient laissé des titres et des terres. Mais nous étions aussi une grande famille de guerriers et les bandits nous craignaient, car nous étions passés maîtres dans les arts martiaux. Nous avons combattu longtemps, mais les forces s'amenuisaient et nous devenions vieux, surtout moi.
Quand je ne me sentais plus en force pour combattre, je me suis éloigné de la ville pour m'installer avec ma famille à la campagne, là où personne ne me connaissait. J'ai vécu heureux pendant longtemps, mais j'ai toujours gardé au fond de moi cette haine envers ces injustices. Ma famille s'occupait bien de moi, mais elle trouvait que je perdais la tête avec l'âge, que je ne savais plus ce que je disais. Alors, je ne disais plus rien, mais j'observais tout ce qui se passait autour de moi. J'ai vu de pauvres paysans donner tous leurs biens pour ne pas subir les assauts répétés de leurs agresseurs. Je ne pouvais

plus rien faire, je commençais à être vieux et fatigué. Je m'étais coincé le dos de rage envers ceux qui faisaient subir les pires atrocités à ces pauvres gens. Les médecins disaient que j'étais trop vieux pour une opération. Mon seul salut, était de ne pas me coucher à plat dans un lit, mais dans un fauteuil confortable. On m'aménagea un lit très commode, ou je pouvais allonger les jambes et me retourner.
Cela dura un peu plus de deux ans. Puis un jour, j'en ai eu assez de vivre cette vie au ralenti, alors que j'avais toute ma tête. J'avais décidé d'en finir. Tout cela pour te dire que je devais vivre plus longtemps, et je l'ai écourté en m'allongeant. Mon cycle était inachevé. Je me suis retrouvé à errer dans les abîmes insondables, je n'avais pas fini mon cycle. Alors, j'ai cherché la lumière et l'amour pour parfaire la fin de ma vie. J'avais besoin d'amour, de sérénité et je vous ai trouvé, Rachel et toi. Tu as dépassé le stade de la tristesse, je peux maintenant t'expliquer.
En étant ton fils, je ne pouvais t'expliquer puisque j'étais trop petit, et tu n'avais pas encore vécu ce que tu viens de vivre pendant deux ans. Comment je suis venu jusqu'à toi ? Tu as été mon père à un moment dans le temps, et des liens se tissent, même minimes. Tu comprends mieux à présent que tu ne dois rien regretter. Tout à sa raison d'être !
Tout est en perpétuel recommencement. Tout se meut et se transforme. Tout vibre à un rythme bien établi. J'ai été marié quatre fois et j'ai eu vingt-deux enfants, cinquante-huit petits-enfants, cent vingt-trois arrière-petits-enfants et trois cent deux arrière-arrière-petits-enfants dans cette vie-là. J'étais devenu une relique, un musée que tout le monde voulait visiter, toucher, voir. Mes phrases étaient presque inaudibles, mais j'attirais une foule immense qui aspirait toute la maigre énergie qui me restait.
À force, je ne pouvais plus supporter de vivre dans cet état et j'ai décidé de vivre mon dernier jour. J'ai donc demandé à

l'un de ceux que je ne reconnaissais plus comme étant l'un de mes nombreux arrière-petits-enfants de m'apporter l'un de mes plats préférés. Puis sans rien dire à quiconque, j'ai cherché dans la nuit tranquillement un lit où je pourrais m'étendre de tout mon long, et avoir la paix éternelle. C'était ce que je croyais, jusqu'à ce que je comprenne que j'avais stoppé un cycle qui n'était pas terminé. Je devais finir ce que j'avais stoppé, mais j'ai erré longtemps avant de vous trouver et vous m'avez libéré. Maintenant, je me sens mieux. Je vais pouvoir vivre une autre vie, mais cette fois, je ne mettrai pas fin à mon existence. Quoi qu'il arrive, je vivrai jusqu'au bout, car cela a généré de la tristesse et de la peine autour de toi. Je t'envoie tout l'amour et la paix, pour toi et ta descendance. Je suis en paix avec moi-même à présent. Alors je te dis merci, à dans une autre vie, ou cette vie !

Steven était sous le choc. Ce qu'il avait découvert pendant sa marche, son fils ou ce grand-père asiatique l'avait vécu et compris.
Tout est lié comme il l'avait compris au départ. Il se sentait léger, mais triste à la fois. S'il avait connu tout cela auparavant, peut-être aurait-il donné encore plus d'amour qu'il ne l'avait fait alors. Mais non ! Il n'avait rien à se reprocher. Il avait tout fait. Cela devait être ainsi. Le vieux ou son fils avait reçu tout l'amour qu'il était capable de donner dans ce moment précis.
Il pensait à son retour chez lui. Il avait tout laissé. Son travail, sa maison, son autre vie, pour se retrouver dans ce périple qui sortait de l'ordinaire. Mais il avait compris une chose. Il ne sera plus jamais le même avec tout ce qu'il a vécu. Il a vécu une période noire qu'il ne revivra plus. Il a surmonté les épreuves, il a su interpréter les signes. Il était parmi tous ces gens qui vivaient une expérience magnifique, il devait les quitter pour retrouver son travail et sa vie de tous les jours.
Il était heureux de retourner chez lui, mais il était aussi heureux d'être avec tous les pèlerins de Compostelle. Il avait tant appris pendant ce petit laps de temps, qu'il aimerait recommencer

l'expérience dans d'autres lieux, d'autres contextes, avec un autre homme sans nom ou quelque guide que ce soit, ou même sans guide, car il avait franchi plusieurs étapes de la connaissance terrestre et céleste.
Il pensait qu'il ne serait pas capable de refaire deux ans de marche pour rentrer chez lui. C'était déjà un challenge de faire cette marche. C'était une réussite. Alors, pour trouver une solution adéquate pour rentrer chez lui, il ferma les yeux, et sourit en voyant Martha dans sa forêt qui lui souriait et lui dit à bientôt. Il rouvrit les yeux et observa tous les pèlerins qui étaient là, soit en prière, soit en flânant çà et là et leur envoya tout l'amour et la lumière pour eux et toute leur descendance. Il aimait échanger des idées avec tous, car il ressentait que c'était les mêmes vibrations.
Il se sentait en paix dans toute cette foule, alors qu'il était resté solitaire pendant très longtemps. Il avait l'impression de se retrouver dans une grande famille heureuse et aimante. Il lui semblait qu'il était là depuis toujours avec tous ces hommes et ces femmes remplis d'amour et de paix. Le souvenir d'avoir déjà vécu cet instant lui revenait en force en image. Il revoyait des visages qu'il avait déjà côtoyés. Des gens avec qui il avait discuté et comme lui, ils étaient heureux. Il prit le temps de noter sur son cahier toute la fin de sa dernière épreuve pour être sûr qu'il n'avait pas rêvé, puis souriait d'aise en refermant son mémoire.

-17-

Steven avait réussi son pari et s'apprêtait à rentrer chez lui. Il se sentait à présent un homme grandi d'une force supplémentaire. Il allait pouvoir reprendre son travail d'ici quelques jours. Revoir ses collègues qui ne le reconnaîtraient pas. Pas physiquement, car il

n'avait pas changé. Il pensait qu'il était même mieux, psychologiquement et mentalement. Il avait changé radicalement et ne se plaignait plus sur son sort. Il avait compris la vie et il était heureux.
Il était assis sur un banc, souriant et pensait à tout ce qu'il avait vécu jusque-là. Soudain, il se retrouva au bord d'une route et reconnut la Suisse, son pays d'adoption, puis la ville où il habitait. Il ne se sentait pas fatigué et décida de longer la forêt qui était tout prêt pour rentrer chez lui. Il souriait encore. Le temps et l'espace n'avaient aucune raison d'être. Tout peut être en un instant.
Sur le sentier de la forêt, il vit avancer devant lui une jeune femme en jeans et baskets qui ressemblait trait pour trait à Martha. Elle n'avait plus de haillons et s'était tiré les cheveux en arrière. Elle était magnifique. Il lui dit bonjour, et elle répondit en souriant comme si elle se souvenait qu'ils se connaissaient. Il décida d'engager la conversation.
Elle lui fit comprendre qu'elle habitait la maison la plus ancienne depuis peu, en la montrant du doigt, hérité de sa grand-mère. Elle vivait seule et se sentait bien dans cette maison où elle aimait retrouver toutes les photos de ses ancêtres qu'elle n'avait pas connus. Retrouver la vie et l'histoire de ceux qui ont vécu avant elle.
Ils discutaient de tout et de rien depuis un bon moment, quand elle se décida à inviter Steven à prendre un café que celui-ci se dépêcha d'accepter. Il n'avait pas déposé son sac, n'était même pas rentré chez lui, dans sa maison qu'il avait quittée deux ans plus tôt, qui était encore à moins de dix minutes de la maison de Martha.
Cela lui était égal. Il avait retrouvé celle qui avait comblé sa vie pendant deux jours et ne voulait pas la perdre. Ils se regardaient comme si c'était irréel, car celle qu'il pensait être Martha était bien celle qui était dans la forêt en haillons, et avait eu une vision quelque temps auparavant qui semblait se concrétiser. Elle l'avait vu bien avant qu'il se manifeste dans la forêt.
Elle s'était trouvé un emploi de secrétaire et travaillait dans une petite entreprise. Elle s'était formée toute seule en lisant des livres et

en s'informant sur tout ce qui pouvait lui permettre d'être à la hauteur du métier qu'elle avait choisi. Elle lisait et mémorisait tout avec une facilité et une rapidité. Elle s'habitua peu à peu à la ville, avait maîtrisé les différentes langues, repartait souvent dans la forêt pour reprendre contact avec ses amis de toujours. Elle était très appréciée par ses collègues, bien qu'elle soit ouverte et affable, elle ne parlait jamais de sa vie privée. Elle était une énigme pour ses collègues, contrairement à elle qui savait tout d'eux, elle lisait dans leurs pensées et elle entendait les états d'âme de chacun. Elle ne disait rien. Elle essayait de paraître désinvolte devant cet homme qui nourrissait son imagination, alors qu'elle était sous le choc. C'était l'homme de ses rêves. Il était beau, avait une force irrésistible qui se dégageait de lui. Elle avait l'impression de le connaître depuis toujours et qu'elle l'attendait. Ils avaient beaucoup parlé des choses de la vie pour meubler l'atmosphère, mais elle savait intérieurement qu'ils étaient de vieilles connaissances. Elle se sentait à l'aise avec lui et avait l'impression de pouvoir tout lui dire.
Depuis que Martha avait vu Steven dans une vie, elle rêvait de lui et pensait qu'ils se reverraient un jour. Elle avait gardé l'écharpe qu'il lui avait laissée sur un arbuste, bien en évidence. Il était le premier à l'avoir vu dans la forêt, sinon, personne ne pouvait la voir. Elle s'en est souvenue à chaque instant et se disait qu'elle espérait le revoir. Il ne lui avait pas parlé la première fois, l'avait juste regardé, mais elle s'était imprégnée de toute son essence et le suivait en pensée au cours de ses différentes vies. Elle attendait qu'il se manifeste à nouveau. Tout ce temps qu'elle voyageât dans l'espace avec le même corps, elle ne s'était jamais intéressée d'aussi près à un être humain, car elle était en phase avec la nature. Elle ne s'en inquiétait pas outre mesure, car elle avait d'autres formes d'amour. Elle vivait avec la nature et ne manquait de rien, car elle pensait qu'elle-même faisait partie de la nature et vivait comme elle. Mais elle avait vu le regard de celui qui avait attiré son attention et elle se sentait en phase avec cet homme. Depuis qu'elle avait passé les deux jours avec Steven dans la forêt, elle se sentait plus humaine, plus femme et décida de changer de vie.

Quelques années auparavant, grâce à la médaille qu'elle avait autour du cou avec une photo vieillie de sa mère qu'elle portait. Elles avaient le même prénom. La jeune femme avait trouvé la trace de ses vrais parents qui n'étaient plus de ce monde depuis quelques siècles. Comme elle aimait le faire quand elle était dans la forêt, elle se rendait chez les voisins aux abords de la forêt pour prendre quelques nourritures. Inconsciemment, elle cherchait un contact avec ses semblables et cela pour elle était un réel plaisir de rentrer chez les gens sans qu'ils s'en aperçoivent.

Une nuit, elle s'apprêtait à « rendre visite à ses voisins », choisit une petite maison en pierres un peu isolée des autres et fut surprise de voir qu'une vieille dame était encore debout, alors qu'elle ne s'attendait pas du tout. Elle se trouva nez à nez avec cette dame qui au lieu de crier pour appeler au secours, lui sourit et lui dit :

- *Je suis contente de voir que je n'avais pas rêvé. Cela fait plusieurs fois que tu viens, pour prendre des fruits ou autres choses à manger, et tu prends toujours juste ce dont tu as besoin. Au début, je pensais que la vieillesse avait atteint mon cerveau, et que je divaguais. Puis j'ai attendu toutes les nuits que tu reviennes. Je commençais à être lasse quand je t'ai vu apparaître. Je vis seule depuis si longtemps et ta présence m'amuse. Voir ce petit corps tout frêle se faufiler avec une telle agilité occupe mes nuits de solitude. Sers-toi de ce que tu veux, cela me fait plaisir.*

Martha sourit à la vieille dame, et s'étonnait qu'elle puisse la voir. Elle hésita un peu et choisit de prendre des fruits et lui dit merci. Elle se pencha pour prendre une pomme, quand la vieille dame vit le pendentif qui brillait au cou de cette dernière. Elle fit de la lumière et lui demanda si elle pouvait le voir, et Martha le lui tendit. La vieille dame eut un choc. C'était sa grand-mère qui avait vécu plus de cent ans. Ce qui était un exploit pour l'époque. Elle se leva avec une vivacité qui étonna Martha, pour sortir d'une vieille boîte bien rangée dans une commode, la même photo, mais avec un homme à côté qui souriait à la jeune femme.

- *Comment as-tu eu cette photo, demanda la vieille dame ?*
- *Je l'ai depuis toujours, dit Martha. On m'a trouvé dans la forêt avec cette chaîne et cette médaille autour du cou. Je suis née dans la forêt. Mes parents adoptifs m'ont donné un autre prénom, mais j'ai gardé celui-ci, en pensant que ma mère biologique voulait que je m'appelle ainsi.*
- *Elle avait raison ! La grand-mère avait raison ! dit la vieille dame pensive. Tout le monde pensait qu'elle avait vécu trop longtemps et avait perdu la raison. Tu as bien existé et tu existes encore. C'est fabuleux et incroyable. Mais quel élixir as-tu pris pour rester tel que tu es ? Tu es jeune, tu es belle, tu as un corps de rêve. Ma mère, ta nièce a vécu elle aussi très longtemps. Moi, je suis là avec mes quatre-vingt-cinq ans, mais bien moins fraîche que toi.*
- *Je n'ai pris aucun élixir, dit Martha. J'ai été élevé par des humains comme toi pendant un certain temps, puis par les habitants de la forêt à la mort de mes parents adoptifs que j'aimais de tout mon cœur. Je ne sais pas comment, mais je suis toujours en vie après tout ce temps et je suis restée telle que j'étais après leur disparition. J'avais vingt-deux ans, je crois.*
- *Je suis heureuse de te connaître, et je peux mourir tranquillement à présent. Je m'appelle Hortense. Ma grand-mère m'avait dit sur son lit de mort que je te verrais. Je pensais qu'elle était à mille lieues de comprendre ce qu'elle disait. Tu peux venir quand tu veux, cela me fera très plaisir. Je n'ai pas vu grand monde depuis si longtemps. Pas très loin d'ici, vit encore la famille. Il reste encore quelques frères et sœurs, mais certains sont aussi âgés que moi sinon plus, et ils ne peuvent plus se déplacer aussi facilement que dans leur*

jeunesse, tout comme moi. Je n'ai pas eu la chance d'avoir des enfants, aussi, à ma transition, je souhaiterais que tu puisses vivre dans toute la plénitude et l'amour que tu as en toi, pour continuer à faire vivre cette maison. Je suis émue et heureuse. J'aurais aimé que ma grand-mère te voie, elle aurait été heureuse. Toute sa vie, elle a souffert et nous avait raconté qu'elle avait laissé un bébé dans la forêt, car elle avait peur que son mari ne l'épouse.

À cette époque, être fille mère était une tare, et elle t'a laissé bien enveloppée dans du linge propre et chaud pour que tu ne puisses pas avoir froid. Elle t'avait mis cette chaîne autour du cou, pour que tu puisses te rappeler. Puis un jour, après que son mari fut parti à la guerre, elle attendit un peu, puis repartit dans la forêt à l'emplacement qu'elle t'avait laissé. Il n'y avait rien. Alors, elle pleura toutes les larmes de son corps. Puis soudain, elle t'a aperçue, magnifique, insouciante avec des parents qui semblaient t'avoir accueilli et qui te choyaient. Elle s'avança un peu plus et vit la chaîne autour de ton cou et la tache sur ta main, et elle t'a reconnue. Elle voulut t'appeler, mais se retint, car elle vit que la mère qui t'avait adopté était heureuse d'avoir un enfant bien portant, car tu avais un frère mongolien. Tu as regardé dans sa direction et elle a eu peur. Elle était heureuse de voir que tu étais bien, mais aurait aimé que tu sois avec elle. Elle n'a eu que des garçons par la suite.

- Je l'ai vu et je me souviens, dit Martha. Son image est restée longtemps dans ma mémoire et je savais que c'était ma vraie mère.
- Je suis heureuse. Il y a si longtemps que je n'avais eu de joies aussi intenses, dit la vieille dame. Je suis ton arrière-petite-nièce et cela devait être différent. Tu aurais dû être à ma place, et moi à la tienne.

- *Mais je suis heureuse de te connaître. J'ai retrouvé au moins une famille après si longtemps. Je peux venir te voir tous les jours si tu veux. Cela me fait vraiment plaisir.*
- *Tu peux venir quand tu veux. Je serai la plus heureuse. Mais tu ne m'as pas expliqué pourquoi tu as presque l'air d'une enfant, alors que tu dois avoir au moins deux cents ans ! C'est magnifique ! Quel est ton secret ?*
- *Deux cent trente-sept ans ! Il n'y a pas de secret, sauf que mère Nature est très généreuse quand l'homme devient simple et en accord. Ma mère m'avait laissée dans la forêt, mais les Êtres de la forêt se sont occupés de moi depuis ce jour. Ils m'ont trouvé cette famille qui vivait dans la forêt et à leur mort, ils ont pris soin de s'occuper de moi. J'avais perdu pendant un certain temps la notion d'être humain. Je faisais partie de la nature et j'étais la nature. J'étais un arbre, un animal, une plante. Je ne faisais aucune différence. Je devenais invisible aux humains. Je parlais fort, ils ne m'entendaient pas, jusqu'au jour où un jeune homme m'a vu. Il m'avait vu et était content d'avoir vu un être humain dans la forêt. Nous ne nous étions pas parlé, mais en partant, il avait laissé tomber une écharpe. J'avais gardé l'écharpe comme une relique en me disant que c'était un rêve, jusqu'au jour où il fit de nouveau son apparition. Puis, je l'ai revu plusieurs fois dans mes visions. Je le voyais dans ses vies, il me souriait. Je sus qu'il serait l'homme de ma vie. Je sus aussi que j'étais humaine et que j'avais aussi besoin des humains. Il m'avait vu sans que je puisse empêcher quoi que ce soit. Il faisait sa marche de la vie, vers une compréhension plus profonde. Je découvrais la beauté, la bonté, l'amour de l'homme. J'étais heureuse. Mais je parle, je parle sans m'arrêter quand je trouve une personne avec qui discuter. Je suis contente de vous connaître et si vous trouvez que je ne suis pas trop bavarde, je reviendrais vous tenir compagnie.*

- *Avec grand plaisir. Tu combles mes journées de solitude et ta présence me fait du bien. Merci.*

Et Martha prit l'habitude de venir tous les jours voir la grand-mère qui était aussi enchantée qu'elle. Elle lui parlait de sa mère, de sa douceur et de son plaisir à préparer de bons petits plats. La grand-mère passait des heures à lui montrer les photos jaunies et les histoires de celles-ci. Elle lui disait qu'elle était sa bénédiction. Elle se demandait par quelle magie elle arrivait à la voir et pas les autres personnes. Elle n'osait pas lui poser la question. Elle aussi était heureuse d'avoir quelqu'un à qui parler en attendant le retour de Steven. Et puis, elle savait cuisiner, malgré son âge avancé. On aurait dit qu'elle avait rajeuni. Elle était devenue plus alerte.
On ne sait pas par quelle magie, au fur et à mesure qu'elle discutait avec la grand-mère d'autres personnes arrivaient à la voir, à lui faire des sourires en lui disant bonjour, puis toutes les personnes qu'elle côtoyait.
La grand-mère mourut deux ans plus tard en léguant à sa petite-fille selon les autorités, la maison qu'elle occupait depuis toujours. Les habitants du village étaient à présent habitués à voir cette grand-mère et cette frêle jeune fille, qui, ça ils ne le savaient pas, avait plus de deux cents ans. Il fallait combiner avec les éléments du moment, pour lui trouver une pièce d'identité bien plus récente qu'elle n'avait plus en sa possession. Mais cela devait être ainsi.
Pour être en règle avec les autorités, elle devait avoir des papiers, mais la grand-mère lui disait de ne pas s'inquiéter, tout rentrerait dans l'ordre. Tout était en ordre à la mort de sa grand-mère ou son arrière-petite-nièce. Après l'enterrement, elle revint dans la maison pour prier pour la grand-mère et la remercier. Sur la table de la cuisine, il y avait sa pièce d'identité avec sa photo et une date de naissance prouvant qu'elle avait vingt-deux ans et le double de l'attestation du lègue de la maison, l'original étant chez le notaire, par quel miracle ! Elle ne se posait pas de questions, mais remerciait mille fois la grand-mère ou les Êtres de la forêt.

Martha était heureuse. Elle avait réussi à trouver un membre de sa famille.

Elle avait grandi presque seule sans frères et sœurs connus et avait tout le temps pour se créer son univers. Enfant, elle s'imaginait être la sœur ainée de tous les frères et sœurs qu'elle faisait naître de toute la force de son imagination. Elle avait un frère mongolien et ne pouvait trop discuter avec lui. Il était dans son monde. Elle s'était habituée depuis, à faire partie de la nature.

-18-

Désormais, elle vivait un rêve qui s'était matérialisé. « J'ai eu raison d'attendre se dit-elle, tout arrive en même temps. J'ai une vraie maison et il est venu à moi, je le garde ».

En regardant cet homme, elle avait l'impression qu'il allait bouleverser sa vie et acceptait ce changement. Elle avait la capacité de changer de comportement et s'adaptait à tout son environnement. Jusque-là, elle n'attachait aucune importance à son physique, jusqu'à cet instant présent, où elle avait en face d'elle l'homme de ses rêves. Il était lumineux, éblouissant, magnifique sous tous ses angles. Elle ne souhaitait pas que l'image disparaisse et voulait à tout prix l'inviter, pour être sûre que ce n'était pas un mirage. Elle savait qu'il la trouvait audacieuse, alors qu'elle était d'une timidité à toute épreuve, mais qu'importe !
Steven quant à lui, regardait cette jeune femme droit dans les yeux en se disant qu'elle va se rappeler qu'ils s'étaient vus il n'y a pas si longtemps, qu'ils sont restés deux jours à se côtoyer et à discuter. Comment est-ce possible ! Il avait en face de lui une femme qu'il avait vue pendant sa marche et qu'il avait côtoyée. Il avait dormi dans la même chambre et le même lit pendant deux jours. Il la trouvait encore plus belle que dans la forêt. Il était parti dans sa rêverie quand il entendit :

- Vous venez prendre ce café alors ? Au fait, mon nom est Martha et vous ?
- Je m'appelle Steven, dit ce dernier en se remettant du choc qu'il venait de recevoir. Comment est-ce possible ! Elle ne se souvenait pas. Si ce n'était pas elle, son sosie était parfait.
- Mon prénom de forêt est Rabia, donné par mes parents adoptifs que j'aime, qui veut dire : trouvaille de la forêt. J'aime les deux, mais j'ai une préférence pour Martha.

C'était la jeune femme qui invitait Steven. Il n'en revenait pas. Il n'allait surtout pas refuser. Il n'était pas rentré chez lui et avait déjà une invitation. Il était aux anges et accepta avec plaisir. Il avait son sac à défaire, il voulait revoir chez lui, mais cela lui était égal. Il arriva quand même à dire :

- J'en suis enchanté, mais je vais rentrer chez moi, me détendre un peu et je reviens. Disons dans une heure ? Je serai heureux que nous fassions plus amples connaissances.
- D'accord, répondit Martha. À tout à l'heure.

Quand Steven rentra chez lui, il était stupéfait. Tout était propre et en ordre. Le réfrigérateur était plein, le congélateur aussi. Il n'avait pas de courses à faire. Magnifique ! pensa-t-il, je n'ai rien à faire. Mon employé à tout fait dans la perfection.
Il vit sur la table tous les cahiers qu'il avait écrits pendant toute sa marche, exactement comme il les avait postés, et eut un air satisfait. Tout était arrivé à bon port. Il les relirait plus tard. Il n'y avait pas le manuscrit de Matéos, pourtant, il était sûr de l'avoir posté en même temps que les autres. Pour l'heure, il voulait se faire couler un grand bain chaud, vider son sac, trier ce qu'il avait à laver et le reste à ranger. Il était chez lui à présent. S'il n'y avait pas les cahiers sur la table, il penserait qu'il n'avait pas bougé. Bien sûr, il avait bougé et devait reprendre son travail dans quelques jours.
Il souriait à l'idée de toutes les questions que ses collègues lui poseraient. Il ne pourrait pas tout expliquer, car beaucoup ne croiraient pas à une autre vision de la vie. Peu de gens dans son entourage ne comprendraient pas ou ne voudraient pas savoir qu'il y a une compréhension illimitée des choses de la vie. Pour cela, il verra sur place. Pour l'heure, il avait rendez-vous dans moins d'une heure, et il devait s'activer.
Il chercha dans son armoire des habits propres qu'il enfilerait après, puis s'installa dans son bain pendant quelques minutes pensa-t-il, mais qui dura une bonne demi-heure. Il ferma les yeux, et revit l'homme sans nom et se dit en lui-même qu'il n'avait pas tout rêvé. L'homme sans nom comme à son habitude souriait et lui dit qu'il pouvait ouvrir les yeux. C'est ce qu'il fit. Il était content de voir que ce dernier existait vraiment. Il lui dit :

- Je suis content de ta venue et je voudrais que tu m'expliques ce qui vient d'arriver. Je me suis retrouvé nez à nez avec Martha et l'on aurait dit une autre entité qui lui ressemblait dans la forêt.
- C'est la même entité à des degrés différents, répondit le voyageur. Tu découvriras au fur et à mesure de ton avancement qu'elle souhaite une confirmation de ce qu'elle a pu vivre. Elle se rappelle t'avoir déjà vu dans des contextes différents. Jusque-là, elle était concentrée sur son travail de secrétaire, tu l'as déstabilisé. En ce moment, elle se pose la question exactement comme toi, rêve ou réalité ? Elle ne sait pas trop. Mais ce dont elle est sûre, c'est qu'elle a rencontré l'homme de sa vie et ne le laissera pas s'échapper. Laisse les choses se faire comme tu as l'habitude d'attendre et le dénouement heureux de la situation est au bout. Elle lit les pensées des autres, mais a du mal à lire les tiennes et cela l'intrigue encore plus. Elle se dit que tu as une force extraordinaire et elle t'admire.
- Tu es arrivé juste au moment où j'avais un gros point d'interrogation au-dessus de ma tête, tu m'as aidé, je t'en remercie.
- Rappelle-toi, le hasard n'existe pas. Tu as déjà oublié ce dont je suis capable ! dit le voyageur du temps et de l'espace. Tu as aussi oublié ce dont tu es capable. Tu es revenu dans le limité. Rappelle-toi toutes les possibilités que tu as développées et sers-t'en.
- Non, je n'ai pas oublié, dit Steven à l'homme sans nom, mais je suis complètement retourné d'avoir vu mon amour dans une autre dimension. Je ne m'attendais pas du tout, car je vis ce que je dois vivre dans l'instant. Mais je suis aussi très heureux de tout ce que tu viens de m'expliquer. Je conçois mieux les choses.
- Prépare-toi à vivre une autre belle expérience, dit le voyageur, celle de l'amour vrai, le renouveau de la vie dans une vie. Je

ne peux vivre ces choses, car je les ai dépassées et je n'en ai pas besoin, mais toi oui. Tu as besoin d'amour et de paix pour retrouver ce pour quoi tu es en ce monde en cet instant avec le potentiel que tu as. Tu n'as pas fini d'apprendre, même si tu as compris que tu étais capable de plein de choses. Tu te rends compte que tu as encore des choses à découvrir ? Mais tu es plus serein et plus apte à comprendre certaines choses que tu n'aurais pas comprises auparavant. Tu as fait un long chemin qui pourtant paraissait si court pour toi, alors que beaucoup d'autres ne sont pas arrivés jusqu'au bout.
Maintenant, tu es capable de tout comprendre et de tout transcender, car tu as eu toutes les expériences que tu as voulu avoir. Tu as eu l'espace d'un instant un moment de doute sur ta foi et sur tes pouvoirs, c'est pour cela que je t'ai apparu pour te soutenir et ne pas croire que tout ce que tu as vécu était en totalité le fruit de ton imagination. Tu m'as vu le premier jour que tu as commencé ta marche, vers un lieu que tu connaissais, mais tu ne te rappelais pas au début que tu avais déjà entrepris de faire cette marche. Tu es revenu dans ton monde où tout est limité et tu te demandes si tu as bien vécu toutes ces expériences ! Tes cahiers sont la preuve que tu as pu te dépasser et dépasser le seuil de la simple compréhension. C'est exactement la même chose pour Martha qui n'ose partager avec d'autres les expériences qu'elle a vécues. Mais elle a eu le même choc que toi. Elle a vécu tout ce que tu as vécu, mais n'ose le dévoiler au grand jour. Elle sait qu'elle est une vieille âme. Elle sait qu'elle a des capacités, que son cerveau est en train de se libérer des entraves qui l'empêchaient jadis de comprendre l'existence dans laquelle elle vivait. Mais tu la découvriras tout doucement. À dans une autre vie !

Martha ne pouvait dire à son entourage qu'elle avait la maîtrise des éléments, qu'elle pouvait converser avec les plantes, les arbres,

l'herbe, les animaux, les minéraux. Elle se sentait en fusion avec la moindre parcelle de vie sur cette terre et au-delà. Elle était heureuse d'avoir découvert que d'autres Êtres avaient accès au monde terrestre et que certains étaient en parfaite harmonie. Elle observait, mais avait du mal à croire, jusqu'à ce qu'elle se rende compte qu'elle pouvait se projeter dans ces mondes et voir qu'il y avait des choses extraordinaires.
Dans ses visions, elle avait vu ce jeune homme, qui était d'un calme extraordinaire, mais qui dégageait une force hors du commun. Avant d'arriver à ce stade, il était passé par beaucoup de souffrances. Il s'était souvenu de plusieurs de ses vies et en avait tiré profit. Elle le voyait dans un autre monde, et le trouvait magnifique. Il avait tout compris de la vie et de ses aléas. Il l'avait aidé à comprendre les interrogations de si longues années. Et à présent, il était là en chair et en os pour la troisième fois. Quel bonheur !
Elle se demandait ce qu'elle pouvait bien lui offrir en guise de bienvenue. Un café, ce n'était pas assez. Il adorait le café. Elle le savait, car elle l'avait vu. À présent, elle savait que ce n'était pas son imagination. Avec beaucoup de courage, elle pourrait lui en parler de ce qu'elle avait vécu pendant un temps comme si elle était une personne différente qui regardait la vie d'une autre personne défiler. Elle était heureuse. La vision qu'elle avait de lui s'est matérialisée. Il était devant elle, resplendissant de lumière et d'amour.
Elle ne pouvait expliquer autour d'elle, dans son travail, ce qu'elle était en train de vivre. Elle se rendit compte qu'elle arrivait à développer ses capacités, mais Steven restait complètement hermétique. Elle n'arrivait pas à sonder ses pensées comme elle arrivait à le faire autour d'elle. C'était l'énigme, qui l'attirait comme un aimant. Elle ne pouvait plus se maîtriser et ne cessait de penser à lui. Elle était là en train de penser à tout cela quand deux coups furent frappés à sa porte, discrètement.
Déjà ! pensa-t-elle. Elle n'avait rien fait, même pas le café. Une panique l'envahit. Que faire ! Ouvrir la porte, ou mettre la cafetière en marche. Elle fit une révision mentale de ce qu'elle pouvait lui

proposer en accompagnement avec le café. Deux coups furent frappés à nouveau et sans réfléchir, elle ouvrit la porte. Elle le vit, magnifique et ne savait comment aborder la conversation.
Elle l'invita à entrer, puis à se mettre à l'aise en attendant de faire couler le café.
Steven quant à lui, scrutait l'intérieur de la maison. Il lui semblait qu'il y avait juste le nécessaire, comme dans la forêt, et cela le faisait sourire. Il se demandait comment il allait aborder la question du déjà vu. Il était fatigué à présent, mais pour rien au monde, il n'aurait raté ce rendez-vous. Il la revoyait comme dans la forêt, pendant qu'elle s'activait à lui faire de la cuisine et à l'entretenir des choses de la vie qu'elle ne connaissait pas. Il ne comprenait pas tout à fait cette nouvelle expérience, mais il savait que c'était en relation avec sa nouvelle compréhension des choses de la vie qu'il avait comprises pendant tout le temps de sa marche. Il ne s'étonnait plus, mais était très surpris de la tournure des évènements. Il trouvait cela merveilleux.
 C'était comme s'il passait d'une vie à l'autre en un instant. Martha apparut devant la porte de la cuisine qui donnait sur la salle à manger un plateau à la main, avec du café et des petits chocolats fourrés. Steven était aux anges. Cela faisait au moins dix vies qu'il n'avait pas goûté un chocolat, pensa-t-il en exagérant un peu.

- *J'avais presque oublié, tant je suis sous le choc, je t'ai apporté une boîte de macarons que j'ai achetés à la boulangerie fine, pas très loin d'ici. Je sais que tu les adores.*
- *Je la connais cette boulangerie et je sais que tu aimes le café, commença Martha, que tu es gourmand, c'est pour cela que je t'offre du chocolat, que pour toi, cela fait au moins dix vies que tu n'en as pas goûtées. J'ai voulu te faire plaisir.*
- *Tu as entendu mes pensées ! C'est exactement ce que je viens de me dire. Donc, tu sais l'histoire qui nous lie et que nous avons vécue pendant si peu de temps et pourtant si intenses. Tu sais aussi ce que j'ai entrepris un pèlerinage pendant un temps*

qui me semblait trop court, dit Steven qui n'arrivait pas à s'arrêter.

- *Je sais tout cela, dit Martha. Je ne voulais pas l'admettre au début, car je pensais que c'était une autre dimension. Je voyage souvent. Quand je t'ai vu, j'ai compris que c'était la réalité. Pendant que tu faisais ta marche, je me suis surprise à découvrir en même temps que toi les capacités enfouies en moi et je doutais de ce que je pouvais vivre. Puis j'ai eu ton aide. Je m'étais enfermée dans des connaissances que je ne pouvais diffuser à d'autres. Je suis devenue secrétaire trilingue et j'ai plaisir à travailler. Je me perfectionne de plus en plus. J'ai la faculté d'apprendre vite et je me dois d'être logique.*

J'avais beaucoup de mal à y adhérer et je refusais d'admettre que j'avais des pouvoirs enfouis en moi. Je t'ai vu, avec une grande simplicité te servir de tout ce qui t'était utile. J'avais l'impression que je vivais dans une autre vie qui avait été courte, mais dense. Alors, j'ai commencé tout doucement à me rappeler en te suivant comme si tu étais un guide. Tu étais devenu mon mentor.

Quand je t'ai vu physiquement, je me suis dit que ce n'était pas un mirage et je suis heureuse de pouvoir te dire tout cela. Tu sais, comme toi je n'ai pas de frères et de sœurs connus. Alors, je me suis créé un monde plein de frères, de sœurs et de plein d'autres choses. J'ai cru un instant que c'était encore mon imagination quand tu es apparu devant moi. Il m'a fallu quelques instants pour réaliser que tu étais bien réel. J'étais heureuse. Je n'avais pas rêvé tout ce que j'avais vu. Je suis entrée dans ton monde sans trop savoir comment.

Je me suis vue dans cette forêt où nous préparions la cuisine ensemble et je te faisais boire mon breuvage énergisant. J'ai vu que tu poursuivais ta route et de temps en temps tu apparaissais devant moi en me souriant, et je te souriais aussi. J'ai su que tu avais terminé ta marche, mais je n'étais pas sûre

que tu apparaisses là devant moi comme tout à l'heure, bien en chair et en os, j'ai eu un choc.
- *J'en suis superbement heureux, dit Steven. Quand je t'ai vu, j'avais l'impression que tu ne savais rien et je me demandais comment cela était possible ! L'homme sans nom m'a aidé à me détendre en me disant de laisser les choses de la vie se faire. Mais je prendrais bien le café, sinon, il va être froid. Je suis content du déroulement de la situation et content de t'avoir retrouvé. Tout comme moi, tu te fermes comme une huître quand tu n'es pas sûre de toi. C'est pour cela que je ne te voyais pas au plus profond de toi-même. Je ne pouvais voir que ce que tu voulais que je voie, tout comme moi. Maintenant, nous nous comprenons.*
- *Tu as raison, prenons un café, puis deux comme tu aimes, dit Martha. Je suis moi aussi contente de te revoir et de t'entendre physiquement.*
- *Raconte-moi ta vie dans cette vie, dit Steven. Quand je t'ai vu pour la première fois, tu étais en haillons dans la forêt qui était ta maison, ton lieu de vie depuis deux cents ans et plus, tu avais l'air d'une gamine comme maintenant.*
- *Que veux-tu savoir, demanda Martha.*
- *Je veux tout savoir, dit Steven. Ta compréhension des choses et des Êtres, ta perception de la vie dans laquelle tu vis. Les expériences que tu as eues et qui t'ont marqué. J'aimerais savoir si tu te souviens de toute ta vie, car elle longue. Si, comme moi, tu as compris que l'homme a des capacités enfouies en lui, et en les développant, il se rend compte qu'il n'est pas séparé du monde dans lequel il vit et évolue, dont il n'est pas séparé, mais individualisé. J'aimerais connaître ta compréhension de ce que tu as découvert.*
- *C'est vaste ! dit Martha. Je peux passer une éternité à te raconter. Au début, je me disais que c'était mon imagination qui était un peu trop débordante. Un matin où je n'avais rien de particulier à faire, je me suis amusée à ressentir mon corps.*

J'ai fermé les yeux, puis j'ai commencé à sentir le sang qui circulait dans mes veines. Je sentais ma peau, ma chair, mes muscles, mes os, mon corps tout entier. C'est à ce moment que je me suis sentie d'une légèreté sortant de l'ordinaire. Puis je me suis aperçue que je pouvais me déplacer sans mon corps physique et que je pouvais voir au-delà de ce que je voyais habituellement. Je découvrais des choses extraordinaires. Je découvrais des mondes en parallèle qui étaient bienveillants souvent, mais quelquefois désagréables. J'ai compris que je pouvais forger dans mon esprit toutes les positivités et les négativités possibles. Je ne sais pas comment je suis venue dans le monde des hommes, car je n'ai plus aucune famille. J'avais retrouvé une vieille tante qui m'a légué sa maison, mais auparavant, j'ai été élevé par des humains, puis par notre mère Nature.

- *Cela, je le sais, je l'avais déjà visualisé et tu m'en avais en partie raconté. Mais comment es-tu arrivée à t'apprivoiser à ce nouveau mode de vie. Tu es passée de la forêt à la ville.*
- *C'est toi qui m'as aidée. Depuis que je t'avais vu la première fois, je sentais une attirance comme jamais je ne l'avais sentie envers un humain. Tu m'avais vu, alors que peu de gens connaissaient mon existence mis à part l'homme sans nom ou le voyageur, car il voyage à la vitesse de la lumière dans le temps et dans l'espace. Tu m'avais laissé une écharpe que j'avais gardée en demandant aux esprits de la forêt, de me permettre de te retrouver. Tu es revenu, cette fois nous avions discuté de tout et de rien. Tu es parti pour ton expérience, mais cette fois, je savais que je te retrouverais et que nous serions réunis. Mais je me disais que je pouvais me tromper. Je suis un être humain, même avec des facultés développées et des aides des habitants de la forêt, je reste un être humain et je l'accepte.*

Puis j'ai appris à maîtriser et à comprendre tout ce qui se dégageait de mon corps et de mon esprit. Je pouvais entendre au-delà de l'entendement. Je pouvais voir mieux que quiconque. Je pouvais percevoir des pensées qui circulaient tout autour de moi et en moi. Je me suis vue dans une seule et longue vie depuis des siècles, je ne pouvais admettre que j'avais existé pendant si longtemps. C'est à ce moment que je t'ai vu, dans ce qui me semblait des rêves. Je ne pouvais y croire et je me disais que j'étais folle et que j'avais créé par mes pensées un monde idéal que je n'atteindrais jamais. Mais quand je t'ai vu aujourd'hui, je me suis dit que ce n'était pas un mirage. Que tout ce que j'avais vécu était vrai. Le voile a disparu et tout doucement j'ai repris confiance en moi. J'avais peur de mes pouvoirs et aussi du qu'en-dira-t-on. Une belle fille seule qui travaille avec des quantités de collègues et personne ne sait rien sur elle, n'a aucun homme dans sa vie, c'est un grand mystère. C'était ma réflexion au début. J'avais aussi peur que l'homme que j'aurais choisi me prenne pour une demeurée. Puis tu m'as guidé, tu m'as appris à accepter ce que j'étais et ce que j'avais développé au fil du temps et je t'en remercie.

- *Tu me connais mieux que je te connais, dit Steven. Je ne savais pas que j'avais au moins une adepte.*
- *Eh ! bien, oui dit Martha en souriant. Toi tu avais l'homme sans nom pour te guider, moi, je t'avais toi. Je le voyais de temps en temps. Il ne me guidait pas, mais il me parlait des choses de la vie, comme une allégorie. Mais j'ai eu aussi beaucoup de signes qui se dévoilaient au fur et à mesure que je comprenais que je n'avais aucune peur à avoir, puisque tout était en moi, autour de moi, et avec moi. Je devais m'accrocher à la pensée que tout ce que je décide se réalise et se forme, consciemment ou inconsciemment.*
Mes pensées s'accrochaient à d'autres pensées et pouvaient me nourrir d'amour et de bienfaits ou tout l'inverse. Tout dépendait de ma conception des choses. Je rencontrais en pensées d'autres gens qui comme toi, vivaient l'expérience des

capacités qu'ils avaient au fond d'eux-mêmes sans croire en un Être exceptionnel qui leur servait d'exemple. Ces gens avaient banni la peur, le doute, l'angoisse, et je me rendais compte que j'avais un peu de cela. Toi et tous ces gens m'avez aidé à comprendre que la peur n'évite pas le danger, mais que le danger peut être évité si l'on bannit la peur. Je me disais que mon vœu le plus cher, serait de te voir, ainsi que tous les autres vraiment, pas que dans mes rêves, mais en chair et en os.
L'espace d'un instant, j'ai encore douté. Ta bienveillance et ta confiance ont dépassé mes hésitations et je t'en remercie infiniment.

- *Ne me remercie pas, dit Steven. Depuis que j'ai entrepris la marche de Compostelle et je me suis retrouvé vers un lieu qui me semblait inconnu au premier abord, je suis devenu un homme nouveau qui a dépassé le stade du limité pour comprendre que l'homme s'est forgé un monde et ne cherchait pas au-delà, bien souvent. Cette marche m'a permis de me surpasser et de découvrir que j'avais un potentiel énorme. Je peux voir, entendre, comprendre au-delà de ma vision d'avant. J'ai compris que je pouvais forger ma vie à l'image de ce que je souhaite. Pleine d'amour et de paix. Pleine de bonheur et des choses simples de cette vie que nous vivions dans cet instant. Pleine de confiance dans tout ce que je découvrais. Je suis l'un des hommes le plus heureux du monde, car comme beaucoup d'autres, j'ai compris il y a peu de temps, que l'homme est maitre de sa destinée.*
Comprends-tu cela ! Nous sommes assis en cet instant précis en train de discuter en buvant un café et en croquant du chocolat. Qui nous a poussés à le faire ? J'aurais pu décliner ton offre et rentrer chez moi tranquillement après cette longue marche et me reposer ou me morfondre. J'ai fait un choix d'accepter ton invitation. Tout comme toi qui aurait pu ne pas

m'inviter et chacun restait chez soi. Tu comprends, chacun a le choix de vivre ce qu'il doit vivre. Qu'en penses-tu ?
- Vu sous cet angle, je pense que tu as raison, dit Martha. Mais qu'en penses-tu de tous ceux qui souffrent ? Ils n'ont pas demandé à vivre cette souffrance ?
- C'est un domaine encore plus vaste et inscrit dans les gènes de l'humanité. Au début, il y a le libre arbitre. C'est-à-dire que l'homme a la possibilité de choisir de vivre dans la plénitude de la planète terre, d'accepter ses conditions en suivant les lois de la mère Nature, ou vivre selon son gré et ne pas tenir compte des écueils qu'il crée. Vivre sans détruire les biens que renferme cette Terre accueillante et très fertile.
- Au début, les Êtres de lumière ne savaient pas trop en quoi consistait la puissance de la Terre qui accueillait des âmes préparées pour la transformation. Pourtant, tout était simple. Faire fructifier les énergies en place, pour que mère Nature ne puisse jamais se sentir affaiblie et déstabilisée. Tout était magnifique.

Les éléments, l'eau, l'air, la terre, les volcans étaient en harmonie et l'Être devenu homme, qui était l'élément central a dévié et a oublié sa mission qui était de garder la lumière, l'amour universel et la force consciente en permanence. Il devait aussi maintenir la paix et l'harmonie avec tous les Êtres et tout ce que la Terre contenait. Ces énergies ont été utilisées à mauvais escient, souvent, et le chaos s'est matérialisé. L'harmonie laissait la place quelque part à la destruction. L'abondance disparaissait pour laisser vivre la pénurie. La paix et la sérénité s'en allaient à regret pour laisser s'étendre la destruction et la misère.

Comme tu sais, l'homme est seul maître de ses actes, car il a la possibilité de penser, de réfléchir, de concrétiser et surtout de ne pas oublier son but. L'homme a oublié d'œuvrer pour le bien de tous et de tout, car nous faisons partie du Tout. Certains en ont pris conscience, d'autres non. As-tu entendu *parler du karma collectif ? C'est subtil et évident en même temps.*

Pendant des siècles, l'homme a compris que la terre renfermait des richesses, qu'il fallait extraire et monnayer. Le profit devint le but principal en oubliant les buts nobles.

Pendant des siècles, des hommes ont extirpé des entrailles de la Terre une grande partie de ses joyaux. Des parties ont été retournées pour arracher de ses entrailles toute la richesse qu'elle possédait afin d'en faire du profit. Dans ces mêmes lieux vivaient des familles, des peuples qui dépendaient directement de cette Terre pour leurs vies et leurs survies. L'eau ne pouvait plus irriguer les plantations de certains agriculteurs. La nappe phréatique avait disparu.

Alors, pour certains commençaient le manque, la pénurie, la disette, la souffrance et la maladie. Le manque de nourriture devenait de plus en plus important. Des hommes mouraient de faim, à cause de la folie d'autres hommes. Les gens qui étaient habitués à vivre leurs coutumes et leurs modes de vie, ne voulaient pas ou ne pouvaient rien changer et devaient s'adapter en ne se rendant pas compte que le changement s'opérait tout doucement. La Terre qui n'avait plus toutes ses entrailles compensait le manque ou le vide, par des rejets, des débordements.

L'on commençait à voir plus de tempêtes de sable, de vent ou d'eau. Des tornades, des tsunamis, des déchaînements de mère Nature, qui n'avait que ce moyen pour faire prendre conscience à l'homme qu'il doit bénir la Terre et non la mortifier. Les saisons ne se succédaient pas toujours et les hommes se révélaient avec des maladies qui se découvraient au fur et à mesure de plus en plus complexes. Quelquefois, il fallait des vies pour comprendre le processus de la maladie, et encore plus de temps pour trouver le remède adéquat.
Tu comprends pourquoi les choses sont si complexes, car nous avons généré cette pauvreté et cette souffrance. Nous avons

généré la douleur, la peine, la pénurie, la disette par nos actes. Beaucoup d'hommes et de femmes se sont facilité la tâche en se disant que c'était écrit. Non, ce n'est pas écrit, sauf si l'homme pense que la souffrance, la misère, la douleur sont justes. Tout se trouve dans nos gênes, dans la compréhension du monde que nous avons choisi de vivre.
Pendant toute mon existence et jusqu'à ce que j'entreprenne ma marche, je n'avais pas encore compris le but que j'avais choisi d'atteindre. C'est aussi le but de chaque individu vivant sur cette planète et sur les autres. Comprendre pourquoi il y a vie et mort, commencement et fin. Admettre que chaque chose, chaque situation à sa raison d'être. Nous étions, il y a de cela des éons et des éons des Êtres de lumière, nous avons demandé à faire cette expérience de la terre, mais nous sommes passés par le canal de l'oubli et nous avons oublié notre mission. Nous en avons conscience à présent, toi, moi et beaucoup d'autres. Nous devons travailler pour rattraper nos erreurs. Mais je m'arrête là, car je suis parti dans mes explications et j'ai oublié que je suis ton invité.
- J'ai un immense plaisir à t'écouter et je te comprends parfaitement, dit Martha. Je suis contente de pouvoir discuter avec toi, car je ne peux le faire avec personne. Je n'ai jamais osé en parler avec qui que ce soit, sinon toi. J'avais du mal à admettre certaines choses, mais avec toi tout semble clair et logique. Je me suis vue dans cette forêt, mais comme je te dis, avec mon imagination débordante, j'avais du mal à accepter cet état de fait. Je suis tout comme toi une vieille âme, et cela m'aide en tant que secrétaire.
Je reconnais les plantes médicinales de la forêt et tous les cris des animaux, que ce soit un cri de détresse ou d'allégresse. Je n'ai pas peur d'eux, ils n'ont pas peur de moi. Ce n'est pas par hasard si nous nous sommes rencontrés. J'ai vu ce que tu disais tout à l'heure, nos corps de lumière et d'amour et je ne comprenais pas. Je me suis vue plus grande et un corps

translucide et je ne comprenais pas. Grâce à ton explication, je comprends mieux l'expérience que j'ai pu vivre.
- C'est extraordinaire ! tu t'es retrouvée à ton état initial, celui d'Être de lumière, c'est magnifique ! Il m'a fallu reprendre la marche pour me souvenir et cela m'a pris deux ans pour récupérer tout ce que j'avais oublié. Je suis heureux que tu aies pu vivre cette expérience de l'Être. C'est grandiose. Je suis heureux.
- C'est comme cela que j'ai compris que nous nous étions déjà vus.
- Je pense que nous sommes faits pour nous entendre. Nous pourrions discuter pendant des heures, mais je vais rentrer. Je suis revenu dans le limité. Il se fait tard et je vais rentrer pour me reposer, dit Steven. Tu peux venir chez moi sans même prévenir tout le temps que tu veux, nous aurons d'autres discussions de ce genre. Ce n'est pas compliqué là où j'habite.
- Je te fais la même proposition, dit Martha en souriant. Je crois que je vais un peu vite, mais je pense avoir trouvé mon complément. Ne t'inquiète pas, je trouverai ta maison, car je l'ai déjà visualisée.
- Je suis sûr moi, dit Steven que j'ai trouvé ce que je cherchais au bout de cette longue marche, l'amour et la sérénité. Je te souhaite une nuit douce et que tu ne puisses plus te dire le matin en te réveillant que ce n'était que des rêves. Merci pour tout, pour m'avoir écouté, m'avoir reçu et m'avoir empli d'aise.
- Je te dis la même chose, merci.

Steven ne tenait plus et la prit dans ses bras. Elle était heureuse. Peut-être qu'il l'avait entendu. Ce n'était pas encore des amants, mais déjà de bons amis. Puis, résolument, il ouvrit la porte d'entrée, fit un petit salut à son amie et rentra chez lui.

Martha resta adossée à sa porte d'entrée en suivant mentalement Steven qui rentrait chez lui. Elle n'était pas folle, sinon ils étaient au moins deux. Elle lui envoyait tout l'amour possible. Il lui avait expliqué en si peu de temps ce qu'elle savait déjà. Mais cela la confortait de savoir que l'homme et la nature n'étaient pas séparés. Sa vie venait de prendre un nouveau tournant, sortir avec un homme qui lui plaisait autant qu'elle lui plaisait. Ils avaient les mêmes affinités et pourront s'étendre pendant les soirées d'hiver sur divers sujets qui les intéressaient tous les deux. Elle n'était plus seule. Elle avait vu Steven mettre la clé dans sa serrure et se disait qu'elle allait ranger un peu la cuisine, laver les tasses, la cafetière et travailler un peu.
En tournant la clé dans sa serrure, Steven vit Martha dans un hologramme devant lui et comprit qu'elle le suivait en pensée. Il sourit et lui dit mentalement « Bonne soirée et à très bientôt ».

-18-

Depuis le temps que Steven habitait à cette adresse, il n'avait jamais fait attention qu'il y avait autant de maisons autour de la sienne, car il n'avait pas trop de contacts avec les voisins. Ils se disaient bonjour de

loin, mais n'avaient pas beaucoup d'affinités. Ils étaient en partie les voisins de ses parents. Dans l'instant, ses seules pensées étaient tournées vers Martha, il vivait des moments heureux.
Comme d'habitude, il avait faim. Il poussa la porte de sa maison et se dirigea vers la cuisine en cherchant dans son réfrigérateur de quoi assouvir sa faim. Il aurait pu tout matérialiser, mais il se souvint que le réfrigérateur était bien garni. Il n'avait pas tort. Dedans, il y avait tout ce qu'il aimait, du poulet froid, du jambon, des cornichons, du beurre, de la viande froide et plein d'autres choses. En plus, une bonne bouteille de vin. Il allait faire la fête. Il aurait pu la faire avec Martha, elle est juste à côté, mais il était encore tôt. Et puis, il vient juste de rentrer. Ils auront tout le temps de faire un bon repas.
Il la trouvait exceptionnelle et était exactement la personne qui lui convenait. Il pourrait discuter de toutes sortes de sujets avec elle, elle était ouverte à tout et comprenait tout. C'était un Être de lumière d'une grande beauté d'âme et magnifique. Elle était d'une humilité et d'une simplicité qu'il avait envie de pleurer. Il embrassa sa femme sur la photo qu'il avait gardée, mais réalisait qu'il avait connu une ascension fulgurante en la présence de Martha-Rabia, la fille de la forêt. Elle lui avait ouvert son esprit et il plongeait dedans. C'est un Être lumineux et plein d'amour pour tous les Êtres et les choses de l'univers.
Il avait trouvé son double et allait se mettre au travail pour le bien de la terre. Ils avaient oublié leurs missions, mais ils s'en souvenaient à présent. Ils étaient volontaires pour être les gardiens de la terre et ils devaient œuvrer pour qu'elle ait toujours de la lumière, de l'amour et de la paix. C'était une grande responsabilité, mais ils étaient heureux de changer leur corps de lumière, en un corps fait de chair, de sang, de muscles, d'os, de pensées, de libre arbitre, de conscience, d'égo, tout ce dont ils n'avaient pas besoin en tant qu'Êtres de lumière pour être au service de la Mère/Terre. Ils n'étaient pas tous seuls. Ils étaient des milliers et des milliers à vouloir œuvrer et beaucoup avaient oublié.

Il repensait à tout ce qu'il avait découvert au bout de deux ans de marche. Tout ce que l'homme est capable d'engendrer, de bon ou de mauvais. Ce n'était pas simple de franchir toutes ces étapes. Tout d'abord, l'homme doit apprendre à s'intérioriser pour se connecter avec tous les fils de l'existence. Il doit apprendre à s'aimer lui-même pour aimer ce qui l'entoure. La connaissance de soi est l'une des meilleures écoles de la vie. Steven était parti déprimé, triste, il était revenu heureux et bien décidé à faire partager à tous sa nouvelle compréhension de la vie.
Il repensait à ses collègues qu'il allait bientôt revoir. Il aimait aussi son travail et était content de le retrouver. Maintenant qu'il était serein avec lui-même, il était en phase avec les lois de l'univers et se laissait bercer par la vie qu'il avait reconstruite.
Quand il eut fini de se restaurer, il décida de prendre les nouvelles du monde par le téléviseur. Les nouvelles qu'il entendait étaient bien loin du havre de paix dans lequel il avait été. Il était conscient de la chance qu'il avait de pouvoir jouir de cette vie, avec tout ce qu'il avait pu développer.
Le voyageur apparut devant lui en souriant et lui dit :

- *Te voilà revenu dans la vie que tu dois vivre encore pendant longtemps. Dans cette vie, comme tu le vois, rien n'est simple et il y a du travail pour toi et pour tous ceux qui ont compris. Garde en permanence dans ton esprit, tout ce que tu as pu comprendre pour ne pas retomber dans la méconnaissance des principes de la nature. Je serai toujours près de toi pour te rappeler les principes de la vie et de ta vie. Ne replonge plus dans le doute et les angoisses, car tu n'es plus un ignorant. Tu t'es prouvé à toi-même que tu as des pouvoirs enfouis en toi et que tu peux t'en servir pour ton bien propre et le bien de tous. Sers-t'en à bon escient. Tu as aussi la possibilité de te servir de tes connaissances pour le profit ou pour le plaisir d'aider les autres. Dans le deuxième cas, c'est toi-même que tu aides ! Sache que la loi est la même partout et depuis toujours.*

Ce que tu sèmes, tu le récoltes. Ce que tu penses se matérialise. Ce que tu dis se véhicule dans l'univers. Ne t'en sers qu'à bon escient. Je ne t'en dis pas plus, tu feras ton apprentissage dans la vie. Je te laisse vivre ta nouvelle vie. Au fait, qu'as-tu fait de la photo de Rachel ? À bientôt.

Et il disparut.

Steven se demandait pourquoi l'homme sans nom lui avait parlé de la photo de Rachel, sa chère femme. Il lui envoya à nouveau tout l'amour en souhaitant qu'ils se revoient dans une autre vie. Il se leva pour prendre la photo là où il l'avait laissé deux ans auparavant. Il regarda sa femme à nouveau qui semblait toujours lui sourire. Il l'embrassa encore une fois, puis la photo se consuma dans ses mains sans le bruler. Une nouvelle page était tournée et il avait compris le message. Il ne devait plus s'attarder aux choses futiles et devait aller de l'avant. Dorénavant, Martha était entrée dans sa vie. Un nouveau cycle venait de commencer. C'est ainsi. La vie est un perpétuel recommencement.
Martha savait que Steven avait perdu sa première femme qui n'avait pas supporté de perdre son bébé, mais ne lui en parla jamais. Steven avait eu une autre vie et avait été heureux, puis malheureux. Mais à présent, il avait une nouvelle vie, elle en faisait partie. Elle voulait le voir pour l'inviter à grignoter quelque chose, puis prendre un café ou deux chez elle après son travail. Lui aussi allait reprendre son activité la semaine d'après, mais pour l'instant, il profitait de ses derniers jours de congé pour se replonger dans ses notes et revivre les expériences qu'il avait vécues.
A la réflexion, elle se disait que c'était mieux d'aller chez lui, plutôt qu'il vienne chez elle, car en sortant de son travail, elle n'aurait pas la force de préparer quelque chose à grignoter, alors que lui avait encore tout son temps. Elle regretta tout de suite sa pensée, mais trop tard, Steven avait capté le message et lui dit par télépathie qu'il serait

enchanté de lui préparer des petits canapés et trouvera bien quelque chose de pratique et de rapide à faire.
Il aurait pu venir la chercher à son travail, mais elle n'était pas encore prête. Il ne voulait pas la brusquer et comprenait. Elle avait été seule pendant des siècles et tout à coup, se retrouvait avec un homme qu'elle avait appris à connaître. Vis-à-vis de ses collègues, elle était une personne hermétique et comptait le rester au moins pendant un certain temps.
Elle regarda l'heure et se disait qu'elle avait encore deux bonnes heures à travailler. Il faisait frais dehors, mais Steven décida de déboucher une bonne bouteille et vérifia dans son réfrigérateur qu'il y avait tout pour manger sur le pouce, sinon il en matérialiserait. Il était content et amoureux. Il était content, car Martha n'avait aucun problème à venir chez lui, même s'il avait été marié et est devenu veuf. Ce n'était pas une jeune femme ordinaire. Elle avait sa maison, lui avait la sienne, même si la sienne était bien mieux équipée, avec une cuisine aménagée, un salon en cuir avec un canapé et deux fauteuils, une petite table basse et une salle à manger avec une table ronde et quatre chaises, ainsi que quelques tableaux accrochés aux différents murs. N'importe quelle autre femme aurait hésité venir dans la maison d'une autre femme, même si elle n'était plus là ! Il bloqua ses pensées, car il ne voulait pas qu'elle entende.
Martha-Rabia ne réfléchissait pas de la même manière que la plupart des jeunes filles qui rencontraient un homme avec qui elles voulaient vivre toute une vie. Elle ne s'occupait que de l'instant présent. Il n'y avait aucune préméditation. Elle vivait tout dans l'instant et ne se préoccupait pas de l'instant d'après. Elle était exactement celle qui lui convenait. Il lisait dans ses pensées comme dans un livre ouvert, tout comme elle lisait dans les siennes, quand cela l'arrangeait. Tout était limpide et clair. Il ne pouvait faire la comparaison avec sa femme, car ce n'était plus sur les mêmes dimensions, mais c'était aussi beau.
Elle était en train de se dépêcher de finir son travail, quand le responsable de l'entreprise vint la voir pour lui dire qu'elle avait

oublié une partie de la traduction qu'il lui avait confiée la veille. Elle ne se trompait jamais et était en partie étonnée que le responsable vienne la voir en personne. Il avait une idée en tête. Il voulait l'inviter à prendre un café ou dîner, mais elle avait rendez-vous avec son amoureux et ne voulait pas perdre de temps.
Il était très grand et sûr de sa personne. Habillé avec classe, le teint un peu hâlé comme s'il revenait de vacances dans un pays du soleil, il pensait qu'aucune jeune femme ne lui résisterait. Toutes les filles du bureau craquaient pour lui, qu'elles soient mariées ou non, mais Martha elle, pensait à son travail quand elle y était, et à rien d'autre. Elle était dans un petit bureau qu'elle avait agrémenté à sa façon, le plus simple possible. Il y avait un bureau, un ordinateur, une photocopieuse et quelques affaires de bureau.
Il avait à peine frappé à la porte qu'il était déjà entré dans le bureau.
- *Bonsoir Mademoiselle, dit-il en lui tendant la main. Vous allez bien ?*
- *Oui très bien merci ! Je m'apprêtais à ranger mes affaires, je dois partir dans un instant.*
- *Désolé. Il me semble qu'il manque une page dans le manuscrit que vous avez traduit. Il semblerait que tout n'a pas été traduit.*
- *Ah bon ! C'est impossible. Vous avez en votre possession la copie que je vous ai transmise ?*
- *Oui. Eh ! bien, regardons ensemble.*

Elle sortit son double dans son tiroir et fit la comparaison. Il ne manquait aucune page. Tout avait été parfaitement traduit. Elle avait noté sur sa copie : double à l'employeur et à l'établissement concerné.

- *Vous voyez c'est identique, il n'y a aucune erreur.*
- *Je vous prie de m'excuser, mais j'ai peut-être lu trop vite en sautant une page, je m'en excuse. Vous êtes une traductrice excellente et je ne pourrais plus me passer de vous. En fait, je*

voulais vous inviter à dîner ou même prendre un café, qu'en pensez-vous ?
- Au fait, comme je vous l'ai dit tout à l'heure, je dois me dépêcher et même si je n'avais rien à faire, je ne pense pas que j'irai dîner avec vous ou même prendre un café. J'ai moult choses à faire en sortant de ce bureau. Mais je vous remercie pour l'invitation.
- Dommage, j'aimerais être à la place de l'heureux élu.

Elle ne répondit pas, mais sortit son sac de son bureau, prit son manteau et regarda le responsable dans les yeux et lui dit :

- Si vous n'avez plus besoin de moi, je vous dis bonsoir et à demain.
- Bonsoir, à demain.

Elle l'impressionnait. Il était resté dans le bureau de la traductrice quelques secondes en réalisant qu'elle était partie. Il était subjugué par cette jeune femme. Il avait été comme scotché sur le visage et le corps de la jeune femme. Il ne l'avait jamais vu avec un homme. Elle était belle à couper le souffle, mais semblait très distante des hommes. Il était pourtant séduisant et toutes les filles lui couraient après et rêvaient de lui coller une bague au doigt. Il avait l'impression qu'elle ne le voyait pas.
Il réintégra son bureau en se disant qu'il devait persévérer, qu'elle allait craquer comme toutes les autres, même s'il devait payer cher. Il avait déjà payé cher. La femme qu'il aimait l'avait trompé avec son meilleur ami. Il ne s'en était pas remis. Il s'était promis de ne plus jamais se marier. Il n'en revenait pas. On aurait dit que son cerveau s'était embrumé l'espace d'un instant. Il regardait la jeune femme, mais ses pensées étaient au ralenti. Il aurait aimé rester plus longtemps avec elle, mieux la connaître. Elle était partie. Cela faisait six mois qu'elle était là, il n'avait pas pu l'approcher. Elle faisait un

travail remarquable et n'avait aucune fausse note. Il avait honte à présent d'avoir trouvé ce prétexte pour l'inviter.
Martha arriva chez Steven. Elle était heureuse, car elle savait qu'il faisait tout pour la mettre à l'aise. Ils se sont embrassés sur la joue comme des enfants sages, mais tous les deux savaient qu'un grand amour avait commencé. Steven voulait laisser à Martha le temps pour qu'elle puisse s'habituer. Quand il avait des pensées frivoles vis-à-vis de sa bien-aimée, il les bloquait et elle ne voyait que ce que lui voulait qu'elle voie. Il aurait aimé la serrer dans ses bras, l'embrasser, mais elle était dans ce domaine comme un enfant qui découvre les choses de la vie au fur et à mesure. Il voulait l'amener à vivre les choses de tous les jours avec un homme, comme les choses simples de la vie. Il était amoureux, mais lui avait beaucoup plus d'expérience qu'elle, malgré son âge avancé qui ne se remarquait même pas.
Steven lui enleva son manteau léger et le suspendit sur un cintre dans la penderie du couloir. Il lui avait appris à accepter les cadeaux et à les apprécier, mais aussi appris à goûter des boissons un peu alcoolisées, comme le vin, la bière en petite quantité. Malgré tout, quand elle prenait un petit verre de bière ou de vin, elle était bonne pour passer la nuit à dormir.
Il avait préparé un repas froid de charcuterie, de poulet froid, de fromage, des petits toasts et plein de petites choses à grignoter. Il y avait à manger pour un régiment, mais tous les deux avaient bon appétit.
Ce soir-là, Steven avait pensé se mettre en communion avec tous les autres Êtres de la terre et de l'univers avec Martha, pour apporter leur contribution pour les bienfaits de la Mère/Terre. Il lui demanda son avis.
Avant de manger ou de boire quoi que ce soit, mis à part un verre d'eau, ils devaient se connecter avec toutes les forces positives de l'univers. Martha qui était en connexion depuis toujours n'eut aucun mal à rallier tous les Êtres de la nature pour se joindre à eux. Les minéraux, les végétaux, les animaux, les elfes, les lutins, certains

hommes, tous étaient en étroite connexion l'espace d'un instant avec la Mère/Terre.
Au bout d'un certain temps, ils entendirent :

- *Bienheureux guerriers de lumière, merci de vous joindre à nous en ce jour de pleine lune. Vous étiez pressés de vous réunir sans savoir pourquoi. C'était un besoin, une nécessité. Aujourd'hui, à cette heure, la Lune est dans sa pleine puissance. Elle est en connexion étroite avec la terre, le soleil, les étoiles. Elle a une force bénéfique pour tous ceux qui suivent le chemin de l'amour, de la paix, de la lumière. Vous avez été choisis et vos efforts seront renforcés par tous ceux qui, comme vous œuvrent pour le bien de la Mère/Terre et tout ce qu'elle contient. Rien n'est fait au hasard. Tout à sa raison d'être. Vous n'êtes pas seuls. Il y a beaucoup d'humains comme vous, qui ont pris conscience que leur existence sur la Terre n'était pas par hasard.*
Envoyez tout l'amour, la paix, la lumière, la beauté, l'abondance, la santé, la prospérité et surtout la compassion pour tous ceux qui vous entourent, et aussi tous ceux qui ne vous entourent pas, tous ceux qui sont loin, tous ceux qui ont besoin de force, de courage, de volonté, d'amour. Il y a beaucoup d'exemples. Vous êtes nombreux, mais cela ne suffit pas. Vous êtes à l'éveil de vos capacités, vous avez mille possibilités. Regroupez-vous et rassemblez vos forces. Tous, nous en aurons besoin. Il serait bon de se réunir aussi souvent que possible, de manière à retrouver tous les autres pour former le cercle de protection, de lumière, d'amour sur toute la surface de la terre. Vous êtes en partie réveillés. Vous en avez suffisamment pour transmettre aux autres la force que vous avez retrouvée. Elle était enfouie dans les armoires de la conscience et vous l'avez retrouvée. Merci.
Les énergies se décuplent au moment de la pleine lune. Elles se connectent avec la Terre, l'eau, le feu, l'air et apportent une

puissance positive à tous ceux qui sont connectés en ce sens. Les énergies positives apportent la santé, l'amour, la joie, la beauté, l'harmonie, l'abondance à tous ceux qui se connectent pour recevoir autant que pour donner, sans rien attendre en retour. Merci pour votre aide. Ce n'est pas par hasard si nous sommes réunis en cet instant, car dans le monde physique, il est dit : « Tout ce qui se ressemble s'assemble » ! Merci à vous d'avoir été là au moment propice. Vous vous êtes souvenus comment la connexion se fait, uniquement par vos pensées et votre état d'être. Nous nous connaissons, car nous faisons partie de la même famille. Vous avez été volontaires pour faire l'expérience de la terre, mais vous avez oublié votre famille. Nous sommes là. Vous ressentez de plus en plus la connexion et je vous en sais gré. Merci encore, car seuls, nous ne pouvons œuvrer. Je vous laisse et vous dis à la prochaine connexion.

Martha et Steven restèrent un moment à remercier les Êtres de lumière. Ils n'arrivaient plus à sortir de cet état de bien-être. Steven fut le premier à atterrir. Il attendit que Martha le rejoigne, pendant qu'il installait sur la table les différents mets. Il ne faisait pas de bruit, mais elle avait ressenti l'absence de sa présence à ses côtés. Elle ouvrit les yeux et sourit. Elle venait de vivre une expérience extraordinaire.

Quand elle rejoignit Steven, son visage était lumineux et il comprit que l'expérience lui avait plu. Il lui sourit en lui disant :
- *As-tu faim ?*
- *Je meurs de faim. L'expérience avec les Êtres de lumière était magique. Merci d'y avoir pensé.*
- *Je n'ai pas réfléchi, j'ai entendu l'appel et je t'ai associé à moi. Moi aussi je meurs de faim. Cela te convient-il ?* dit-il en montrant la table.
- *C'est parfait, mais je ne boirai pas de vin, car je travaille demain, sinon, je serai obligée de dormir chez toi.*

- Cela ne me dérangerait pas au contraire ! Mais tu dois le goûter, je l'ai choisi pour toi, il est excellent.
- D'accord, comme tu dis, je mangerai d'abord un peu, puis je le goûterai, sinon je ne tiendrais pas longtemps.
- Alors, mangeons !

Pendant un peu plus d'un an, Martha et lui se côtoyaient, échangeaient des idées sur la vie et ses aléas, et des recettes de cuisine tout en se rapprochant l'un de l'autre. Ils se comprenaient sans même se parler et s'amusaient des choses simples de la vie. Ils voyageaient beaucoup physiquement, car Martha voulait se rattraper. Elle était restée trop longtemps sur elle-même et voulait découvrir tout ce qui lui était possible. Ils ne pouvaient plus rester longtemps loin l'un de l'autre, alors Steven décida de vendre sa maison, pour aller vivre avec Martha. Il avait vécu un amour sans failles dans cette maison, mais il avait aussi connu la douleur et la souffrance. Il tournait complètement la page et ne regrettait rien. Il décida dans le même temps de demander sa main à Martha qui accepta en l'embrassant amoureusement en lui disant mentalement « j'attendais cet instant » et il lui répondit : « je sais ». Et ils riaient tous les deux. Steven et Martha avaient trouvé leur équilibre et chacun se posait la question. Mais Martha voyait à présent de plus en plus clairement sa vie dans la forêt et tous les Êtres qu'elle avait rencontrés. Ce n'était pas des rêves.

De toutes les choses insolites qu'elle avait vécues et vivait encore, elle se demandait pourquoi les choses se manifestaient ainsi. Elle avait plein de choses à apprendre. Elle n'avait pratiqué aucune religion, alors que Steven les avait toutes pratiquées tout au long de ses vies. Elle n'avait plus de famille, mais avait connu une parente. Steven lui, n'avait plus de famille. A près de quarante ans, il n'avait pas d'enfant et elle à deux cent trente-sept ans, elle n'avait jamais connu l'amour d'un homme. Ils avaient eu presque le même déroulement de vie à quelques siècles près. Elle retournait dans la forêt chaque fois qu'elle avait besoin de se ressourcer. Ses amis de toujours lui faisaient toujours la fête quand ils la voyaient, mais savaient que rien ne serait plus pareil. Elle avait retrouvé le monde et la vie des humains.

Elle reprenait contact avec ses amis de la forêt. Elle avait la possibilité de se matérialiser comme elle voulait. Elle avait vu ce jeune homme dans la forêt la première fois et voulait comprendre pourquoi il marchait seul pendant des jours et des jours et s'émerveillait de tout ce qu'il pouvait voir et entendre. Il s'adaptait à tout et elle le suivait pas à pas, jusqu'à ce qu'il se rende compte de sa présence. Miracle ! Elle avait l'habitude de se promener, de rencontrer ses amis, de passer le plus clair de son temps dans la forêt. Elle pensait que Steven ne savait pas tout d'elle, car elle ne pouvait lire totalement ses pensées. Elle se trompait.

Contrairement à ce qu'elle pensait, Steven savait qu'elle pouvait vivre dans plusieurs mondes et s'y adapter. Il avait une puissance extraordinaire. C'était la troisième fois qu'ils se rencontraient. Les deux premières fois, c'était dans la forêt. La première fois, elle n'avait pas encore mémorisé les mots. La deuxième fois, quelques siècles plus tard, elle pouvait parler et discuter. Elle avait toujours cette écharpe qu'elle conservait comme une relique, qu'elle sortait presque tous les jours. Il s'était souvenu l'avoir laissé tomber quelques siècles plus tôt. Il se souvenait l'avoir déjà vu dans l'une de ses vies, mais n'avait rien dit à cette époque, car elle avait été trop surprise. Elle n'arrivait pas à dire un mot, mais observait ses faits et gestes. Il avait réussi à voir défiler sa naissance et le déroulement de sa vie en partie.

Elle avait aussi bloqué une partie de son cerveau pensant qu'il ne pouvait pas voir que ses propres pouvoirs étaient aussi développés que les tiens, sinon plus. Il avait rencontré des hommes qui avaient maîtrisé toutes ces choses, mais qu'en sera-t-il pour elle ? Cela lui faisait un peu peur. Pourtant, comme il le lui a dit, elle en savait plus sur lui, que lui sur elle. Cela l'effrayait un peu. Elle voulait l'amour en symbiose comme elle l'avait imaginé. Puis tout à coup, elle entendit la voix de Steven lui dire :

- *Ne t'inquiète surtout pas, je te connais comme tu me connais. Je sais exactement qui tu es. Ce qui ne change rien. Le hasard n'existe pas. J'ai eu plusieurs vies, tu en as eu une seule, mais c'est la même chose. Je suis encore plus âgé que toi, car je suis une vieille âme avec beaucoup d'incarnations, alors j'ai plaisir à être avec toi, pour tout partager. Je n'ai jamais eu de cadeaux si grandioses. Qu'ai-je à te donner ?*
- *Ton amour est le plus beau cadeau que je puisse posséder. Nous ne pouvons nous mentir. Je sais que tu m'aimes et tu sais que je t'aime. C'est un cadeau hors de prix, mais accessible à nos bourses, car nous sommes des Êtres de lumière qui se sont retrouvés. Nous sommes amour, mais nous devons permettre à plein d'autres Êtres de lumière à accéder à ce grand amour. Je t'aime, mais j'aime aussi l'univers et tout ce qu'il contient, même si je pense en permanence à l'homme que tu es. Je suis une immortelle, mais je vivrais tant que tu vivras.*

Steven avait travaillé dur pour arriver à cette compréhension des choses de la vie, mais en ce moment, Martha venait de recevoir le message de Steven et se sentait sereine. Il n'y avait plus de doute, elle se sentait heureuse et lui envoya tout l'amour qu'elle avait au fond d'elle-même. Il avait compris dès le début son histoire et désormais, ne se poserait plus de questions. Elle était une immortelle dans cette vie et lui avait vécu bien des vies. Mais chacun se comprenait et c'était magnifique. Elle était toujours dans la lumière, mais avait une autre lumière pour s'associer à la sienne, pour voir encore mieux ce qui restait encore caché aux yeux de l'homme limité.

Malgré tout, elle entrait dans le monde du limité et se posait mille questions qui sembleraient justes dans un autre contexte, mais pas dans celui-là. Elle était heureuse et se parlait à elle-même.

« Il m'a vu au plus profond de mon âme et je suis comblée. J'ai rencontré l'homme de ma vie et je suis la plus heureuse. Auparavant,

je me disais que j'appartenais à la nature, qu'elle me le rendait bien et j'étais en symbiose. Mais je ne connaissais pas l'amour d'un homme envers une femme et je suis heureuse comme jamais je ne l'ai été ».

Martha était dans ses réflexions quand l'homme sans nom lui apparut. Elle se sentait soulagée et lui dit :

- Merci de venir à mon secours, je commençais à ne plus savoir que faire, merci.
- Je ne viens pas à ton secours, car tu sais déjà ce que tu dois faire. Je dois juste te rappeler que tu dois rester comme auparavant. Tu ne dois pas te laisser envahir par le doute et l'impuissance, mais te souvenir que tu as développé tes facultés et Steven aussi. Si vous vous êtes rencontrés, c'est que le hasard n'existe pas, je te le redis pour la énième fois, n'oublie pas que tu as tout et que tu es capable de tout, dès l'instant où tu choisis d'appliquer les lois divines. C'est-à-dire que chacun, chaque homme doit se respecter et respecter l'autre comme si c'était à tout instant, un double de soi-même. Tu es un peu comme moi, le voyageur. Mais en plus, tu as un nom et une famille. Même si celle-ci n'est plus, tu as des traces de ta filiation à une famille. Tu ne devrais même pas te poser de questions. Steven et toi vous avez eu la même vie à des degrés différents. Lui fait des efforts pour se souvenir de ses vies, toi, tu as toute une vie dans une seule vie. Ne te pose plus de questions qui te mènent vers des chemins qui ne sont plus tracés dans ton esprit. Comme Steven a accompli sa marche, toi tu as fait ta démarche. Le résultat est le même, mais toujours à des degrés différents. Bientôt, ce sera la même route pour tous les deux. Tu redeviens comme l'humain qui cherche toujours une excuse pour ne pas avancer, car il croit toujours qu'il y a quelque chose de pire quand il est dans sa phase négative.

Tu as vécu au fil du temps avec les moyens qui ont été mis à ta disposition. Tu es bien entourée et tu es aidée en permanence. Ressaisis-toi. Tu deviens comme l'humain qui ne sait pas. Rappelle-toi, tout est calculé selon un ordre bien précis comme une horloge. Tout a sa raison d'être. Vis ce que tu dois vivre, et rends grâce à qui tu veux de la chance que tu as de vivre dans plusieurs mondes. Mais je te comprends. Tu découvres l'amour avec un grand A, chose que tu n'avais jamais expérimentée auparavant. C'est normal que cela te déstabilise, car cet amour envahit ton corps et ton esprit. Mais tu as vécu plus de deux cents ans dans un environnement particulier, tu peux patienter encore un peu pour mieux comprendre ton autre vie.

- *Le corps fait de chair et de sang a beaucoup de capacités qu'il néglige souvent, dit l'homme sans nom. Le potentiel du corps et de l'esprit humain sont parfaits, mais l'homme n'a pas encore toutes les clés de la force qu'il a en lui. Beaucoup ont maîtrisé, mais beaucoup, beaucoup d'autres encore, attendent de découvrir que la vie est bien plus simple que certains le pensent. La vie est tout l'amour qui vibre autour de chaque individu. La vie est la force que déploie chaque entité, chaque force, chaque volonté. La vie, est-ce que l'humain décide d'en faire par ses pensées et ses actes. Tout à sa raison d'être. C'est pour cela qu'il ne faut pas t'attarder aux choses vaines, aux choses qui demandent beaucoup d'énergie et peu de résultats. Recentre-toi dans toute ton énergie et puise toute la force et l'harmonie possible, pour arriver à mener à bien la mission que tu t'es confiée. Comprendre ton existence et le but de celle-ci. Quand tu t'imprègneras de tout ce qui est déjà en toi, tu ne te poseras plus de questions. Tu seras comme l'homme sans nom qui vibre avec tout l'univers, sans se demander comment l'instant d'après sera, car tu auras toi-même planifié l'instant d'après, et encore après. À ce stade, tu ne te poses plus de questions, tu vis au rythme du temps. Si tu as vécu tant de temps en conscience, c'est que tu ne t'es jamais posé la question, et tu as vécu en permanence le moment qu'il était possible de vivre.*

- *Je suis heureux de pouvoir vivre ces moments avec des Êtres qui ont vécu et qui vivent l'histoire humaine. Vous ne pouvez pas comprendre.*
Vous avez tous les pouvoirs et vous doutez de vous ! Comment est-ce possible ! Je suis né de la matrice de la terre, mais je n'ai pas de conscience.
Je vis au gré de la nature, mais je ne peux faire que cela ! Vous humains pouvez choisir de vivre comme bon vous semble ! Vous humains avez la capacité de vivre plusieurs expériences dans une vie et dépasser la mort par la force de l'âme. J'ai fait une belle expérience dans le corps de Cisse, mais je ne pouvais rester indéfiniment dans un corps périssable, car je devrais renouveler mes cellules en permanence. J'ai été heureux de me sentir humain dans toute son essence.
Vous avez des capacités que nous n'avons pas, car nous n'avons rien développé. Je parle de tous les Êtres de lumière qui sont en permanence autour des êtres humains. Nous ne savons pas l'effort que vous avez dû déployer pour arriver à dépasser l'état humain, vivre l'illimité et acquérir le pouvoir que vous avez enfoui au plus profond de vous. Tout est dans l'instant.
Tout est inscrit et rien n'est effacé. Il faut juste se rappeler qu'il faut vivre chaque instant instantanément, sans se projeter dans quelque futur qui n'est pas encore précis. En ce moment présent, nous discutons et émettons des pensées qui se véhiculent à travers le temps et l'espace. Il y a des milliers d'entités, qui comme nous, surtout comme toi, se posent mille questions, et se retrouvent dans l'instant d'après, sans jamais avoir pu élucider la question du moment présent.

Voilà pourquoi l'homme qui est en phase est maitre en ce monde, car dès qu'il a compris les rouages de l'existence, il s'embarque sans se poser mille questions auparavant. Souviens-toi que l'homme est parfait. Qu'il doit juste prendre le temps de comprendre qu'il est parfait. Alors, tout se déroule dans une sorte de symbiose et la magie s'opère.
Tu as la chance de pouvoir te souvenir de ta vie et de toutes les connaissances que tu as acquises. Pense à tous ceux qui ne savent même pas qui ils sont et qui se disent « Je vis et je meurs ». Sans savoir que tout au long de leur vie qu'elle soit longue ou courte, ils peuvent planifier, diriger, comprendre la vie et la vivre comme bon leur semble. Reprends-toi pendant qu'il est encore temps. Tu es comme beaucoup d'entités terrestres qui doutent des pouvoirs qu'ils ont en eux et bloquent leur avancement dans la compréhension du monde et des choses sur la planète terre, la planète bleue qui ne l'est plus, ou presque.
Je te rappelle juste que tu viens de vivre une expérience intense et que tu ne dois pas t'en détourner. Tu me verras de temps en temps pour te conforter dans ce que tu sais. Va et œuvre pour ton bien propre et pour le bien de ton prochain. Tu es Martha, l'Être nouveau qui a maîtrisé et compris presque tout ce qu'il avait en lui. Ce n'est pas comme si tu avais vécu un rêve. Tu es dans la réalité du monde auquel tu aspires. Tu as toujours été dans le bien-être de la nature et protégée en permanence. Reste comme tu es sans rien changer, Steven et toi vivrez des jours heureux. Il sait qui tu es, comme toi tu sais qui il est. D'autres Êtres de lumière viendront vous rendre visite, car à présent, vous êtes dans une dimension plus dense.

-19-

L'homme sans nom disparut, et Martha se retrouva seule à méditer sur tout ce qu'elle avait pu vivre pendant tout ce temps. Elle avait trouvé l'amour d'un homme qui l'aimait comme elle l'aimait et elle se sentait heureuse. Elle n'avait plus la peur qui l'avait envahie quelques instants plus tôt. Elle recommençait une nouvelle vie et était prête à affronter tous les obstacles qui essayaient de lui barrer la route. Elle avait trouvé ce qu'inconsciemment elle cherchait depuis plus de deux siècles. Mieux vaut tard que jamais. Elle n'oubliait pas qu'elle était en permanence aidée. Elle était en train de vivre cet instant heureux. Steven et Martha étaient heureux. Chacun avait compris ce qui lui était nécessaire et appliquait les lois à chaque fois que cela était possible. Steven se disait qu'une femme de deux cent trente-deux ans et plus ne pouvait pas avoir d'enfants. C'était sans compter sur le miracle de la vie et de tous ces Êtres qui veillaient sur eux en permanence. Et puis, ils n'étaient pas comme le commun des mortels. Ils étaient devenus des Êtres de lumière, après avoir transcendé le limité.

Ils se marièrent dans la plus stricte intimité, avec deux voisins comme témoins. Des voisins qu'ils avaient appris à côtoyer au fil du temps, jusqu'à devenir presque des amis. Personne dans l'entourage ne connaissait leur histoire. C'était leur secret.

Quand Martha eut ses jumeaux, les amoureux, mariés depuis, étaient aux anges. C'étaient un garçon et une fille en pleine santé, qui souriaient d'aise, dès leur naissance. Ils s'éveillaient aux choses de la vie comme n'importe quel enfant de leur âge au début.

Au bout de quelques mois, les parents se rendirent compte qu'ils n'étaient pas des enfants ordinaires. Ils avaient eux aussi des capacités développées, dès la naissance. Ils n'avaient besoin de personne pour s'occuper d'eux ou si peu. Ils se comprenaient depuis leurs gargouillis de bébés. Parfois, ils avaient les fous rires complices que les parents ne cherchaient pas à comprendre. Ils étaient entre eux et se complétaient.

Les parents avaient réalisé qu'ils n'avaient pas de frères et sœurs des deux côtés. Ils renouvelèrent plusieurs fois l'expérience et eurent six enfants. Il est vrai qu'ils avaient eu de la chance, car c'était quand

même deux vieux, à des stades différents, qui avaient eu la chance d'avoir pu procréer à leur âge !
Tous les enfants en grandissant avaient appris à développer naturellement les capacités qu'ils avaient au plus profond d'eux. Ils étaient nés avec des pouvoirs décuplés. Martha et Steven les regardaient grandir et se disaient qu'ils avaient beaucoup de chance. L'homme sans nom ou le voyageur passait de temps en temps leur rendre visite, mais s'arrangeait pour qu'ils se retrouvent seuls. Il leur demandait de ne pas oublier ce qu'ils avaient si bien acquis.

ÉPILOGUE

L'homme est né et est venu volontairement dans ce monde pour transmettre tout l'amour qu'il a en lui, pour vivre dans cette vie en appliquant les lois de la justice et de l'équité. Au lieu de cela, il se rend compte qu'il a enfoui ces lois au plus profond de son être et qu'il a oublié que ses capacités sont si immenses qu'il peut tout changer dans sa façon de vivre et d'appréhender les choses de la vie qu'il a lui-même planifié au fond de son subconscient.
L'homme est maitre de lui-même, mais croit toujours qu'il est incapable de se satisfaire sans l'appui et le soutien physique ou moral autre que lui-même.
L'homme est né pour se dépasser et vivre dans l'harmonie la plus totale, pour s'adapter à n'importe quelle situation et trouver la solution au fond de lui. Quand il est en phase avec lui-même et comprend les bienfaits que la nature met à sa disposition, il est heureux de vivre et prend tout ce que la vie lui montre avec une certaine philosophie.
Steven avait compris tout cela pendant son périple et était prêt à vivre sa nouvelle vie avec plein d'amour. Autour de lui se dégageaient une assurance et une sérénité qu'il avait acquises. Il s'imprégnait de sa nouvelle perception de la vie et prenait conscience d'une connaissance plus accrue de son corps et avec l'esprit d'un homme nouveau.
De temps en temps, il se prenait à lire et relire les manuscrits qu'il avait écrits et revivait les expériences qu'il avait eues pendant tout ce temps. Alors, il fermait les yeux et entrait dans l'un des différents mondes qu'il avait côtoyés pendant deux ans. L'homme sans nom faisait une apparition brève toujours en souriant, pour lui rappeler, qu'il n'avait pas rêvé, mais que tout était réel dans un monde de positivité et de lumière.

Nous vivons des expériences que nous devons nous rappeler de tout temps, au lieu de cela, nous cohabitons avec les diverses expériences et mourons sans comprendre ce que nous avons vécu la plupart du temps.

Heureusement, il existe des porte-flambeaux qui illuminent sans cesse le chemin, quand l'homme arrive dans la nuit obscure. Alors, il sent qu'il n'est pas seul et ne l'a jamais été, sauf que, en cet instant présent, il en a conscience. Il réalise enfin qu'il a mille possibilités.

Résumé

Steven se leva de son lit du premier coup. Il avait souvent du mal à se lever le matin en général, depuis qu'il avait perdu sa femme et son fils, mais aujourd'hui, il se sentait en forme et était prêt à soulever des montagnes.

Pendant longtemps, il s'était culpabilisé et était resté prostré chez lui. Depuis qu'il avait planifié sa marche vers Compostelle, il se sentait un homme différent et plus combatif.